尤

今

小

语

尤
今
小
语

不老的阿尔卑斯山

欧罗巴圆舞曲

尤 今 （新加坡）著

海天出版社（中国·深圳）

图书在版编目（CIP）数据

不老的阿尔卑斯山：欧罗巴圆舞曲 /（新加坡）尤今著. — 深圳：海天出版社，2016.1

（尤今小语系列）

ISBN 978-7-5507-1474-8

Ⅰ. ①不… Ⅱ. ①尤… Ⅲ. ①散文集－新加坡－现代

Ⅳ. ①I339.65

中国版本图书馆CIP数据核字(2015)第241416号

不老的阿尔卑斯山：欧罗巴圆舞曲
bulao de a'erbeisishan: ouluoba yuanwuqu

出 品 人	聂雄前
责任编辑	林凌珠 许全军
责任校对	方 琅
责任技编	梁立新
装帧设计	知行格致

出版发行 海天出版社
地　　址 深圳市彩田南路海天综合大厦7-8层（518033）
网　　址 http://www.htph.com.cn
订购电话 0755-83460202(批发) 83460239(邮购)
设计制作 深圳市知行格致文化传播有限公司
印　　刷 深圳市新联美术印刷有限公司
开　　本 787mm×1092mm 1/32
印　　张 9
字　　数 180千字
版　　次 2016年1月第1版
印　　次 2016年1月第1次
印　　数 1-5000册
定　　价 32.00元

目　录

捷克邂逅 一见如故

下午 5 点整，门铃准时地响了。

门外站着一名捷克男士，穿着一件印了"中国万里长城"字样的上衣，配一条铁灰色的长裤，把他高大魁梧的身材衬托得很出色。他双目湛湛发亮，伸手与我相握时，强劲有力。

他以字正腔圆的京片子自我介绍：

"我是鲁塞克，唐云凌的丈夫，很高兴认识你们。"稍稍顿了顿，又说，"唐云凌在楼下等着你们。"

我向下俯视：路边，有一辆红色的小汽车；车旁，倚着一名华籍妇女。此刻，她圆圆的脸庞高高地仰着，细细弯弯的眸子，不经意地流着怡然的笑意；春天温煦而不燥热的阳光，放肆地坐在她脸上，把她的五官映照得很亮，连那一抹笑意，也是晶亮晶亮的。

唐云凌，啊，她就是我耳熟能详，却素未谋面的"唐老师"了。

我和日胜坐在车后，唐云凌开动车子，朝她位于郊区的住宅驶去。

车窗外面，夕阳壮烈地烧出了满天华彩，把源源流经市中心的伏尔塔瓦河染得璀璨瑰丽。河岸两畔，耸立着各式各样、风格迥然而异的古老建筑：罗马式的、哥特式的、巴洛克式的、文艺复兴式的，各自使尽浑身解数，以独特的魅力来攫取众人的魂魄，有一种无声的热闹。远处近处有数也数不尽的古塔，尖尖的塔顶妩媚万分地伸向绚丽的天幕。

啊，布拉格！

布拉格是捷克的首都，第二次世界大战熊熊的战火不曾把它烧毁，所以，市内大部分建筑物都保持了原来的风貌。初看时，觉得它风姿绰约，再看时，感觉它气派万千。

坐在车子前座的鲁塞克，对着窗外的景物指指点点，以自豪的口吻，如数家珍地介绍它们的历史：

"瞧，那座建筑，建造时间非常的长，经历了不同的时代，又由完全不同的建筑师设计，所以，同时汇集了罗马式与哥特式的风味，非常奇特！"

我和日胜，犹如进入了一个露天的"建筑物博物馆"，眼花缭乱，啧啧称奇。

车子在路上奔驰了约莫半小时后，人迹渐少，车量渐稀，终于，在停车场停了下来，周围，都是高楼建筑。

"到了。"唐云凌熄了车子的引擎，手脚敏捷地跳下车子，指着眼前那一幢高达十余层的建筑，对我们说道，"我的家，在6楼。"

"向人租的，还是买的？"我好奇地问道。

"房子初盖时，我们与政府各出一半的钱，房子建好住进去以后，再逐月摊还另一半的钱。房款付清以后，我们虽然成了房主，却不能自由买卖房子，只能在去世以后，把房子留给孩子。"唐云凌一边走，一边语带感慨地说，"在布拉格，房荒是一大问题。我的小女儿，结婚已经6年了，孩子都生了两个，可是，还分配不到房子。最近，好不容易分配到一套，然而，地点又不理想！"

电梯窄小，而且，硬性规定一次只能运载 3 个人。鲁塞克拾级而上，我们 3 个人挤进电梯里。我和唐云凌，几乎是贴身而站的。她的身上，微微地散发着一股汗酸味儿。我们这两个生活在天涯海角而素昧平生的人，虽是初识，却已有一见如故的感觉了。

谈起我和鲁塞克伉俪结识的缘分，实在是比杜撰的故事来得更戏剧化。

几天前，我在匈牙利旅行，在匈牙利中南部的城市塞格德以发现新大陆的心情跨进了一家中餐馆（偌大的匈牙利，中餐馆只有区区的两三间）。用过晚餐后，要求侍者领班让我们见见厨房那唯一的华籍助手，与他谈谈华人在匈牙利谋生的情况。这名华人十分健谈。谈了在异乡谋生的种种苦况后，他突然说道：

"我到东欧来，落足点原是捷克。当时，我碰上了许多难以解决的问题，有幸遇到一对古道热肠的夫妇，为我百般奔走，把问题一一解决了。我这番到匈牙利工作，也是他们苦心安排的。这一对夫妻，女的原籍北京，男的是捷克人，住在布拉格。两个人，都热爱朋友，热爱文化。他们在捷克不但从事翻译工作，而且，还教导捷克人学习华文哪！"

我一听，兴奋得心脏差点从胸腔里跳出来，急巴巴地问道：

"我们过几天便要到捷克去了，是否可以和他们交个朋友呢？"

这人一听，兴奋的程度也不亚于我们，立刻便把鲁塞克夫妇的地址和电话抄下给我们，同时，还以极端敬重的口吻，絮絮地向我们叙述了许许多多有关这对夫妻仗义助人的事迹。

无独有偶，后来在火车上遇到一名来自西德慕尼黑的华人，也向我们提起鲁塞克夫妇，认为他们待人的热心与真诚，是世间少有的。

从匈牙利来到捷克首都布拉格，找到下榻的地方以后，我便给唐云凌拨了个电话，没有想到他们夫妻俩二话不说，便立刻驾了车子来接我们上他们家去！

他们家是一处两房一厅的公寓，屋子里的布置，是纯东方的，墙上挂满了中国画，禽鸟的、山水的、花卉的，都有。玻璃柜里，整整齐齐地摆满了精巧的手工艺品。客厅面积很小，每一寸地方都被充分地利用了，因此略显局促。可是，由于处处收拾得非常干净，看起来也就觉得很舒适。

一坐下来，唐云凌便张罗茶水，自柜里取出一瓶透明无色的酒，说：

"李子酒，自酿的。"

这酒闻起来非常香醇，但是，一大口喝下去时，才惊觉它干烈如火，汹汹地由舌尖一直烧到胃囊去。

三杯下肚，宾主双方，谈得更为起劲，也更为投机了。

异族通婚　鹣鲽情深

鲁塞克和唐云凌，当年邂逅于北京时，男的才 19 岁，女的也只 17 岁。

鲁塞克由捷克千里迢迢地飞赴中国深造。初抵北京时，他一个方块字也不懂。

在回忆当年的学习历程时，鲁塞克露出"苦尽甘来"的微笑，说道：

"我以整整两年的时间专攻汉语。教师规定每天必须学会 50 个生字，上课时通过各种各样的方式来加强记忆：读它、听它、写它、用它。每天由早上 8 点上课至下午 4 点，回去后还继续反复地练习，直到每一个字都在脑子里生根为止。"

如此埋头苦学，两年过后，他终于完全掌握了这一门古老而美丽的语言。接着，他进入了大学，以中文修读"对外贸易学"。

就在这期间，他邂逅了在文工团里担任钢琴伴奏的唐云凌。两个人一舞定情，共谱恋曲。鲁塞克大学毕业那一年，两个人结婚了。

"婚礼是全体留学生出钱出力筹办的，搞得非常热闹。他们买来了酒，刻意把我父亲灌醉，诱他说出我的童年趣事，大家嘻哈绝倒。嗳，实在是太快乐了，事隔那么多年，还历历在目。"

婚后，鲁塞克带着他的新娘子返回捷克北部的家乡科尔洛夫，这时，唐云凌的"噩梦"开始了。

她以清脆纯正的京片子，飞快地向我忆述这一段苦涩的经历：

"我的婆婆思想非常保守，对于我这个异族媳妇，不能接受，也不能忍受，所以，常常把怨气和怒气朝我发泄。我还清清楚楚地记得，我们回家后的当天晚上，鲁塞克便和他的母亲起了争执，鲁塞克整张脸涨得通红，好像很生气的样子，当时的我，一句捷克话也听不懂，不知道他们到底为了什么而吵。后来，回到房间后，悄悄问鲁塞克，他才告诉我，他母亲坚持要我第二天一大早起身，为一家子烹煮典型的捷克汤！"

"你煮了吗？"

"当然没煮，不是我不愿煮，而是我根本不会煮呀！以后的日子，你可以想象，是充满了火药和眼泪的。最糟的是，鲁塞克必须到离家乡几百里以外的地方去工作，每隔一段时间才回家一次。我和婆婆的冲突日益尖锐化，终于，有一天，我实在忍不下去了，便收拾了行李，准备离家而去。不幸又被她发现了，她硬是拿走了我的钱包，把我锁在房间里。我当时年轻气盛，觉得一分钟也呆不下去了，在房间里找了一条粗大的绳子，绑在窗槛的钉子上，攀着它，由二楼的窗户溜到地面上，逃到鲁塞克姨母的家里去。那时，我的捷克话不流畅，加上心情悲怆，只会反反复复地说：'姨妈，请给我 100 克朗。'姨母把钱给了我以后，我立刻赶到火车站去，买了票，到布拉格去找鲁塞克。"

经过了这一次的"家庭革命"之后，婆媳两人原本恶劣已极的关系，反而有了转机。

"我离家出走后的第二年，和鲁塞克一起回去过圣诞节，买了她喜欢的礼物，再吻吻她的脸颊，一切的不快，也就埋葬掉了。渐渐地，婆婆也了解到，必须先接受媳妇，她才能当个快乐的母亲。之后，我们两个人，相处得很好。她时常到布拉格来小住，我知道她喜欢吃糖醋肉，常常做给她吃；而她知道我喜欢新鲜的蘑菇，也常常到丛林里采了，带来给我。"

这些陈年旧事，虽然是以轻描淡写的口气叙述着的，可是，我却清清楚楚地感受到那种在生活的惊涛骇浪里挣扎的惶恐与痛苦。由衷地称赞她：

"你真是个坚强的人！"

"我乐观。"她微笑地应，"我总是相信，车到山前必有路，船到桥头自然直。天塌下来嘛，还有地撑着。"

是的是的，风雨之后，阳光必来。唐云凌以她自身的经历说明了这一点。

"结婚初期，日子虽然不好过，但是，我始终觉得，我是个幸福的女人，因为我嫁了一个对我忠贞不渝的丈夫。"

这时，夫妻俩对看了一眼，脸上不约而同地浮起了略带甜意的微笑。

唐云凌继续说道：

"我和鲁塞克，感情一直很好。在山雨欲来风满城的日子里，我们共同戒备；在狂风暴雨的时代中，我们一起应付。祸降，两人挡；福来，两人享。反观我们有些朋友，原是恩恩爱爱的同林鸟，但是，大难来时，争着逃！能共偕白首的夫妻，不到一半！"

谈到这儿，天色渐黑，唐云凌站了起来，扭开电视，说：

"你们看看，我去做几个中国菜让你们尝尝。"

不一会儿，菜便做好了，端出来，摆在厅里的矮桌上。

两菜一汤：黑木耳与黄瓜拌炒肉片、番茄煎蛋、粉丝肉丸汤。

我十分惊讶，因为黑木耳、粉丝，都是捷克的"绝缘品"。她怎么买到的呢?

"我有个朋友在布拉格一家新开的中国餐馆工作,我千方百计地央求他代我买的。只买了一点点,收着,久久才吃一次。"

我听了,夹着黑木耳的那一双筷子,不由得就变得很沉重了。

鲁塞克胃口极好,捧着描了蓝色细花的大海碗,大口大口扒吃碗里的饭,不过,盘子里的肉和菜,他却动得不多。我和日胜,反宾为主,频频为他们夫妻二人夹菜。

鲁塞克食毕,放下筷子,以温柔的目光瞅着他的妻子,说:

"我有许多朋友,很喜欢吃小凌做的菜,每次吃了,便讨食谱,所以,小凌特地为他们写了3本食谱……"

"嗳,嗳,嗳,鲁塞克,你行行好,别给我做宣传啦!"唐云凌笑眯眯地说。

鲁塞克到书房里去,取出了3本彩色印刷的,极为精美的食谱,递给我。

每本食谱,以捷克文介绍33道中国菜,每道菜都配搭彩色图片。肉类、菜类、荤汤、素汤、面食、甜品,全都包括在内了。

"我纯粹是为了教喜欢中国菜的捷克朋友烹煮中餐而撰写这3本食谱的。"唐云凌正色地说道,"书中所选的原料,全都是捷克菜市里常见的。比如说,这里蒜苗很多,可是,捷克人都不懂得蒜苗可以入菜,我教他们把蒜苗切碎了,用来包素饺,他们都很喜欢哩!"

这3本食谱在捷克的总销量是六十余万本!

"我目前在进行一项有趣的研究工作。"唐云凌兴致极高地说道，"许多植物，可以入药；如果将这些植物当成烹饪的配料，一方面可以享受口腹之欲，另一方面，又可以保持身体的健康！"

教导中文 意义深长

餐后，我们到书房去品茶聊天。

书房，名副其实的，全都是书，而且，多数是中文书。书桌上，放满了中文与捷克文互译的文件。

"目前，我们靠翻译为生。许多设立在捷克的外国公司需要我们代他们把资料翻译成捷克文。翻译的资料，五花八门，专业性的、技术性的、学术性的，都有。鲁塞克翻译的天地比我广得多，因为他除了中文与捷克文以外，还通晓俄文、波兰文和英文。"

除赖以谋生的翻译工作以外，唐云凌也将许多时间和精力投注在词典的编撰和华文的教学上。

在捷克，有几位捷克籍的汉学家默默地在语文的园圃上辛勤地耕耘。

唐云凌曾参与一个由捷克著名汉学家所领导的"词典编纂小组"，经过多年努力，完成了世上唯一的《捷汉词典》，分成九大部出版。

《捷汉词典》可以说是历尽艰辛才编撰完成的。唐云凌从桌上随意拿起了一份文件，指着上面的字体，对我说道：

"中文和捷克文，好像是来自两个不同星球的语言，在语法上、结构上，全无共通处。编纂小组的成员常常会为了一两个字眼的妥帖性而争论上一两个小时。我们感觉最苦的是，我们好似在地球的一隅孤军作战，遇上困难，也只好自己苦苦思索解决之道。"

编好的《捷汉词典》，除了词语解释外，最大的特色是例句极多，可以用作教学的范本。

除此以外，唐云凌也和捷克唯一的音韵学家史瓦尔尼博士合作，编写以口语教学为主的"汉语教科书"，目前已出版了两册，第三册也编好了，等待出版。

"编这套以口语为主的教科书，主要是因为我们发现一般修读汉语的捷克学生在大学毕业以后，往往只精于阅读，而听和讲，都很弱。我们把大批生活化的实例编进书里，借此来加强一般学生听与讲的能力。"

我翻阅桌上编好的教材，发现单单一个"把"字，便举出了21个用法不同的例句来加以说明，实在详尽得不得了。

询及唐云凌的教学工作，她的眸子，立刻闪出了快活的亮光：

"我目前在布拉格语言学校做义务的教学工作。我教4个班：两个函授班，两个黄昏班。黄昏班一周上课一天，每次上课4小时。"

唐云凌的学生，清一色是捷克人。虽然大家同坐在一间课室里上课，可是，学生的年龄、身份和职业却是迥然而异的。他们当中有医生、工程师、律师、翻译员、编辑、生物学家、大学生、中学生，等等。令我十分好奇的是：这些捷克人，学习华文的动机何在呢？

"学习动机，因人而异。"唐云凌娓娓而谈，"大部分学生是对中华文化有浓厚的兴趣，希望能以中文为钥匙，从而得以进去那个美丽的世界；一部分学生是希望掌握了中文以后，他日一旦有机会到中国去工作或是旅游时，便可以派上用场了；也有少部分学生把中文的学习当作是一种打发时间的高尚嗜好。"

曾有人指出，外国人是很难将复杂的汉语学好的。对于这种论调，唐云凌是极反对的。她以坚定的口气说道：

"教学相长。只要学的人有信心、有兴趣，教的人有适当的教材和灵活的教学法，没有理由学不成。布拉格的查理大学，这些年来便通过4年制的汉学系培养了大批有成就的汉学家。"

我对她从事义务教学的精神表示了钦佩，她淡然笑道：

"我在捷克从事汉语教学，是具有双重意义的：一方面是借以推广中华文化；另一方面，借此来促进捷克人与华人之间的了解。学生努力读出成绩来，也就等于给我交了学费。"顿了顿，她又正色地说，"我总觉得，我不能白白在世上跑一趟。我不会高估自己，但是，我也不愿低看自己。我只希望我能脚踏实地做出一点小小的贡献。"

这时，壁上的钟，"当当当"地敲了12下。

啊，已经是子夜了呢！

我们起身告辞。

我们知道，离她居处不远，有个地铁站，搭乘地铁，可以直达我们下榻的地方。

但是，热心的唐云凌执意不肯，她和鲁塞克坚持要送我们回去。再三推辞不果，夫妇俩驾着车子，在子夜过后阒无一人的马路上飞驰，把我们这两个萍水相逢的朋友一直送到客舍的大门口。

临别时，约好了次日带我们逛游布拉格。

温柔革命　震撼世界

次日一早，唐云凌便来带我们出游。

到离布拉格市中心 40 公里以外的"王子猎场"去。捷克过去的一名王子，对于狩猎有着狂热的爱好。在他短短50 年的生命里，总共射杀了三十余万头各式各样的动物，包括狮子、老虎、黑豹、大熊，等等。这些猎物，多数被制成了栩栩如生的标本。其中的三万余个标本，便在"王子猎场"里展出。

走进"王子猎场"的"动物标本展示处"时，好似走进了一个原始的大森林。

各种动物，对人无害的、择人而噬的、温驯逗人的、狰狞可怖的，应有尽有。印象最深的是一头比人还来得高的黑熊标本，直直立着，张牙舞爪，好像随时会扑过来攫取你的性命似的。

这王子，实在是森林百兽的克星。

除了动物标本以外，王子昔日所住的这幢巍峨宏伟的皇宫，也开放给游客参观。

皇室生活的穷奢极侈，都一览无遗地暴露在眼前。

唐云凌一边伴着我们走，一边耐心地把导游所说的捷克语翻译成中文给我们听。

她人缘极好，"王子猎场"上上下下的工作人员都与她熟络地打招呼。碰上交情特别好的，她便从手提袋中取出一小罐一小罐的万金油，分送给他们。

我们在"王子猎场"消磨了将近 3 个小时。在附近的餐馆用了一顿丰盛的午餐后，唐云凌又驱车带我们去看布拉格名人坟墓、乘缆车去看山顶玫瑰花园。之后，她双眼闪着亮光，说：

"有个地方，你们非看不可。"

那是捷克百姓集体筹款而建成的"民族剧院"。金碧辉煌，气派不凡。令我印象深刻的是，剧院里立着多尊铜像，塑造的全都是捷克艺术界里的名人。

唐云凌对我说道：

"这些塑像，等于是公开地肯定国内艺术家的成就与贡献。"

"民族剧院"纯以捷克语来呈现富于国家意识的歌剧和舞剧。

唐云凌语重心长地说：

"孩子懂事以后，我和鲁塞克常常节衣缩食地，把生活费省下来，带他们来这里观看演出，从而为他们培养起良好的国家意识。然而，剧院常常爆满，票十分难买。有好几次，我志在必得，凌晨 4 点便裹着被子坐在寒风里苦苦地等，票房早上 9 点开，而我，排在第一个，当然是捷足先登啦！"

说这话时，唐云凌的脸，温柔地散发着母性的光辉，显得非常的美丽。

从民族剧院出来，步向市区，经过一条走廊时，我看到一个奇异的景象：有一个全黑的牌子，钉在墙壁上。牌子上以阿拉伯数字清清楚楚地镌刻了一个日期：17-11-

1989。牌子下面，有无数根淌着烛泪的小蜡烛；地上呢，凌乱地放着好些玻璃瓶、玻璃罐，瓶里、罐中，都插着绚丽的鲜花。

我驻足而观，看着看着，猛然想起：1989 年 11 月，是捷克政治命运得以扭转的一个关键性月份。当时，正有数以万计的捷克人在这儿附近的广场上展开游行示威，从而掀起了"民主运动"的滔天巨浪，进而促成了捷克震撼全世界的政治改革！

"现在回想，依然有置身梦境的美妙感！"唐云凌毫不讳言地说，"人民都把那一场革命称为'天鹅绒革命'，因为它是以非常温柔的方式完成的。好几十万人，聚集在广场上，手中拿着锁匙串，不停地摇动着。金属相碰，发出了排山倒海般的巨响，借此来为旧的捷克政权敲起沉重的丧钟。那情景呵，说多感人，就有多感人！许多参加和平示威的人，都忍不住泪盈满眶。当时是冬天，天气酷寒，但是，民心炽热如火。我有个朋友，抱着她心爱的北京狗参加游行，走了一整天回家时，才发现她怀里的狗几乎冻毙了！"

此刻，站在布拉格街头走廊这块富有历史意义的牌子前方，听唐云凌以激动的口气向我讲述当时的情景，我仿佛也听到了广场上传来的锁匙串互相撞击所发出的"民主之声"！

"民主运动"为捷克人民成功地争取到了他们渴望已久的自由。

有一位捷克人告诉我：

"这 40 年来，我们好像是闷在一个密不透风的铁罐子里面生活，现在，骤然呼吸到大量由外面吹进来的新鲜空气，我们才了解，铁罐子里原有的空气，是多么的腐坏、多么的浑浊！"

现在，捷克人可以随意申请护照出国去，报禁全面开放，各种报纸犹如雨后春笋般，纷纷冒出来；各类言论也呈现了百花齐放、百鸟争鸣的面貌。

在经济发展上，摆在捷克人前方的，是一条艰苦而漫长的道路，可是，多年封闭之后重新得来的民主和自由，却使捷克举国上下呈现着一番崭新的欢腾气象！

无声乐曲 动人心魂

当天晚上，我们到布拉格一家名为"中国饭店"的餐馆用餐。

点了冷盘、辣子鸡丁、姜葱牛肉、糖醋肉、溜鱼片、辣白肉，还有一大瓶葡萄酒。

把葡萄酒斟满了水晶玻璃杯，举杯庆贺喜相逢。然而，我们心里都清清楚楚地知道，吃过了这一餐以后，我们便得挥手道别了。分手以后，这一生，也许再见永无期了。这样想着时，脸上的笑容，便沉沉地坠了下去。

唐云凌殷勤劝食，鲁塞克频频倒酒。小小的桌面，显得非常的热闹。

掌勺的，是捷克人，然而，菜肴的味儿，却比我所想象的好得多。至于捷克的葡萄酒嘛，醇而美。

在捷克，中餐馆若凤毛麟角，认真算起来，大约不会超过 5 家。想到唐云凌精湛的厨艺，我和日胜，都异口同声地建议：

"有资本的话，在布拉格开间中餐馆，前途无量！"

"开餐馆，太劳累了。"唐云凌摇头说道，"倘若有机会，我倒想开一间茶馆。茶馆内，备有各色茶叶，配上各类自制点心，把地方布置得舒适大方，给文化界的朋友提供一个聊天的大好场所。"

这是长久以来埋藏在唐云凌心中的梦。

过去，这仅仅只是一个"玻璃梦"，不能碰，一碰便碎。然而，今日，在有了民主与自由的捷克，这个梦，也就有了落实的希望与机会。

下回，有幸再到捷克来，希望能够成为她茶馆中的宾客。

我在心里默默地、衷心地祝福她。

酒足饭饱，我们又到布拉格市中心的旧街场去逛了好一阵子。大家走累了决定回去时，夜已深沉。

送我们返回客舍途中，经过一个大钟塔，唐云凌忽然把车子停了下来。

"这钟塔，每天子夜 12 点整，以音乐来报时。"

我们下了车，站在钟塔前的空地上，仰着头看，矗立在黑暗里的灯塔，好似一名肤色黝黑的巨人。

布拉格初夏的夜，是一袭薄薄的冰衣。我把手伸进大衣的口袋里，缩着脖子，静静地等。

时间一分一秒地溜走了，子夜已过，但是，钟塔全无动静。

鲁塞克尴尬地微笑着说：

"钟塔今晚休假，不肯奏乐。"

四个人，重新钻入了车子里。就在这一刹那，我清清楚楚地听到了一阕"无声的乐曲"。

啊，是一阕"友谊之曲"！

奏这"乐曲"的，是四颗在偶然机缘下相聚在一起的心。

抵达波兰首都华沙的那一天，情况十分狼狈。

在机场的行李输送带前痴痴地等，等到"曲终人散"，行李的踪影全无。

叹着气去报失，得到的答复是：

"你们先去旅馆等，有消息以后，我们才通知你们。"

明明是夏天，气温却只有 8℃。衣衫单薄，偏又寒风砭骨，搭公共汽车到市区去时，全身都簌簌地发着抖。市区行人很少，只有枯老的落叶在风中寂寞地回旋。问了两家旅馆，价格惊人的高。豪华型的那一家，每日美金 120 元；普普通通的，竟然也要美金 65 元。我们心有不甘，拖着行李，从大街走进窄巷里，打算多找几家来比较比较价格。

在巷尾处，有一家旅馆。旅馆门口，无声地站着一名中年汉子。他戴着一顶帽子，帽檐压得很低，穿着一件长及膝盖的厚大衣，暗沉的深褐色，领子高高地竖着，遮蔽了他大半张脸。

我们正想跨进旅馆时，他突然伸出手来，轻轻地扯住了日胜的手肘，用低沉的声音问道：

"有便宜的住宿，你们要不要？"

"在哪儿？"

他从大衣口袋里掏出了一张白色的卡片，

递给我们。

卡片上，只简简单单地印了两行字：上面的那一行，是名字；下面的那一行，是地址。

"这地方，在哪里？"

"是我家，距离这儿 4 公里。我有车，可以载你们去。"

我和日胜迅速地对看一眼。不入虎穴，焉得虎子？立刻便作了决定，随他朝停车场走去。车子很小，是苏联出产的，我们硬生生地把身体塞了进去。

他坐在驾驶位子上，摘下帽子，朝我们微笑。他年纪很大了，两道眉毛，白如霜雪；额上皱纹，汇集成川。奇特的是他的头发，三色杂陈：两鬓白皑皑，脑勺灰兮兮，中间的那一大把偏是亮丽的黄褐色的。这色彩缤纷的头发，和他那张老迈的脸，十分不相称。

车子开动以后，毛毛细雨，纷纷飘落。车子愈走愈远，雨点愈粗愈大，滴落在车窗上，把窗外的景物都敲裂了。一切都是缥缥缈缈、朦朦胧胧的，就连驾着车子的这名波兰老汉，也是闪闪烁烁、虚虚幻幻的。

觉得自己好似落入了一个奇怪的梦境里。

车子终于停了下来。车子外面，是一幢灰色的多层建筑。

我们冒雨飞奔下车，搭乘电梯到二楼去。

那是一所两房一厅的小公寓，有一妇人背向着我们用拖把在清理地上的积水。屋里的排水系统不好，骤来的急雨使污水泛滥一地，散发着一股难闻的气息。

波兰老汉用亲昵的声音唤道：

"碧格尔基！"

妇人回过头来，我当场怔住了。

是一张年轻而美艳的面孔：深邃的眸子里，是两汪碧绿的水；红润的脸庞，是一枚完美的瓜子。

"这是我太太。"

太太？天，我还以为是他的女儿呢！

波兰老头用波兰语对着他娇艳的妻子连珠炮似的说了一大番话，我这才滑稽地发现，他刚才沉默如山，不是他性子孤僻，纯粹是因为他英语"不灵光"。美妇人把拖把搁在墙边，一边将湿漉漉的双手往围裙上抹，一边侧着头耐心地听，然后，用那种在语言训练班学来的"标准英语"一字一句地翻译给我们听：

"我丈夫说，日租美金 20 元，不收波兰币。冲凉房热水供应到晚上十时为止。唔，还有，不可以洗衣、晾衣。"

哇，这老头，可真是个厉害角色哪！

看了房间：很小，一张床就占据了整个房间三分之二的空间；加上衣柜、小几、两把椅子，人在房内，几乎没有转身的余地了。

嫌房租贵，波兰老头毫不客气地反击：

"你知不知道在华沙住旅馆日租至少得付美金 60 元以上？"

我当然知道，可是，住旅馆，我可不必嗅那污水的臭气、不必看时间来冲凉，更不必蜗居于这种小房间里呀！

波兰老头很固执，分文不肯减。屋子外面大雨滂沱，我们别无选择的余地。

一点头，波兰老头立刻便伸出手来，说：

"房租，先交。"

交足 3 天的房租，和女房东讨了两条毛巾，在污水横流的冲凉房，草草地冲过凉以后，略事休息，待雨稍歇，便外出逛游了。

华沙的旧街场，还保留着 16 世纪的气氛：瘦瘦的石板路，静静地竖立着一盏又一盏古雅的街灯，街灯底下，是一间又一间小巧玲珑的餐馆。

细雨霏霏，行人绝迹。走在石板路上，那单调的声响，听起来很不真切；而那拖在地上模模糊糊的影子，竟像是对自己紧追不舍的一个幽灵。此刻，空气是霜，人亦是霜，冷得知觉全失。

进了一家古老的餐馆，女侍走路时阒无声息，说话时吐气如兰。

理所当然的，看不懂菜单，只朝"鸡肉"那个栏目下随意一指，竟来了一份叫人难以置信的惊喜。鸡肉不可思议地卷成了圆筒形，裹着面粉炸成了金黄色。非常结实，用刀切了好一阵子，才切得开来，意想不到的是，"鸡肉筒"里，满满地裹着鸡汤！这"鸡肉筒"，和中式点心里的"小笼汤包"实有异曲同工之妙！

在物资匮乏而生活困顿的波兰，厨师肯花心思烹调出如此精致可爱的食物，实在令我大感意外。

饱餐之后，走去车站搭车。抵御不了寒气，自背包中取出中午在一家小商店里买的杂果酒，仰着脖子，喝。杂果酒是波兰的名酒，是用橘子、柠檬、葡萄三式水果合酿而成的。酒性很烈，一入喉咙，便化作了火，熊熊地烧到肠胃去。和日胜轮流着喝，不知不觉，竟喝光了。通体暖和，脚步踉跄，跌跌撞撞地返回下榻处，倒头便睡。

次日一早，在肖邦的"回旋曲"中醒过来，怔忡地望着飞扬于空中的美妙音符，有好一阵子竟不知身在何处。

弹奏钢琴的，是一名年约 10 岁的小女孩。

钢琴摆在大厅的一隅，此刻，这女孩儿便坐在钢琴旁，忘我地让纤长的十指在琴键上轻俏地舞动。钢琴下面坐着一只鬈毛狗，从钢琴掉落下去的音符压在它身上，把它压得驯驯服服的，我似乎还看到它嘴角含笑哩！

碧格尔基坐在厅里的沙发上，看宝贝女儿弹琴。

女孩儿弹奏的，全是肖邦的作品。

肖邦是波兰伟大的作曲家和钢琴家，诞生于距离华沙大约 50 公里的小市镇 Zelazowa Wola，在波兰被称为"国民音乐家"。他把他忧国忧民的思想，糅合在浪漫主义的本质里，通过纯正优美的古典形式，天真烂漫地表达出来。

他的音乐才华使他成为世界乐坛上的瑰宝，而今，人已殁，魂长在，他鲜亮地活在每家每户波兰人心中。尽管波兰人的物质生活很贫乏，但是，他们的精神世界却因肖邦而永远地富足。

就以我所下榻的这一户人家来说，一大早便以肖邦的乐曲来当"早餐"。

数曲弹就，女孩儿抱起脚下的鬈毛狗，入房更衣，准备上学去了。

碧格尔基走到钢琴旁边，小心翼翼地把琴盖合上。我好奇地跟过去看，碧格尔基一脸自豪地微笑着说：

"这钢琴，波兰制造的。"

"多少钱一台？"

"3 亿波兰兹罗提。"（约合新加坡币 600 元）

"哇!"我不由自主地惊呼一声。

在华沙,一般人的月薪只有百余元新加坡币,换言之,他们必须在没有其他任何开支的情况下,做足五六个月的工,才买得起一架钢琴!

碧格尔基从我的表情里洞悉了我的心意,微笑地说:

"钢琴的价格的确是不便宜的,可是,对于许多波兰人来说,我们宁可食无肉而不愿居无乐。"("乐"指的是"音乐")

我完全相信她的话,因为我紧接着便亲眼看到她让她亲爱的女儿啃食一大个淡淡的白面包当作早餐。

我告诉碧格尔基:

"我们9点要出去,麻烦你现在为我们把早餐准备好。"

碧格尔基点头。

我到冲凉房去刷牙,可是,隔了不一会儿,碧格尔基便来敲我的门,对我说:

"真对不起,我的丈夫说不能给你们早餐。"

"怎么啦?"我没好气地问。

碧格尔基仿佛有点儿不好意思,低下头来说:

"他说,那20美元房租是不包括早餐的。"

这时,波兰老头也走了过来,竖起了一根手指,说:

"早餐,一个人1美元。"

糟老头!我在心里嘀咕地骂了一声。1美元,表面上看起来少之又少,然而,在物价偏低,一张明信片才售美金半分钱的波兰来说,1美元却是颇为可观的。令我觉得不舒服的是,按照一般的规矩,早餐通常都包括在房租里的,只是昨日入住时没有明说要他供应早餐,现在也只好咽下这个暗亏了！

波兰老头一点儿也不含糊，我一同意，他便伸手要钱，那种锱铢必较的样子，着实可厌！

碧格尔基给我们准备的早餐包括：新鲜火腿肉两片、生熟蛋两粒、热牛奶一大壶、冷硬面包一长条。我一向不吃煮不熟的鸡蛋，所以，把它拿到厨房去，碧格尔基满脸歉意地说：

"明天，给您熟蛋。"

用毕早餐，穿上大衣外出，经过厨房时，正好看到碧格尔基慎重地把我"退还"的那两枚鸡蛋放进她女儿午餐的便当里。

我和日胜搭车到飞机场去领我们一度失落的行李——机场的职员告诉我们，那件行李"流浪"到德国的法兰克福去了。

整个机场乱糟糟的。我们拿着"失物代领"的条子，东南西北团团转，最后终于得到善人指点而进入了行李贮存处。那儿，也同样是乱糟糟的：人很多，行李更多，东一件，西一件，我们好不辛苦才找到那件"开小差"的行李，把它提了出去。令我们极端惊讶的是，出口处竟然无人防守，通行无阻！这到底是过分的信任呢，还是无意的疏忽？我不知道。

欢天喜地地拖着失而复得的行李返回下榻处，满天满地，竟又是缠绵的雨丝。波兰老头不在家，碧格尔基坐在厅里看杂志。屋子里，飘散着一缕一缕食物的香味。啊，是一种独独属于家的温馨味儿呢！

日胜到外头去购买芭蕾舞剧的票子，我蜷缩在沙发里和碧格尔基聊天。

碧格尔基告诉我，在华沙，歌舞剧和音乐会是夜夜、场场都满座的。平常的日子节衣缩食，往往是为了夜晚能到歌剧院里一饱眼福和耳福。除此以外，人们的生活便是一片永远也无法填满的空白了。

在历史上，波兰是一个命运极端悲惨的国家，饱受外族蹂躏，国土一而再、再而三地被瓜分，人民永远生活在水深火热中。现在，表面上看起来国势平静，然而，老百姓还是日日挣扎于艰苦的贫困线上，过着"想啥没啥"的生活。

正谈得起劲时，波兰老头回来了，带来了3名长发披肩的青年，背上都压着沉甸甸的旅行背包。天，屋子里唯一的一间客房租了给我们，现在，这个小小的厅，也要被这3名邋里邋遢的游客"瓜分"了。

碧格尔基忙着打地铺，我在一片忙乱当中溜了出去，搭车到约定的地点去会日胜。

我们参观了文化科学宫殿、无名英雄之墓、华沙大学；逛了繁华街、旧市街、新市街；晚上又到歌剧院观赏了一出精彩绝伦的芭蕾舞剧。一整天，过得非常充实。唯芭蕾舞剧结束后，我们找不到计程车，又没有公共汽车可以直达下榻处，转了两三次车而返回那儿时，已是子夜12时了。

十分疲累，开了门，很意外地发现波兰老头还坐在厨房里打盹。一看到我们，便问：

"明天，要吃早餐吗？"

哟，还蛮温馨的呀！

我高高兴兴地答：

"要，两份，鸡蛋要全熟的……"

我的话还没有说完，波兰老头的手便伸了出来：

"先给钱，美金 2 元。"

波兰那支断弦的琴

清清楚楚地记得，那天下午，她是站在格但斯克旅游促进局侧门的墙角处的。

微鬈的头发，是银白色的。脑勺子处用黑色的薄纱巧妙地梳了一个小花髻，髻上缀以细花。滑亮的白绸上衣，不经意地闪着华丽的亮泽；鲜红的窄裙，剪裁合宜。黑色的丝袜，矮跟的高鞋，是刻意追求潮流的明证。

尽管装扮是这样的"年轻"，然而，那脸，却不是年轻的。脸上一道一道轻轻浅浅而又明显的皱纹，还有，那历尽沧桑的眼神，都难以掩饰地泄露了她的年龄。青春已离她远去，可是，她却可怜兮兮地企图抓住青春虚幻的尾巴。

我和日胜，经过她身旁而想迈入旅游促进局的大门时，这妇人，突然伸手扯住了我，用生硬的英语说道：

"睡觉？"

我吓了一大跳，赶快甩掉了她的手。

妇人不气馁，依然艰涩地用有限的英语词汇来表达心中的意愿：

"你们，睡觉的地方？我家有。"

啊，我总算明白她的意思了。她是波兰寻常百姓，想出租房间给游客以赚取外快。问她房租多少，她说：

"一个人，4万波兰兹罗提；两个人，8万。"

我默默地算了算，8 万波兰兹罗提，折合新币才 16 元，实在便宜得不像话！

一谈即合，立刻随着她去搭乘公共汽车。大件的行李全都寄放在火车站了，手上只提了一个轻便的旅行袋，因此，毫无困难地便挤上了公共汽车。

只过了 3 个车站，便下车了。

眼前，是一条长长的泥路。傍晚温热的阳光落了下来，连拖在地上的影子也显得疲乏无力。泥路的尽头，是一幢破落的公寓，高仅 4 层，不但色漆剥落，而且，墙灰大块大块地掉落，里面的红砖，猥琐地露了出来。公寓前有一大片空地，小孩快乐地踢球，野狗快活地乱窜，扬起满天满地的沙尘。脏而乱，但是，它让人切切实实地感觉到生活的脉搏在跃动着。

妇人住在 3 楼。

尽管门外的世界污秽破旧，可是，门内却是"另有乾坤"的。

布置雅丽，纤尘不染。

面积不大，长方形的厅，小小的卧房，窄窄的冲凉房，还有，玲珑的厨房，就是屋子的全部"内容"了。

这里那里随意地摆放着的盆栽，恣意吐放出袭人的绿意。

靠墙处的矮柜上，整整齐齐地摆放着闪闪发亮的水晶器皿，还有，两张放得很大、很大的照片。

一男一女，男的英气勃勃，女的妩媚漂亮。

见我盯着照片瞧，妇人以自豪的语气说道：

"我和我丈夫。"

说毕，又指了指她丈夫的照片，作了一个睡觉的姿态。

我朝她虚掩的卧房看了看，她知道我误会了，立刻指了指上面，又在胸前划了个"十"字。

原来是个孀居的寂寞寡妇！

我把轻便的旅行袋提到卧房去。房间和大厅一样，收拾得井井有条。向着房门的那道墙，挂着夫妻俩的合照。照片，是很年轻时拍的，两个人都显得神采飞扬，妇人像只依人小鸟，倚在她丈夫宽厚的胸膛上，那一份甜甜的蜜意，毫无保留地从照片里流了出来。琴瑟和鸣，余音绕梁。可是，现在，一根琴弦已戛然而断，妇人夜夜独听这"无声之曲"，能不泪湿衾枕否？

有趣的是妇人的冲凉房，瓶瓶罐罐全都是化妆品：收缩液、清洁液、护肤液、粉液、粉饼、指甲油、唇膏。林林总总，应有尽有。我仔细算了算，单单唇膏，便有足足12支不同颜色的！

美人迟暮，是人世间永远的遗憾。很显然地，妇人迄今还不能接受暮年已届的事实。

在冲凉房里，把两套肮脏的衣服洗了，放进塑胶盆里，拿出去阳台晾晒。

妇人尾随而来帮我，两个女人忙忙碌碌地在晾晒衣物的当儿，我恍惚地觉得，我与她好像是多年的旧相识。天色已暗，刚才我在火车上吃了一大个又冷又硬的火腿面包，胃囊胀胀的，加上连日奔波，精神疲累，不想再出门去了。善心的妇人，为我们泡制了浓香的波兰咖啡。

三个人，坐在厅里，日胜全神贯注地阅读旅行资料，我和妇人"闲聊"。名义上是闲聊，实际上，是妇人在"自说自话"。最糟糕的是，她所说的话，我大部分听不懂，因为她说的是波兰语，间或"循我要求"而插入几句发音不准的英语。不过呢，凭手势、关键性的词语，我也渐渐地能够为她的一生绘出一个轮廓。

她的丈夫任职于外交部，经济能力不错。50岁那一年死于猝发的心脏病。

她孀居至今，已有6个年头了。3个孩子，全已长大成人。像世界上其他许许多多的家庭一样，母鸟含辛茹苦养大的雏鸟在羽翼丰满后离巢而去。垂垂老去的母鸟独留旧巢，将往日温馨的回忆切成一小块一小块的，储藏在"记忆之箱"里，每天拿一块出来，慢慢地咀嚼。此刻，生活的本身，像甘蔗渣，淡然无味；可是，回忆却像是一根又一根甜美多汁的甘蔗，让她在咀嚼的同时，对生命生出了眷恋之心。

最近这一两年来，为了排遣寂寞的情怀，她开始把屋子出租给来自世界各国的游客。最"辉煌"的一次"成绩"是：她"接收"了一群来自美国的年轻人，总共13人，把整间屋子挤得密不透风。

此刻，她得意地说，得意地笑，一屋子都是她的声音。

夜渐深，她不累，反而越说越起劲。然而，我的眼皮子却慢慢地像加入了铅块，沉重得快要撑不开了。告退回房，睡得天昏地暗。

醒来时，大片日影已经贴到床褥上了。

厅里飘来缕缕咖啡香，出来一看，妇人已经把早餐准备好了，美丽的小竹篮里，铺了镂空雕花的白布，里面放了长圆形的面包；米色的瓷盘上，有两条长约8寸的香肠。

咖啡、牛油、果酱，整整齐齐地排列成马蹄形。

面包硬如石，香肠冷若冰。

日胜建议：

"你自己拿香肠到厨房去煎一煎吧！"

厨房里妇人独自坐着用早餐，很简单，就只有咖啡和面包而已。

我告诉她，我想煎香肠。她立刻从灶底拿出了一个小小的平底锅来。锅底有一层薄薄的蜡状物，黄黄的、亮亮的。我以为锅子不干净，正想拿到水龙头底下冲洗时，妇人急急扯住我的手肘，接过锅子，放到炉上去，开火。锅子一热，那一层蜡状物立刻融化了。仔细一看，嘿，原来是油哪！想必她昨夜主炊时，锅里有剩余的油，不舍得洗，任由它残留在锅上。我用这"残油"，把切成薄片的香肠煎得香香的，美美地饱餐一顿。

然后，出门去了。

格但斯克是波兰北部的古老大城，临海而建，被誉为波罗的海最美丽的港口。城里的建筑，在战争时期被摧毁殆尽；战后按照旧的蓝图，重新建造。

走在石板路上，随意浏览古色古香的石砌房子，恍若置身于中古世纪。

我们把一整天的节目排得满满的。早上乘船泛游波罗的海，赤足漫步于闻名遐迩的苏波海滩；中午逛游旧街市，参观了好些教堂和古城墙；下午去看第二次世界大战的发生地 Westerplatte，也看了当年波兰工人发动罢工以废除军法统治的据点；晚上呢，我们享受了一场精彩绝伦的波兰民族舞蹈。

返回妇人的家时，已近子夜。长长的泥路没有街灯，朦朦胧胧的月光，把我们的影子模模糊糊地印在地上，气氛显得有点阴森诡谲。

妇人倚门苦盼游人归，见到我们，一脸都是释然的笑意。把我们让进来，絮絮地说着一串又一串的波兰话，在这一刹那，我好似进入了时光隧道，时间的列车，把我载返旧日的岁月中，此刻，我是个迟归的少年，俯首聆听母亲的训话。

妇人跟在我后头，拿拖鞋给我穿，为我开瓦斯炉烧水洗澡。洗澡时，我闻到外头飘来咖啡香，出来时，果然看到桌上端放着两杯咖啡。她坐在厅里指了指咖啡，又指了指时钟，嘱我们快点喝，快点睡。明天早晨 6 点半，我们便会离开这儿，搭乘火车到波兰的另一个大城波兹南去。时间太早了，我告诉她，明晨不必为我们准备早餐。

入房就寝，发现昨晚晾晒在阳台上的衣服，已经熨得平平直直的，整整齐齐地用衣架挂在墙上的钉子上。

我把行李收好，取出今天在市区买的 5 个桃子，放在桌上，准备明天送给妇人。水果在波兰是奢侈品，大大的蛋卷冰淇淋一筒也只要 1 毛钱而已，可是，这桃子，每个的售价高达 6 毛钱。

我看着桃子上散着的那一层淡淡的红晕，不由得想起了妇人脸上的笑靥。这 5 个桃子，妇人应该会喜欢吧？

一宿无话。

次日早起，可是，妇人比我们起得更早。

她给我们做了早点，每人两片面包，夹了香香的熏肉，放在塑胶袋子里，给我。

我把 5 个桃子放在桌上，然后，与她道别。

她用双手圈住我的肩膀，吻我的脸颊，一下、两下、三下。她的眼睛很亮很亮，薄薄地镀了一层水光。

啊，蜻蜓掠水，痕过不留。我是她生命之湖里的一只蜻蜓，很轻、很小的一只蜻蜓，飞过时，有影无痕，可是，她竟动情。我想，她在潜意识里大约把我当成是她离巢而去的孩子吧？

妇人送我们下楼，站在楼梯口，目送我们远去。我们走到泥路的尽头，偶然回首，看到一团小小的黑影，好似一具伫立不动的化石，凝在那儿……

双足一踏上宿竹坡（Sozopol，索佐波尔），便难以压抑地爱上了它。

一幢一幢小巧玲珑的石头屋，静静地立在窄窄的青石板路上；路旁普植的树木，这里那里恣意地留下一团一团轻俏的绿影。海风吹拂处，绿影飘摇，群鸟啁啾。

宿竹坡濒临黑海，是一个人口不足5000人的小城，位于保加利亚东部。

我与日胜搭乘公共汽车抵达那儿时，是星期天中午。

第一个感觉是"静"，没有车声，没有人声，落在耳里的，只有风声、涛声，以及树叶被海风骚扰而发出的"沙沙"声。

提着轻便的行李，在面临黑海的地方，找了一所旅舍。这所旅舍，是保加利亚开放以后，由私人经营的。宽敞的大房，连着一个栽满了鲜花的阳台。坐在阳台上，可以尽情欣赏黑海那如诗如画的景致。

十分满意，而更叫人称心的是，这样一间双人房，仅仅收费6美元！

办妥登记手续，已近晌午。饥肠辘辘，到外头去找吃的。

令我们觉得十分惊讶的是，黑海畔许多卖海鲜的摊子都没有营业。问那些坐在摊子前面抽烟的少年，他们耸耸肩，用蹩脚的英语应道：

"星期天，不做工！"

又指了指前面，说：

"那边，有！"

海鲜摊子 专卖鲱鱼

那是一个由一对夫妇经营的海鲜摊子，摊子前面，摆了几张桌子，擦拭得干干净净。

穿着白色长袍配灰裤的男人，留了两撇极浓极密极黑的八字须，正站在冒着烟气的油锅旁炸鱼，额上密密地缀着多颗晶莹的汗珠。他的妻子，短发、大眼，脸上露着亲切的笑容，正以敏捷的手势把炸好的鱼配上马铃薯，放进盘子里。

我看了看摊子上的鱼，都是鱼身扁长、口小牙细的鲱鱼，这些炸得香香的鲱鱼，1公斤才卖22列弗（约合新币2.2元）。

我们要了1公斤鲱鱼，又要了一些马铃薯，一大瓶啤酒，坐下，大快朵颐。

鱼骨极软、鱼肉极甜，风卷残云，不一会儿，便吃了个精精光光。

这时，正在清理桌子的女摊主，突然以纯正得令我大大地吓了一跳的英语开口问道：

"再来一点鲱鱼，好吗？"

"好呀，再来1公斤！"我毫不犹豫地应道。

晌午已过，顾客散尽，我与日胜，舒舒服服地坐在位子上，等吃。

女摊主把那一大盘鲱鱼端出来时，也端来了一个灿烂如阳光的笑脸。

"整个宿竹坡，好像只有你们这个海鲜摊子在营业哪！"我说。

"是呀。"她微笑，"每个摊子都在星期天休息，只有我们，做足7天，每天做14小时，绝不中断。"

看到我们摊放在桌上的地图，她友善地问：

"你们是游客吧？"

"是。"我应，"这个小城，有什么名胜可看吗？"

"宿竹坡是黑海畔一颗发亮的珍珠，每一个角落都是令人难忘的名胜嘛！"她笑嘻嘻地说，从裤袋里掏出了一包香烟，以征询的目光望着我们，"我可以坐下来和你们谈谈吗？".

我忙不迭地给她拉开了椅子。

她取出打火机，"咔嚓"一声把烟点燃了，吸了一口，问道：

"现在，你们住在哪儿？"

我说出了旅舍的名字。她紧接着又问：

"双人房，多少钱？"

"6美元。"

"哇！"她露出了极端惊讶的神色。

"房间又宽敞，又美丽，还可以看到海景，听到海涛呢！"我得意扬扬地说，"地点离市区又很近……"

"但是，太贵了呀！"她以一种全然出乎我意料的口气打断了我的话，说道，"在宿竹坡，有许多人把房间出租给游客，住宿包早餐，才收1美元哩！"

"1 美元！"这一回，轮到我叹息了。知道保加利亚生活水准偏低，但是，低成这个样子，还是令人有匪夷所思的感觉。

她吐出了一口烟，看着烟气在空中慢慢地扩散，然后，以略带沉悒的语调说道：

"保加利亚目前面对的两大问题是货币不稳、治安不佳。而这，都是发展旅游业的致命伤。我们在宿竹坡经营的这个海鲜摊子，靠的主要是游客，游客人数锐减，我们便首当其冲地受到影响。"

国家开放　当个体户

这位名字唤作"伊丽娃"的女摊主，异常健谈。她以一种"一见如故"的亲切态度告诉我：她原本是在保加利亚首都索菲亚（Sofia）当文员的，可是，"工"字不出头，自从保加利亚在 1989 年改换政体而允许百姓私营生意后，她便和她的丈夫伊凡四处物色经营小食摊的地点。

"原本的构想是卖烧烤肉排，可是，在保加利亚，不易取得肉类的供应。再三考虑以后，我们决定在黑海沿岸开设卖鱼的小摊子，反正海洋里的鱼是予取予求的嘛！"

我一面把鲱鱼的肉剔出来放进嘴里，一面问她：

"开设卖鱼摊，为什么不选择金海滩呢？"

金海滩是保加利亚闻名遐迩的旅游胜地，位于保加利亚东岸的瓦尔纳，在春夏两季里，游人多如过江之鲫。

"好问题！"她微笑着说，"金海滩正是我们考虑的第一个目标，可是，金海滩的租金对于积蓄不多的我们来说，实在有如天文数字呵！我和伊凡花了好几个月的时间，天天翻报纸、看地点、论租金，几乎累垮了。后来，终于在报上读及宿竹坡海鲜摊子招租启事，我们当机立断，立刻便要了下来。"

"租金多少？"

"每年 1.5 万列弗，签 4 年合约，总共付出 6 万列弗的租金（合新币 6000 元）。"

"生意好吗？"

"最初，的确是惨淡经营的，但是，我觉得宿竹坡是黑海沿岸最美丽的一个小城，发展旅游业的前景，应该是很灿烂的。事实证明，我的看法并没有错。"她兴致勃勃地说，"现在，生意不错，在 7 月与 8 月的旅游旺季里，我每天可以卖出 100 公斤鱼、100 公斤马铃薯、500 瓶饮料。"

100 公斤鱼！单单为那些鱼儿剖肚去肠的清洁工作便足以将人折腾得死去活来了。

"是。"伊丽娃点头应道，"每天早上四五点，我便和伊凡到渔人码头去买新鲜捕获的鱼，回来后，必须花上几个小时来加以清洗。最苦的是，盛夏来临时，天气溽热，站在沸腾的油锅前炸鱼，我觉得自己全身都在燃烧哪！"

始知盘中鱼，条条皆辛苦！

在宿竹坡经营海鲜摊子的另一苦恼是时令的限制。伊丽娃只能在每年 5 月至 9 月的春夏两季赚取游客的钱，秋冬两季，天气转寒，游人不至，他们夫妇只能暂时关闭摊子，另谋生计。

"我有个妹妹，两年前在远亲的帮忙下，到美国去了。她白天在餐馆当女工，晚上驾计程车，日夜拼搏，短短两年间，便已挣得了一爿小小的店，专门外卖意大利烤馅饼。今年冬天，我将和伊凡到美国去，帮她忙。"

伊丽娃说着，兴致极高地到摊子里取出了一本小相册，翻开来，让我看她的妹妹。

妹妹个子很高，双眼湛湛发亮，头发短而直，手臂粗而壮，英气飒爽，一看便知道是属于"拼搏型"的。

"你们姐妹，是女中豪杰！"我跷起拇指夸赞她。

她微感赧然而又极感高兴地说：

"为了生活，不拼怎行！"把短短的烟头在烟灰缸里捺熄，又说，"就说我的英语吧，也是拼出来的。当初决定来宿竹坡做生意，我就请了个人在家里为我补习，读了一年，总算学会了一些皮毛。我的男人伊凡就不行，读了一阵子，嫌难，放弃了。"

小镇之美 超尘出世

谈着谈着，霏霏细雨骤然飘落，愈下愈大，在眼前形成了一副朦胧的雨帘。我们吃光了鱼，喝完了酒，很想到处走走，但这雨帘，却变成了我们行动的绊脚石。善解人意的伊丽娃，读出了我们的心声，她拍拍我的手背，说：

"我借你们两把伞，你们放心去玩吧！"

把伞取出来，交给我时，她忽然以诚挚的语调说道：

"我今天早上买了一条大鱼，是市面上难得一见的，今晚8点半，你们来，我和伊凡请你们吃一顿好鱼。"

萍水相逢，无功不受禄，急急推辞，可是，她却坚持地说：

"来，请一定要来，难得大家谈得拢。"

我和日胜在愉快的心情下，撑着借来的雨伞，去观赏黑海风光。

急雨骤来，骤去，不一会儿，太阳便破云而出。

现在，雨过天晴，浩瀚无边的黑海海面上出现了一道弯弯的彩虹，颜色鲜丽得极为醉人，好像是仙女刻意以七彩绸带在海面上结一道拱形的同心桥。黑海上空，海鸥惊人的多，大而肥，高高低低地来回翱翔；海鸥凄厉的叫声配合着波浪击岸所发出的海涛声，形成了一种略带凄凉的诡谲气氛。黑海畔满布嶙峋巨石，极目远望，别有一番不规则的美感。

伊丽娃全然没有夸张，宿竹坡的确是一个美得超尘出世的小城。

建在石板路上的屋子，每幢都有不同的设计，有些双层屋子，奇妙地以古朴的石块和古雅的木料相配合，糅合成一种极端特殊的风味。裹着头巾的老妇，坐在矮墙外的石阶上，享受小城午后懒洋洋的阳光，伴着她的，是一只不知天高地厚的小绵羊。有户人家，敞开后院的大门，把五彩缤纷的床单平平地摊放在草地上晾晒，邻里共坐一张陈旧得好似随时会崩塌却又古意盎然的长形木椅，双手穿针带线勤勤地补补缀缀，嘴巴也絮絮地东家长西家短。对玫瑰花有特殊爱好的保加利亚人，让娇艳的红玫瑰恣意开满屋前的墙壁与楼上的阳台，玫瑰的清香，随着回荡的微风，多情地缠上身来。一堆年华已逝的妇人，就坐在花架下的石块上，闲闲地在时光的隧道里细细咀嚼自己那也许闪亮也许灰黯的一生。今夕是何夕？没人关心。岁月的河流潺潺地流经这里时，也不自觉地放慢了速度。

我们看看走走、走走看看，经过市中心的小广场时，居然看到一名白髯飘飘的老人，以一架老得好似古董一般的相机来为游人拍照。他把头钻进长长的黑布里，那模样，不像是要拍照，倒像是想摄取游人的魂魄。

广场一隅，有人在卖樱桃。深红色的，圆大饱满。试了一粒，肉厚汁多，极甜。1公斤才卖7列弗（约合新币0.7元）。一口气买了4公斤，准备送两公斤给伊丽娃。

鲟鱼硬卵　人间极品

傍晚8时半，提着买来的樱桃，依约前往伊丽娃的海鲜摊子。

树下的一张桌子，已铺好了白色底子印上红色图案的桌布。伊丽娃从摊子里伸头出来，快活地喊道：

"坐，你们先坐。"

我们一坐下，伊丽娃便把一盘金光闪烁的颗粒状东西端了出来，搁在桌上。我一看，便忍不住惊喜地喊了起来：

"鱼子酱！"

"是。"伊丽娃微笑地应，"黑海盛产鲟鱼，这是鲟鱼的硬卵子。"

鲟鱼金色的硬卵子，是鱼子酱里的上品。制作者从刚捕获的新鲜鲟鱼体内取出卵块，用细目筛慢慢地、细细地将鱼卵和其他无用的有机体分开，加入相当于卵子分量5%的细盐，便成了令饕餮者垂涎三尺的鱼子酱。

以鲟鱼卵子制成的鱼子酱，又按照鱼子颗粒大小和色泽分成很多不同的等级。最普通的，是以白鲟鱼制成的黑色鱼子酱；次好的鱼子酱，是呈灰绿色或棕色的；而最最珍贵的，就是摆在我眼前这种以小鲟鱼金黄色卵子制成的鱼子酱了。据说过去只有在俄国沙皇的御膳房里才见得着这种珍贵已极的鱼子酱。

这晚，在宿竹坡，我总算大开眼界了。

伊凡把冷食、面包、啤酒、烤鱼，一样一样端出来、摆好，大家便无拘无束地大快朵颐了。

那金色鱼子酱，美得令人不忍吞食。一粒粒圆滚滚的，富于弹性，舀起一匙，倒在面包上，颗颗盈盈立着，好似一串断了线的宝石，在白白的面包上发出炫人眼目的璀璨亮光。

放进嘴里，以舌尖顶住，"噗"的一声微响，鱼子酱裂开，一股又咸又香又鲜又浓的味儿，立刻窜满了整个口腔。这种味道，和过去我所试过的那种黑色的鱼子酱相较，的确不可同日而语。

肥硕海螺　打入冷宫

"黑海，是我们保加利亚人一个取用不竭的天然宝库。"伊丽娃双眼闪烁着动人的亮光，说道："从黑海捕获的鱼类，有一百八十余种。除了鱼类以外，海螺的产量，也惊人地丰富。"

说着，把那一大盘冷拌海螺片递了过来。

褐色的海螺肉，切成了薄薄的一片片，拌和在番茄片、黄瓜片和羊奶酪丝里。海螺肉在柔软当中带着些许不易察觉的韧性，含有鲍鱼的香味，我边尝边赞。

"难得你喜欢。"伊丽娃说，"保加利亚人都不肯接受它，我曾试着以各种各样不同的方法来烹调它，硬是没人爱吃。"

说着，起身到摊子里取出了两个生海螺，递给我，以爱怜的语气说道：

"你看，多好的海螺！"

很大，盈满一掌；很重，肉肥而厚。这样的海产，居然被打入冷宫，真是暴殄天物哪！

"这种海螺，在日本有很大的市场。保加利亚有一家公司，以极低的价格向我们收购，再以每公斤 2.5 美元的价格卖给土耳其人，而土耳其人则以每公斤 6 美元的高价卖到日本去，在转手之间，便轻易地赚进了一大笔！"她滔滔不绝地说道，"讲起来也真不公平，海螺出口的工作都是我们做的，但是，利润却都落进了别人的口袋里。"

"海螺出口，需要做些什么工作呢？"我土里土气地问。

"工作可多哪！"伊丽娃娓娓地说道，"首先，必须把海螺肉由螺壳里慢慢地剔出来；洗干净以后，在 130℃ 的高温里煮一煮，取出；再以 −70℃ 的低温冰冻它。目前，我们雇用了几名工人来做这工作，每个月可以弄出大约 10 吨纯螺肉。"

伊丽娃表示，她很希望同外界的商业世界建立直接的联系，以便在不久的将来，以直接出口的方式输出海螺。

"我们国家刚刚开放，百废待举，许多事情，都得一步一步来，全然急不得。"伊丽娃以冷静的口气分析道，"目前，我们的国家正处于新旧交替期间，许多积重难返的现象，依然存在着，我们当老百姓的，也只能耐心地等待了。"

伊丽娃接着告诉我，她目前最大的苦恼是房屋的问题无法解决。

"我和伊凡，原本都是居住在索非亚的，这几年移居到宿竹坡来，靠着这个海鲜摊子，也有了一点积蓄，用来买房子，是绰绰有余了。可是，在目前的保加利亚，房屋的买卖，难若登天。也许你不相信，我和伊凡在宿竹坡这两年多，都是住在设置床位的旅行车子里的。"

日拼夜拼，却只能以车当屋，伊丽娃和伊凡生活的辛苦，实在是我们所难以想象的。

黑海不黑　亮丽如绸

月上梢头，由树叶缝隙洒落在桌上的月光，不可思议地带了几分嫩绿。

我们几个人在月色底下边吃边聊，说话最多的是伊丽娃，因为她不但要说，而且要译——为我们把伊凡所说的保加利亚语翻译成英语。伊凡是名稳重而又诚挚的男人，他通过伊丽娃的口，有条不紊地为我们分析保加利亚当前的政治形势与社会概况，许多见解掷地有声。尽管情况不尽如人意，可是，他一点儿也不感到消极。

"事在人为。"他深沉地说，"只要国家允许人民改变现状，希望便在明天。"

美美地饱餐一顿以后，热忱好客的伊丽娃，取出了保加利亚人最爱吃的糖渍酸果来给我们尝。这种酸果，在所有的东欧国家里，只有保加利亚栽种。它状似体型缩小了的柠檬，但是深青色的。未熟时，味道酸涩，熟透以后，酸甜。由于保加利亚人没有妥善的方法保持水果的新鲜度，所以，以糖渍的方式来收藏酸果。

"保加利亚严重地缺糖，我托人到土耳其去，一口气买回 200 公斤白糖，大量制作糖渍酸果。制成以后，销路好得很哩！"伊丽娃笑嘻嘻地说，把一枚酸果放进口里慢慢咀嚼。

这女人，脑子实在灵活！

吃了一枚酸果，哇，甜得不像话。那一份浓腻的甜意，化成了一大团不舒适的感觉，沉沉地滞留在喉咙里。

餐后，四个人沿着黑海慢慢地散步。

走不多远，伊丽娃便指着停在黑海畔的一辆深黄色的旅行车，说：

"瞧！"

这车，便是伊丽娃和伊凡的"家"了。

她打开了车门让我看。里面的空间，被两张单人床塞得满满的，其他杂物，都搁在纸箱里，东一个、西一个，显得非常凌乱。

关上了门，伊丽娃对着我苦笑着说：

"已经有了买屋子的钱，却依然得窝在这里！这样的情况，也不知道还要忍多久！"

伊丽娃焦灼的心情，我很能体会。笼罩在货币贬值的恐惧里，赚来的钱，不能购买不动产，也就没有了保值作用。

握着这位新朋友的手，我以诚挚的语气对她说：

"伊丽娃，我们华人有句老话：山重水复疑无路，柳暗花明又一村。现实生活里，纵然阴影处处，但总会有个亮亮的角落让你转折，给你透气的。"

她点点头，露出了开朗的笑容，用力地回握我的手，说：

"是的，我也相信，生活会一天比一天好的。"

我们相视微笑，然后，在温柔的涛声里，我们的目光都不约而同地调向了黑海。

黑海不黑，一点都不。

清澈的月光将辽阔的海面变成了一匹闪着银光的亮丽绸缎，一种淡淡薄薄但却实实在在的快乐，也溢满了我们的心房……

保加利亚的夏天，全然没有想象里那种难耐的燠热。在拂面的轻风里，来到索非亚那绿荫覆顶的广场，一种糅合了惊愕的欢喜，霎时排山倒海地席卷了我。

啊，这么热闹！

仅仅开放了一年多，保加利亚便令人难以置信地出现了许多"个体户"。更难得的是，这些"个体户"，卖的不是粗制滥造的消费品，而是精雕细琢的艺术品。

正是花开季节，空气里飘荡着一种甘甜的气息。阳光从层层叠叠的绿叶里洒落下来，整个广场，罩着一种绿玉般的光彩。

摆设在广场里的摊子，给我一种"百花齐放，百鸟争鸣"的感觉：木雕品、铜雕品、手织品、皮革品，应有尽有。街头画家也不少，人间璀璨的美景，都被他们以水彩和蜡笔带进画布里去了。

我慢慢地走，细细地看。走着、看着，来到了一个小小的摊子前，双足竟像长出了千年树根，再也移动不了半寸。

是一个卖胸针的小摊子。

轻铜片染成了古拙雅朴的墨黑色，边缘的部分雕塑成活泼浪漫的波浪形，中间镶嵌着色彩各异的天然宝石。尽管每一只胸针的设计大同小异，可是，聪颖的制作者却灵巧地利用轻铜片边缘波浪起伏翻腾样式的不同，使每个胸针都具备了迥然而异的特色。

气韵极佳的女摊主，有一张明洁透亮的脸。披肩的长发金光灿烂，可是，那双含笑的眸子，偏又漆黑如墨，好似镶嵌在"杏形框子"里两颗罕见的黑珍珠。

她以轻巧的手势把我看中的胸针一只只温柔地从绒布插板上取下来，放进我掌心里。

我如痴如醉地看，喃喃地赞叹：

"漂亮，真漂亮！"

"花了不少工夫。"她微笑地应，"整个冬天，都躲在家里做。"

说着，伸出了纤长的手指给我看。她的手指，和她秀里秀气的外表全不相配。指甲有些微的龟裂，指甲的边缘，染着一圈一圈污黑的痕迹，邋里邋遢的。

啊，下的是苦功呢！

我反复把玩那两个镶着绿色玉石的胸针，爱不释手，难以取舍。

她指着那块呈椭圆形的玉石，说：

"这个胸针，像海，有磅礴的气派，适合在庄重的大场合里佩戴。"

又指了指另外那块呈银杏形的玉石，说：

"这个呢，像绿湖，细致秀气，下午茶会戴上它，很大方。"

她的声音，悦耳动听；她的用语，生动精确。结果呢，我两个胸针都买下了。

交易做成以后，两个人站在树影花香中闲闲地聊。

索非亚这个热闹的夏天市集，是保加利亚于 1989 年更易政体之后才出现的。在夏天这 3 个月里，个体户每天早上 9 点到傍晚 7 点，聚集在这儿，销售自己的心血结晶。夏天市集是国家开放以后深受百姓欢迎的一项活动，它不但为保加利亚增添了旅游的魅力；另一方面，最重要的，它为许多挣扎在贫苦生活线上的人民提供了赚取外快的大好机会。

谈着谈着，迎面走来了一位举止优雅的妇人。

漂亮的女摊主，霎时露出了快活的笑容，柔声唤道：

"妈！"

妇人向我颔首为礼，在摊子旁边的木椅上坐了下来，亲切地拍了拍木椅，对我说道：

"来，坐。"

三个人，齐齐坐下。

妇人从塑胶纸袋里取出了一条长长肥肥的黄瓜，用刀慢慢地把青青的瓜皮削掉，把黄瓜中分为二，递了一半给我，然后，以不是很流畅，但绝对不蹩脚的英语说道：

"保加利亚出产的这种黄瓜，顶清甜的。"

女儿立刻笑开了，以一种戏谑的口气说道：

"我母亲是大保加利亚主义者，和她谈天，你会发现，保加利亚是人间天堂。天知道我们的国家千疮百孔，叫人不知如何补起！"

"丽薇尔！"母亲以略带责备但又不失怜爱的口气喊了一声，说了一串保加利亚语，然后，才改用英语对我说道，"我这女儿，想法总和别人不同。你知道吗，她的职业是医生，但是，她居然放弃了本来神圣的职业，心甘情愿地当个体户！"

我很吃惊，望向丽薇尔，正好看到一抹轻微的痛楚自她脸上飞掠而过，不过，在短短几秒间，她便恢复了自若的神色，坦然地对我说道：

　　"是，我是医生。妈妈退休之前，一直在新闻界工作，很注重国民的社会责任。但是，当你在挤满了病人的医院里，每天苦苦工作 8 个小时，忙得天昏地暗，一个月却只能赚取微薄的 600 列弗（约合新币 60 元），那么，我问你，你还愿、还能敬业乐业吗？"

　　她口气激动，我未敢置喙。

　　她继续道：

　　"当年读医科，目的是希望为别人治疗疾病，但是，当上医生之后，我却连自己的肚子也医不饱！医活了别人，饿瘪了自己，又有什么意思！现在，当了个体户，我不但在经济上宽裕得多，而且，日子也过得快活些、自在些。你说，当个体户，又有什么不好！"

　　丽薇尔和她母亲之间有矛盾。这一番话，表面上是对着我说的，实际上是说给她母亲听的。

　　原本明媚地落在头顶上的阳光，突然间黯淡了下来；而握在手里的那两枚胸针，也蓦地变得很沉很重。做梦也想不到，雕这胸针的那双手，原本是握着手术刀的！

　　走出夏天市集时，那一种沉甸甸的感觉，还是极不舒适地压在心叶上。

　　平心而论，有病的，不是丽薇尔的心态，而是她所生活的那个社会！

初抵首都　安排客舍

从索非亚机场的闸门一走出来，立刻便有一种眩晕的感觉。

许多许多的人，男男女女，从四方八面涌来，七嘴八舌地问：

"要计程车吗？"

"旅馆，代你们订旅馆！"

"换钱换钱，给最好的兑换率！"

不要，不要，不要！

拖着行李，出尽九牛二虎之力，才冲出了重围。

坐公共汽车到市中心去，车窗外的夕阳，圆而大，像是一只熟透了的橘子。道路两旁漫漫无尽的草坪，有成群绵羊随着瘦削的牧羊人静静地走着，厚厚的羊毛，被夕阳的余晖染成了妩媚的金色。马路上，一辆接一辆的汽车以高速在飞驰，扬起一阵又一阵的沙尘。落后与现代、宁静与烦嚣，在保加利亚这个人口150万的大都市索非亚，紧密无间地结合成一种极端奇特的魅力。

通过市中心旅游促进局的介绍，我们以电话和当地一户百姓取得了联系，议定以美金10元租下他的一个房间。

取得了地址后，我们雇了一辆计程车，按图寻骥。车子在街上兜来转去，花了将近40

分钟，那名看起来糊里糊涂的计程车司机才把我们载到了一个楼房密集的住宅区。

一下车，我的心便冷了半截。

那座公寓，陈旧破落得好似一座摇摇欲坠的危楼。墙壁色漆剥落、石阶污水横流，整个地方，邋里邋遢的。更要命的是，公寓旁边的石墩上，坐了几名粗壮的汉子，正以不怀好意的目光冷冷地瞅着我们。

吃力万分地把行李拖上4楼，门铃按了又按，硬是无人开门。忍不住用力擂门，不一会儿，门开了，从门里探出的那张脸，无笑。

我和日胜向她出示了旅游促进局的租房证件，她一看，简单地说了几句保加利亚语，便"嘭"的一声把门关上了。

怎么回事？究竟是怎么回事啊？

狐疑且沮丧，再度伸手叩门。

这一回，门里的人，变成了"聋哑人士"，对我们来个不理不睬、不闻不问。

转而去敲隔壁人家的门，出来了一名年轻小伙子。我们把租房证件摊开给他看，他一看，立刻便结结巴巴地以蹩脚的英语告诉我们：

"错了，地方错了，不是这里。"

指手画脚老半天，我们终于明白了。这个地方，座号与门牌，都没错；错的，是街名。

那个该死的计程车司机！

拖着行李下楼去，截住另一辆计程车，这名司机，方向感亦不强，好似把我们带进了"迷魂阵"里，在街上东奔西驰，问了无数无数的人，历时半个时辰，才正确无误地把我们送到了目的地。

公寓高达 6 层，公寓外的马路，种了两排树，茂密的树木自上空越过马路相互交缠，形成了绿绿凉凉的拱形天然屏障，和刚才那个地方一比，实在有天渊之别！

爬上四楼，开门接待我们的，是一对母子。

男的瘦削，明明是一张年轻的脸，可是，唇上的胡子、两鬓的头发，都有点点的斑白。是被生活里过多、过早地涌来的忧虑硬生生地染白的吧？

女的也瘦，脸与眼，都满满饱饱地含着笑意；举手投足间，有一种从容不迫的优雅气质。

屋子布置得很大方，收拾得很整洁。架子上成排的书籍使书香盈屋，处处摆放的盆栽使屋里绿意盎然。

我们这四个素不相识的人，便站在厅里，彼此自我介绍。

那男子，名字唤作"艾牧尔"，是保加利亚农产加工科技员。

保加利亚在 1989 年年尾更易政体之后，允许百姓把房间出租给游客以赚取外快。艾牧尔母子提出了申请，有关当局派人来作了一连串严格的调查后，便正式在租赁名单上列入了他们的名字。

租给我们的那个房间，非常宽敞，洁白的床单，得意地散发着肥皂的清香。保加利亚美丽的风景，浓缩在古里古气的画框里，将四面的墙壁装点得热热闹闹的。坐在床边那张雕着细致花纹的宽身大木椅里，我心神恍惚，好似置身于一条长长的时光隧道里，看到保加利亚一个贵族家庭由盛而衰的整个错综复杂的变化过程……

寻常百姓 难买肉食

洗了澡以后，夜已深沉，不想外出。

艾牧尔正在厅里看电视。想到明天早餐无着，我一边以毛巾抹着那一头刚刚洗过的湿漉漉的头发，一边闲闲地与他商量：

"艾牧尔，明早麻烦您给我们准备早餐，我们另外付钱给您，好吗？"

他稍稍犹豫了一下，才问：

"你们想吃什么呢？"

"熏肉、鸡蛋、面包。"我应，"简简单单就行了。"

没有想到，我这个"简简单单"的要求，居然使他面露难色。他沉吟了好一会儿，才说：

"鸡蛋和面包，没有问题。至于熏肉嘛，不容易买到。保加利亚目前经济十分困难，寻常百姓很难买到肉食……"

"啊，没关系！"我速速妥协，"不要熏肉啦！"

第二天早上，在床上刚睁开眼睛，便闻到了弥漫在空气里那一股煎蛋的香味儿。

刷了牙，返回房间时，早餐已摆放在桌上了。

看到那些盛放食物的餐具，一股非常难过、非常凄凉的感觉，蓦然掠过了心头。

盛茶的搪瓷杯子，毫不相衬地坐在一只透明的玻璃碟子上。放糖块的圆肚瓶子缺了一角。茶壶没有了盖子，仅用一个小小的碟子胡乱地压在壶口。放煎蛋的盘子，很旧，盘子边缘的花纹，都已褪色了。

杯杯盘盘，一丝不苟地摆放得整整齐齐。有理由相信，摆在眼前的，是房东厨房里最好的餐具。这些餐具，和屋内的摆设毫不相衬，给人一种寒酸老头入居华厦的滑稽感。

用过早餐后，神清气爽地出门去了。

遇上扒手　饱受惊吓

索非亚是保加利亚的首都，是全国政治、经济、教育、文化中心，市内有许多富有历史意义的建筑物可供参观。我们在短短的一日内，走马看花地参观了古老的圣索非亚大教堂、富于文艺复兴风格的议会大厦、宏伟的国家歌剧院、庄严的保加利亚国父季米特洛夫陵墓，等等。最有趣的是，索非亚有个热闹的广场，在旅游指南上标着的名字是"列宁广场"，可是，就在几个月前，人民扬弃了这个沿用了四十多年的老名而将它易名为"圣尼德利阿广场"（Saint Nedelia）。这虽然只是一件小事，却也充分地反映了当前保加利亚人民的心态。

用过午餐后，我和日胜到广场附近一个兼卖各类杂物的报摊去买有轨电车的票子。报摊前面，有一条长长的人龙，日胜排在尾端，我呢，坐在报摊不远处的石椅上，低头阅读手上的旅游资料。读着读着，忽然听到日胜暴怒呼喝的声音：

"干什么？你！"

抬起头来，惊愕地看到他正猛力抓着一名黑人的手，气呼呼地骂他：

"居然想扒我的钱，我要报警抓你！"

那黑人脸上的表情令我震惊不已。

既无哀求的可怜相，更无被逮的惊慌样，一副嬉皮笑脸、吊儿郎当的模样儿。

同样令我觉得惊讶莫名的，是周遭人群那无动于衷的漠然反应。

那黑人，尽力挣脱了日胜的手，歪着嘴，露着流里流气的笑容，一摇一摆地走掉了。

有过这次不愉快的经验以后，我们便处处提高警觉了。

下午，到贫民窟去，看到了保加利亚极端穷困的一面。

屋子很矮，以锌片盖成的屋顶，变成了肮里肮脏的黑褐色；木质大门与窗口，腐朽得关都关不严了；最可怕的是一爿爿年份不辨的墙壁，龟裂得好似久旱无雨的田地，经过时，心里老是担心它会突然"哗啦"一声倒塌下来。每间屋子，都好似仓促之间盖成的"违章建筑"，各有叫人惊心的简陋处。

贫民窟里，倒没有出现我所想象的那种"凄凄惨惨戚戚"的景况。

替妈妈外出买面包的小孩儿，把那条比他手臂粗上好几倍的长形面包揣在怀里，在污水泛滥的窄路上，一脚高一脚低地走着，高高兴兴地利用香口胶来吹泡泡。看到游客，欢欢喜喜地指着我们的相机，要求我们替他拍照，不过，一拍完以后，他抛下一个可爱的笑容，转身便走了，既不乞讨，也不纠缠。在屋子里的妇人，看到我们经过，友善地探出头来，打招呼，有名正在厨房主炊的老妇，还急急地丢下手中的勺子，赶出来，以保加利亚语向我们问长话短，充分地体现了保加利亚民族热情的本性。

从贫民窟钻出来，我们搭乘公共汽车到闻名遐迩的维托沙雪山去。

明明是阳光亮丽的夏天，可是，山上的积雪，却固执地不肯融化。一大片一大片亮晶晶的，把傍晚的山头照得明晃晃的。我们在这一片炫目的雪光里，搭车到山腰的一家餐馆剧院，看保加利亚民族歌舞表演，尝保加利亚典型餐食。

返回下榻处，已是子夜。

啜茶夜叙 感慨良深

房东母子，居然还坐在厅里聊天。

艾牧尔问我：

"要喝茶吗？"

我一点头，妇人立刻起身走到厨房去。

少顷，捧了一壶茶出来，慢慢地倾倒在杯子里。茶色如金，在灯光的照耀下，有点点星光在杯沿闪闪烁烁地跳跃。我呆呆地看着，艾牧尔说：

"是保加利亚极好的茶呢！"

妇人点头，又转到厨房去，取出了一个瓷质的罐子，揭开盖子，递给我看。

罐子里的茶叶，一叶一叶全都卷成了螺旋形。

噫，保加利亚的"碧螺春"呢！

啜了一口，噫，茶味和想象里的那种味儿，相差了十万八千里！

茶叶很香，然而，不是我偏爱的那种在苦涩里含着甘醇的暗香，而是浓烈已极的花香，更叫我难以接受的是，茶里加了糖，那股腻腻的甜味，毫不知趣而又明目张胆地粘在我牙齿上。不想再喝，可是，对着那两张满含笑意的脸，我只好装成若无其事的样子，喝了一口又一口。

日胜把白天遇上扒手的事向母子俩复述一遍。

艾牧尔静静地听，黑黑的眸子，显得很深沉。日胜一说完，他便缓缓地开腔应道：

"近几年来，大量非洲人非法移居保加利亚，为我们带来了很头痛的社会问题。根据最近报章报道，单单今年，便有三千余名非洲人通过旅游签证进入保加利亚，但是，逾期不归，非法居留。"

"非法居留，如何申请工作准许证呢？"我讶异地反问。

"问题正出现在这里！"艾牧尔有条不紊地分析道，"他们没有工作，饭又不能不吃，便铤而走险啰！"

顿了顿，以诚挚的语调劝我们：

"你们千万不要为了贪图一点儿小便宜而去和街头的钱币兑换商换钱。他们练成了许多骗钱的伎俩，花招层出不穷……"

艾牧尔的话还没有说完，我和日胜便连连跌足追叹，异口同声地说：

"我们已经被骗啦！"

简单地把一名黑人在火车站以"偷龙转凤"手法将我们的 50 美元变成 1 美元这整个富于戏剧化的过程复述了一遍。

艾牧尔一面听，一面摇头，叹息着说：

"不久以前，我一名来自澳大利亚的房客，就曾以 500

美金在街头换回 200 列弗（约合美金 11 元）！"

天！

"在索非亚，不但外来的非法移民以这种方式骗钱谋生，即使是保加利亚人，也会因为失业而出此下策。"艾牧尔说。

锅盖揭起 烟气乱窜

幅员辽阔的保加利亚，人口只有九百多万，照理说来，全民就业，应该不是难事嘛！

提出了心中的疑问，艾牧尔坦白地说道：

"我们的国家，有些问题，不是外人所能想象的。比如说，在 6 年前，保加利亚在友好协议下，曾经和越南签下一纸合约，让数万名越南劳工到保加利亚来工作，来回机票由保加利亚政府负担。这批劳工在合约期满后，已陆陆续续地分批回国了，可是，目前，仍有大约 6000 名劳工滞留在索非亚，他们回国的机票，就是一项很大、很沉、很重的负担了。我们的国家，原本就已经人浮于事了，加上外来的劳工，使情况更为恶化。"

"目前保加利亚的失业率有多高呢？"

"大约是 10%，根据有关方面所作的调查研究，在未来的两三年以内，失业率还会继续上升至 12% 呢！"

艾牧尔愈说，声调愈沉：

"唉，长期以来，不当的经济政策造成了今日满目疮痍的局面。国家开放以后，人民都希望有一帖立时见效的药，能够使保加利亚处处裂着的伤口快速痊愈。在理智上，大家都知道这是痴人说梦，然而，在感情上，大家偏偏都做着同样的梦！"

厅里的气氛，整块地凝固了。

艾牧尔继续说道：

"人民的心，就像是气压锅。"

"气压锅？"我狐疑地看着他。

"是，气压锅。"他兀自点头说道，"以前，严严密密地盖着，盖了足足45年哪！忽然间，有人大力把锅盖掀起了，急冲而上的那一股烟气，一时之间找不到去处，东南西北乱窜，四处一片迷蒙，景物难辨，更糟糕的是，连自个儿的方向也迷失了。"

最令人民普遍感觉不满的，是工资的低廉。

一般劳心与劳力者日日夜夜胼手胝足地工作，只能挣得 600 列弗（约合美金 30 元）的月薪；而身居高位的专业人员，每月最多也只能赚取 1000 列弗（约合美金 50 元）的薪俸。

在这种情形下，劳心者不安于位，劳力者不甘于做，大家的生活目标，都集中在"孔方兄"上。

放弃尊贵职业而改当个体户的，大有其人；不务正业而偷抢骗扒的，也为数不少；至于那些没有勇气改换职业而又不屑为非作歹的，便苦苦痴痴地把希望寄托在未来国运的发展上。

"目前的保加利亚，可说是处在一种曙光初露而阳光未现的情况里。"艾牧尔以不偏不倚的态度说道，"百姓需要付出很大的忍耐力，才能熬过这个困难的过渡时期。"

谈话至此，茶已喝尽，夜已深沉，我们互道晚安，各自入房就寝。

次日，在早餐的盘子里，居然看到几片切得薄薄的，煎得香香的熏肉。

"昨天下午，我妈到超级市场排队买回来的。"艾牧尔淡淡地微笑着说。

在东欧诸国，"排队购物"已成了人民生活里的重心。买菜买肉买面包买水果买香烟买冰淇淋买啤酒等等，无一不需要排队认购。物资不足，先到者先得，所以，许多店铺在还没有开门营业之前，门外便已排了一条长长的人龙。

盘子里这几片毫不起眼的熏肉，可能是花了排队几个小时的代价！

一念及此，那几片轻飘飘的熏肉，霎时变得沉甸甸的，重得我几乎叉不起来！

早餐过后，到夏天市集去逛了一整个早上，然后，东逛逛、西走走，看索非亚、听索非亚、感受索非亚。

朵朵乌云 聚集天边

尽管许多旅游指南都把索非亚形容为一个"整洁美丽的花园城市"，然而，我认为它美丽有余，整洁不足。普植的树木带来了令人舒适的阴凉，可是，缤纷的落叶却没人扫除，满街满巷都是，有许多落叶腐坏了，黏糊糊地腻在地上，一股腐朽的味儿，淡淡地飘浮在夏天毫不清新的空气里。

市中心的广场，几乎每一根圆柱都粘着宣传的招贴；旧的撕了下来，就随意丢弃在地上，风来时，到处乱飞乱卷。

地上，污水横流而又百物杂陈。

对此，保加利亚人大约都习以为常了，反应淡然而又漠然。

我想，对于必须勒紧肚皮过日子的老百姓来说，最最关心的，还是面包。环境的整洁与否，已变成等而次之的问题了！

次日一早，搭乘计程车到飞机场，准备到保加利亚其他大城去。

驾计程车的，是个年轻而又健谈的小伙子。他告诉我们，他是保加利亚大学经济学系的毕业生，在失业浪潮的冲击下，驾计程车为生。佩服他在现实生活里能屈能伸的气概，彼此谈得很投机。他怨言很多，而所有的怨，都围绕着一个"钱"字。货币贬值的威胁、物资匮乏的困扰、人浮于事的劣势，都形成了巨大的压力。

20公里的路程，都是他说我们听。

抵达机场时，计程表上的价格是60列弗，正掏钱时，突然听到他说：

"150列弗。"

和他争论，他振振有词地说：

"涨价啦，我的计程表还未作相应的调整。几天前，每公里路收费3列弗，现在是5列弗，还要加收50列弗基本费。"

哇，短短几天，车费便涨了一倍半，保加利亚通货膨胀的恐怖程度，我总算亲身领教了。

在机场办好了登机手续后，我到附设于机场的旅游促进局询问计程车起价的详情，然而，万万没有想到，柜台的职员却以斩钉截铁的口气告诉我：

"没有起价，一切照旧！"

辗转又问了好几个人，才知道我们被那聪明而又狡猾的计程车司机耍弄了。他在大学里读的是经济学，可是，他的才华得不到施展的机会，反而在"骗术诡计"里"大展其才"。

噫，大学毕业生，原是国家的栋梁呢！

此刻，机场以外，亮丽的阳光洒满一地。艾牧尔的话，突然清晰地闪进了我脑际：

"目前的保加利亚，可说是处在一种曙光初露而阳光未现的情况里。"

曙光已露，然而，为什么依然阴影处处呢？聚集在天边的朵朵乌云，究竟何时才会消散，才会消散呵！

看着熙来攘往的人潮，我的心，茫茫然地找不到安放的地方……

提着轻便的行李，沿着蜿蜒曲折的山路慢慢地走着。山路两旁，全都是独立式的屋子，妙不可言的是，每一幢都有着截然不同的独特设计。单单是屋顶，便各出奇招了，有圆顶的、尖顶的、平顶的、飞檐式的、蘑菇式的，有些简直是童话里才有的。

我边走边看，正看得眼花缭乱时，忽然听到日胜喊道：

"到啦，到啦！"

我停下了脚步。

眼前，是一幢很大的独立式洋楼，斜瓦屋顶，双层，屋外有园圃，种了茶花，茶花开得正艳，朵朵如碗般大，在傍晚的微风里点头微笑。

一家四口，都在屋子里。

父亲高大伟岸，两撇眉毛，浓得不像话，黑亮黑亮的，好像横在眼上的两把大刷子，招呼我们时，炯炯有神的眸子蕴含着温和的笑意。

母亲身材娇小，五官细致；曾经漂亮而今风韵犹存。

两个女儿，两种风情。

长女金发披肩，穿了一件宽大的红色上衣，阔肩膀、阔嘴巴，眸子是她父亲的翻版，闪闪发亮而又笑意盈然。

次女短发，圆黑的眸子、菱形的嘴唇、杏

形的脸蛋，是典型的美人胚子。

当其他人都站起来欢迎我们时，她却依然闲闲地坐在沙发上，冷冷地用她美丽的眸子瞅我们。

父亲和母亲，不谙英语，由长女充当翻译。房租都在旅游促进局那儿清还了，我们取了锁匙，寒暄了几句，便入房去了。

拉开了房间里的落地窗帘，我不由得大声地喝彩了：

"哇，真美！"

窗外，是匈牙利遐迩闻名的巴拉顿湖。湖很大，一望无际，湖水是纯蓝色的，蓝得很艳丽。湖畔山峦起伏，在微风的轻拂下，湖水对着青山絮絮低语，而青山则对着湖水顾影自怜。

仅仅付出美金 30 元便能够在巴拉顿湖区中北部的小城堤汉尼觅得如此理想的居所，是我们梦想不到的。

巴拉顿湖区，是匈牙利著名的度假胜地。我们到此来做两天的逗留，一方面是想尽情玩赏醉人的湖光山色，另一方面，是想以此当作歇脚站，让舟车劳顿的身心得到一点儿休息。

日胜微染感冒，这夜，想留在房中睡觉。我呢，想到湖畔走走。

经过大厅时，看到房东长女金妮比丝独自一人盘着腿坐在那儿聆听轻音乐。

我随口邀她一起外出散步，没有想到她立刻爽快地站了起来，把收音机关掉，露出了甜美的笑容，说：

"我最喜欢晚上湖畔的风，吹在身上，有一种啜饮泉水的痛快感。"

我们沿着弯曲的山路缓缓地走去湖畔。

我看着那一幢幢在夜色里仍然无比瑰丽的屋子，忍不住提出了心中的疑问：

"住在这一带的，应该是经济情况较好的人家，为什么还需要把房子出租给游客以赚取外快呢？"

现年 18 岁的金妮比丝，是个性子直爽的少女，她想也不想，便说道：

"匈牙利实施自由企业的制度已有好些年了，贫富悬殊的现象相当显著。富有的，是做生意的，尤其是在旅游发达区开设店铺的，或是在街边当个体户的，更是赚得盘满钵溢。穷苦的，是在公家机构里按月领取薪酬的，或是那些没有外快可赚的专业人员。"

这时，一阵风吹了过来，她的头发全都缠到脸上去了。她用手拨开，继续说道：

"我的父亲，是建筑绘测师，薪水有限；母亲是家庭主妇，毫无收入。我和妹妹，就读的又是昂贵的寄宿学校，父亲只好在夏天出租房子给游客以赚取外快啦！为了减轻父亲的负担，我也常常在假期里为人补习英文。"

"一般大学毕业生，月薪多少呢？"我问。

她沉吟一下，才说：

"一般来说，月薪介于 5000 至 6000 福林。"（约合美金75 元至 90 元）

"这样的薪金，能够应付日常开销吗？"

"当然不能！"她飞快地说，"兼职的现象非常普遍，大部分人都从事两份工作。以巴拉顿湖区来说，这儿盛产葡萄，酿酒厂密布，在葡萄成熟的季节里，许多人便涌到葡萄园采摘葡萄，或到酿酒厂去当杂工以赚取外快。"

"长期兼职，精神上支撑得来吗？"

"有什么办法！"她老气横秋地应道，"疲累总比饿瘪好！"

"情况真的那么严重吗？"

"真的呀！"她神情认真地为我分析道，"你看看，我的父亲，月薪才 1 万福林，可是，我所读的寄宿学校，每个月单单膳宿费，便得付出 1000 福林；其他学费杂费以及零用，每个月至少都得花上三千多福林！我父亲的薪水，有 80％是用来支付我和妹妹的教育费的，如果他不设法找些外快，日子怎么维持？"

说到这儿，她重重地叹了一口气，说：

"目前的匈牙利，除了薪金制十年如一日稳定不变外，通货膨胀，百物飞涨，样样都显得极不稳定！"

顿了顿，又说：

"告诉你一则笑话：匈牙利政府鼓励人们多生孩子，每生一个孩子，政府每个月便津贴 1500 福林。然而，一双柔软的婴儿鞋子，售价是 700 福林，一件较好的婴儿衣裳，标价 900 福林；你看看，人们领了政府的津贴，竟然连衣鞋都买不全，有谁还敢多生？"

谈着谈着，来到了湖畔。

月色下的巴拉顿湖，墨绿色的，湖水温柔得像情人的眼波。远处近处的灯光，落在湖上，微风过处，好似有无数的小精灵顽皮地眨巴着眼睛。

我们找了张石椅，坐了下来。

"金妮比丝，你以后有什么打算呢？"

"我正在申请到英国去。"

"移居？"我讶异地问道。

"不是的。"她笑了起来，"我对学习语言很感兴趣，我总觉得那是通向世界大门的一把万能锁匙。我已经取得了大学的入学准证，以英语来修读历史。然而，我觉得我的英文水平不足，而许多英文入门、英文会话之类的书，又是死板板的，和日常生活里那些灵活的口语有一段很大的距离，所以，我希望在进入大学之前，能将自己浸濡在一个说英语的环境里，全面提高我的语言能力……"

"到英国去，费用不是很大吗？"

"我有个姨母在那儿，我已拜托她，代我找一份工作。当婴儿保姆、清洁工人、餐馆女侍，都无所谓，只要帮助我达到学习的目的就可以了。"

才18岁，可是，已经清清楚楚地知道自己想要一个怎么样的人生了，更难得的是，她毫不含糊地为自己的人生预先铺好道路。

我衷心称赞她：

"你真独立。"

"独立？"她淡淡地微笑，"这可得感谢我的父母亲呢，我14岁那年，他们便把我送到几百里以外坐落于皮斯（Pecs，又译佩奇）的寄宿学校去。他们提早为我办好了手续，开学那一天，只买了一张火车票，便让我独自一人上路去。到了皮斯，我什么都不懂，不会认路，也不认识人，整个人傻傻的。当天晚上，躺在宿舍的床上，我的眼泪，把枕头全都浸湿了。那时，我真的恨我的父母，恨他们残忍，把我好像一个废弃的背包一样，甩在一个陌生的地方，可笑我完全看不到父母这样做的苦心。我花了一整年的时间去适应、去调整，之后，我自己感觉到，这世间似乎没有什么事情是办不到的。这样的一种学习方式很苦，但是，也是最有效的。"

看着她坚毅地抿成直线的嘴巴，我的眼前忽然晃动着另一张脸，一张冷峻的、高傲的脸，我忍不住冲口说道：

"你和你妹妹，性格好像不太一样……"

话犹未毕，她便猛猛地点头，说道：

"是是是，是不太一样。我的妹妹在家里备受父母呵护，到寄宿学校来时，又事事依赖着我，是个长不大的小女孩。已经 15 岁了，可是，迄今为止，还不敢独自一人由学校搭乘火车回家来。她喜欢奢华、喜欢享受，花起钱来毫不痛惜。读书也不太起劲，一心一意只想当演员。她是新一代匈牙利青年的某一种典型，可以预见的是，这种典型的青年，在我们日益开放的社会里，会越来越多！"

当金妮比丝说着这话时，我可以沉沉地感受到她胸中的郁闷。

"举个例子来说，我的衣着很随便，偶尔储集了一点钱，买了一件比较好的衣裳，总不舍得穿，留着较隆重的场合才让它亮相。然而，我的妹妹却不这样想。她一买了新衣，迫不及待便穿上了。更要命的是，她向我借衣服来穿时，并不刻意照顾，穿毕还给我时，衣上总是这里那里地沾着咖啡渍或茶渍，有一回，还钩破了一个洞。我常常为了这些事和她吵架，不是我舍不得这些身外物，而是我忍受不了她的态度。"

"我想，你忍受不了的，该是她的价值观吧？"

金妮比丝侧头想了想，点头应道：

"你说得对，是价值观。我们虽然成长于同一个家庭，可是，由于教养的方式不一样，因此，形成了截然不同的生活观。"

实际上，年轻的一代有着错误的价值观，是每一个国家、每一个民族的隐忧。短期内也许弊端不显，然而，长此以往，国家的根，势必动摇。打个比方来说，国民不正确的生活观，就好像是白蚁，它暗暗地、阴阴地进行腐蚀的工作，表面上一派风平浪静，然而，内层却已整个儿地被弱化了。风雨一来，立刻分崩离析！

"我们新的政党今年 3 月开始上台执政，在把新的曙光引进来之前，必须先把旧的烂摊子好好地收拾收拾。"金妮比丝以一份远远超乎她年龄的成熟分析道，"有形的问题，如通货膨胀的劣势、失业浪潮的蔓延，都必须好好地遏制；无形的问题，比如人民国家意识的日渐薄弱、享受主义的日益抬头，都必须加以根治！"

我听着金妮比丝头头是道地分析国家的大问题，忍不住打趣地插嘴问道：

"金妮比丝，你对从政有没有兴趣？"

"从政？"她轻轻地笑了起来，"一点兴趣也没有！我的志愿是当一名教师。我认为一名好的教师，能够对学生人格的陶冶起着决定性的作用！"

风势，愈来愈猛了。湖水温柔的呢喃，此刻，听在耳里，竟有几分像悲恸的呜咽。

我和金妮比丝一同站了起来，慢慢地沿着黝黑的山路走回去。

到家时，正好碰上金妮比丝的妹子也从外头回来。穿了一袭紫色的上衣，衣长过膝，柔滑的料子闪着晶亮的光，腰系深紫色的阔边腰带；底下是一筒紧身长裤，裤子是那么的紧，把她小腿优美的曲线全都暴露出来了。

"上哪儿去了？"金妮比丝问。

"尊尼巴达的家有个舞会。"她弯下腰去解鞋带，哇，那鞋子，足足有 4 寸高。

"怎么每个周末都举行舞会啊？"

"好玩嘛！"

她说着，提了鞋子，娉娉婷婷地走进屋子里了。

金妮比丝看了看我，无言地耸了耸肩膀……

闭封自守 与世无争

那天早上，搭乘火车来到了罗马尼亚最北端的城市锡盖图—马尔马切伊（Sighetu Marmatiei），随意找了一所旅舍，丢下行李，立刻便去找计程车。

我和日胜一心想要去看的那个地方，坐落于一个人烟稀少的小村庄萨本塔（Spanta），距离这儿，大约有 20 公里的路程。

广场上，静静地停着几辆计程车，其中一名司机从车里探出头来，朝我们露出友善的笑容，以蹩脚的英语问道：

"你们，是不是要去欢乐墓园？"

啊，一猜便着，这么机灵！满心欢喜地上了他的车子。他要求来回车资 1.6 万列伊（约合新币 8 元），我们觉得合理，便一口答应了。罗马尼亚计程车的收费一般很低，通常短程车资每趟才几百列伊，因此，能一口气赚上一万多列伊，是一笔很丰厚的收入了。难怪发动引擎时，这名样貌斯文的司机，忍不住愉快地吹起了口哨。

萨本塔这个地处荒僻的小村庄，居民仅有寥寥的 5000 人。多年以来，他们都在封闭自守的情况下，过着与世无争的生活，外界任何的变动都影响不了他们，他们自得其乐地保存着传统的生活习俗，充分地显现了自力更生、不畏困难的坚毅性格。在这里，多子多孙是天赐福分，家中每名成员都安分守己地各司其职——男人上山伐木，女人操持家务，男孩照顾家畜，女孩负责园艺与编织。他们多数信仰东正教，每逢星期天，男女老幼都穿上传统服装，快快乐乐地上教堂去。

欢乐墓园　举世无双

我与日胜这一回不惮其烦而又不远千里地绕道而来，要看的，不是这个恬静雅丽的小村庄，而是位于小村庄里那个举世无双、独一无二的坟场。

这个坟场，有个大胆独特而又耐人寻味的名字：

"欢乐墓园"（The Merry Cemetery）。

那天早上，天气极好，干干净净的天空，一丝皱褶也没有，整片都是恬蓝色的，显得壮阔而又亮丽。

车子在马路上飞快地奔驰着，名字唤作哥扎百鲁的这位计程车司机，十分健谈。英语在罗马尼亚并不很通行，然而，令我极端惊讶的是，哥扎百鲁居然掌握了足以让他与别人沟通的英文词汇。通过攀谈，我方才了解，这位外表温文尔雅的计程车司机，原本是在罗马尼亚政府部门里担任文员的。1989 年，罗马尼亚政体改易，实行经济改革，他当机立断，改行当了计程车司机。

他微笑地说：

"当计程车司机，有机会和来自世界各国的游客打交道，不就等于是文化大使吗？再说，这份工作，时间和行动，都同样自由，我来去自如，什么时候想回家看看妻子和孩子，驾了车子，不消一会儿，便到家了，不像以前，朝九晚五，老是被工作绑得紧紧死死的，动弹不得。老实说吧，生命苦短啊，我们应该宠宠自己，做些自己喜欢做的事啊！"

我心里想：哥扎百鲁改行当计程车司机最主要的原因，恐怕是要增加收入吧？在罗马尼亚从事固定的工作，薪金极低，就以大学刚毕业的教员来说吧，月薪只有寥寥的 25 万列伊（约合新币 125 元），至于从事劳力工作者，月薪仅仅十几万列伊（不足新币百元）。改行当计程车司机而又做游客生意的哥扎百鲁，收入肯定比当政府文员丰厚得多。

谈着谈着，车子慢慢地驶入了萨本塔村。为森林所环绕的萨本塔村，可说是"林木之乡"，村民对于当地的"森林之宝"栎树，已爱入心坎，糅之、用之、雕之，举凡住屋、教堂、家具、手工艺品、装饰物，全都是木的、木的、木的。栎树之身、栎树之魂，无处不在，无处不有。

哥扎百鲁驾着车子在村里兜了几圈，让我们略略地体会体会小城风情之后，便在我们的引颈企待中，驶向了"欢乐墓园"。

车子一驶近那儿，居然便有一串又一串或清脆，或嘹亮，或豪迈，或稚嫩，或娇柔的笑声，源源不绝而又不可思议地从墓园中传了出来。

下了车子，迫不及待地迈入这个远近驰名的坟场。

设计墓碑　另辟蹊径

两千多个坟墓，井然有序地排列着。最攫人眼目的，是那一个个设计新颖的墓碑。木质的，每个都髹上了缤纷的色彩，绘上了生动的图画，写上了有趣的墓志铭。

此刻，正好有几位教员带领一群小学生前来参观，只见他们分别站在不同的坟墓前面，一边津津有味地读着那些趣味盎然的墓志铭，一边肆无忌惮地发出了惊天动地的笑声。这些笑声，不但把坟场原该有的那种肃穆阴森的气氛驱赶殆净，而且，还把一种明朗欢快的气息带了进来。

被这些由衷地发自内心深处的笑声感染了，平生第一次，我站在坟墓处处的墓园里，不由自主地流出了满脸的笑意。

"欢乐墓园"是于1930年由萨本塔村的一名雕塑匠史丹巴特拉斯（Stanpatras）所创设的。他生于木雕之家，拥有着世代相传、精湛已极的雕塑技术。

在史丹巴特拉斯的观念中，死亡是通向永生之路（当然，他指的是自然的死亡），因此，六十余年前，当他为村中的一名死者设计墓碑时，大胆地摒弃了传统那种正经八百的严肃做法，另辟蹊径。首先，他依死者的性格特色、职业或兴趣，在墓碑上刻出种种生动有趣的图画，再把图画髹上各种鲜丽的颜色；接着，他为每一个墓碑钉上一个巨型的十字架，再把十字架涂上象征着自由与希望的天蓝色。整个墓碑，看起来温暖而温馨、和谐而又亮丽。

值得一提的是，萨本塔村盛产的栎木，木质坚实耐用；史丹巴特拉斯利用栎木来制作墓碑时，还采用了一种特殊的方法来防止墓碑腐朽——栎木砍伐下来以后，他将树身曝晒一两年，然后，切割成大小不同的形状，再将它们曝晒几个月，等木头里的湿气全去了，才开始动工。

他制作的墓碑，新颖别致，深受欢迎。4 年过后，他又动脑筋，在原本以图为主的墓碑上，加入短诗短文以纪念死者。这些生动活泼的短诗短文，充满了令人难忘的机智与惹人发噱的幽默，为了增强戏剧效果，史丹巴特拉斯还运用了大量的古诗古词、土话土语，有时，甚至故意使用拼音错误的语言。这些墓志铭，多数是以第一人称的手法写成的，他人读时，就好似亲切地聆听死者通过文字倾诉他内心的世界。每一则墓志铭，都有着全然不同的个性，因此，整个坟场，就好像是一个万花筒，又好像是一部幽默大全的书。每一个色彩缤纷的墓碑，都标志着一个不同的人生，他们的喜怒哀乐，都被言简意赅而又活泼生动的碑文痛快淋漓地描述出来，整个坟场，充满了一种妙不可言的欢乐气氛，这可说是对黑色死亡一种大胆的挑战，也是对永生一种美丽的赞歌。

创意精神　永垂不朽

非常遗憾的是，我不懂罗马尼亚文，那些令人嘻哈绝倒的墓志铭于我而言，和天书并无两样；然而，墓碑上的图画，却让我流连忘返。有些墓碑，正反两面都刻有图画，正面的图画展示了死者生前的职业，背面的图画则清楚地揭示了他的死因。

比如说，其中有个墓碑，正面刻着一个男人忙于制作一张桌子；背面呢，则刻着同一个人驾着一辆火红的车子——这说明了那个男人生前是个木匠，他是因车祸而死的。

另一个墓碑，正面刻着一名妇人，右手抱着一个婴孩，左手牵着一个孩子；背面则刻着她身陷火海的图像——这说明了少妇死时育有两名孩子，她是在工厂一宗意外爆炸案中致死的。

"欢乐墓园"，可说是萨本塔村的生活缩影。牧羊人、农夫、樵夫、织工、木匠、雕工、裁缝、家庭主妇、商人、医生、音乐家或是酒鬼、赌鬼，全都不分尊卑地、平和无争地埋葬在同一个坟场里。据说当他们撒手尘寰而被送来这里埋葬时，他们的亲属不以悲泣来哀悼，反之，他们开怀痛饮、击节欢歌。在这儿，死亡之路不是黯黯淡淡地伸向无边无际的黑暗；反之，它开开阔阔地通向无止无尽的永生。

以"欢乐"一词来为墓园命名，是颇具争议性的，因为有人认为它荒诞不经而又有违孝道。然而，坦率朴实的史丹巴特拉斯却认为，把死亡当永生来庆贺，是深化了死亡的意义，他亦认为他向人们展示了他们所看不见的另一个生命层。

史丹巴特拉斯于 1977 年逝世，然而，他将喜乐灌注于死后生命的那种充满了创意的精神，却永垂不朽。现在，"欢乐墓园"成了罗马尼亚一个永久性的"博物馆"，世界各地不远千里而来的游客，都能在"欢乐墓园"一个显著的位置上，看到刻在墓碑上的史丹巴特拉斯那张欢愉的笑脸。这张笑脸，向世人展示了一种以永生的欢乐战胜哀恸死亡的骄傲。

走出浸在笑声与笑意里的"欢乐墓园"，在大门口回首一望，蓦然发现，整个坟场，犹如一个繁花似锦的大园圃，而那些色彩鲜丽的墓碑，就好像是园圃里一株一株"风情万种"的植物，它们沐浴在温柔的阳光里，恬然地朝天地万物露着安详的笑靥！

不知怎的，我突然想起了听闻死亡鼓盆而歌的庄子。

我想：史丹巴特拉斯其实不是一名雕塑匠，他是罗马尼亚一位了不起的思想家、哲学家！

以酒当茶　殷勤款客

坐着哥扎百鲁的计程车返回锡盖图—马尔马切伊，性子开朗的哥扎百鲁兴致极高地唱着罗马尼亚的民歌，一首接一首地唱，时而慷慨激昂，时而温柔婉约。唱得高兴时，手舞足蹈，车子在公路上蛇行，惊险百出。

当车子行经一家面包店时，哥扎百鲁停车，嘱我们稍候。少顷，上车来，怀里抱了4个大大圆圆宛如面盆的面包。

把面包搁在车座上，他笑嘻嘻地说：

"我家里那双宝贝，是面包大王，我快给她们吃穷了。"

重新发动引擎时，他转过头来问我：

"待会儿上我家来坐坐，好吗？"

我忙不迭地应道：

"好好好。"

他的家，位于锡盖图—马尔马切伊幽静的市郊处，是一座双层的洋楼，有个小花园，种了一棵樱桃树。正是樱桃成熟时，娇艳欲滴的樱桃，累累地挂满一树，翠绿的叶子间，透出点点诱人的红光，煞是好看。后院处建了个猪栏，养了两头猪。那猪，肥而干净，看起来倒有点像家里的宠物。猪栏旁边，是个鸡寮，关了 6 只鸡。

哥扎百鲁微笑地解释道：

"猪和鸡，都是给孩子玩玩的啦！"

这哥扎百鲁，可真是"二十四孝"父亲呢！

他的妻子娜丽尔，从屋子里迎了出来，活脱脱像个沾了牛奶的馒头——脸庞白白圆圆、身体鼓鼓胀胀、声音甜甜软软。她不谙英语，用罗马尼亚语与哥扎百鲁絮絮地交谈了好一会儿，哥扎百鲁才转过头来，一脸遗憾地说：

"我的两个女儿，上祖母家去啦！"

怀着几分炫耀的心情，他带我参观他的屋子。宽敞而明亮，整齐而洁净。冰箱、电话、电视、电炉、洗衣机，应有尽有。我注意到屋子里所有的家具，如壁橱、衣橱、碗柜，全都是以当地盛产的栎木做成的。

在其中一间卧房的角落里，层层叠叠地堆满了玻璃瓶子，全都是腌渍品：腌渍樱桃、腌渍黄瓜、腌渍白菜、腌渍李子，等等。五彩缤纷，十分悦目。

哥扎百鲁一脸得意地朝他的妻子娜丽尔指了指，说：

"都是她搞的啦！"

娜丽尔一看我的神色，立刻便读懂了我没有说出口的话，弯身从地上取了一瓶腌渍樱桃，到厨房开了，加上冰块，捧来给我。水色桃红桃红的，温馨旖旎，至于那经过腌渍的樱桃嘛，却已转成了暗沉的褐色。樱桃很软，略有咬劲，然而，味儿比起新鲜樱桃，可就逊色得多了，倒是那水，被樱桃熏得极香、极香，一杯喝下肚去，好似连曲曲折折的肠子都泛出了樱桃的香味儿。

哥扎百鲁笑眯眯地说：

"这棵樱桃树，可是我家的宝树呢！一到成熟季节，那樱桃，便好像变戏法一样，结个没完没了。娜丽尔除了以它做成腌渍果汁之外，还做樱桃果酱、樱桃馅饼呢！"

为了显示款待客人的盛情，哥扎百鲁取来了罗马尼亚人最为喜欢的伏特加酒，分别给我们倒了一杯。这酒，全无颜色，澄清透明，一派温顺纯真的样子，可是，酒性极烈，只轻轻啜一口，那酒，立刻化成了一把熊熊烈火，沿着喉咙，一直烧到胃囊深处去。哥扎百鲁面不改色，一口接一口地喝，喝喝喝，好似把它当作解渴的饮料。伏特加酒在罗马尼亚的售价，便宜得令人难以置信。在酒铺里，每杯才卖300列伊（约合新币0.15元）。许多人在酒铺里喝得酩酊大醉，滋生事端。谈起这现象时，哥扎百鲁不无感慨地说：

"在现实中得不到的东西，醉乡里都会有吧！"

下午，我们想到锡盖图－马尔马切伊的市区中心去逛逛，于是，向他们告辞。热情的哥扎百鲁，嘱我稍稍等候，只见他从储藏室取来了一把梯子，爬上了他家那棵"宝树"，兴致勃勃地采樱桃给我。我看他采得兴味盎然的，便也沿着梯子爬了上去，边采边吃。高度新鲜的樱桃吃起来爽脆爽脆的、清甜清甜的，风味绝佳。想到此刻我坐着的这棵樱桃树是长在罗马尼亚极北端的一个小城的土地上的，我便恍恍惚惚地有一种置身梦境的感觉……

啊，在罗马尼亚北部这块淳朴的土地上，生命的乐章，飘满了快乐的音符，就连死后的生命，也充满了令人愉悦的喜乐！

绘彩蛋的女人

火车停在罗马尼亚北部的小城 Suceava。

拖着行李，迈入旅游促进局，一眼便看到了站在一隅的她。浮浮肿肿的脸庞，堆满了阿谀的笑容；臃肿的身体，宛如套着许多个救生圈，层层叠叠的都是肉；一双腿，好似属于大笨象的，肥大粗重。

要求柜台的职员代订旅舍，她朝那妇人指了指，问：

"她有房间出租，20 美元一天，你们要吗？"

比起美金 60 元的旅馆，足足便宜了三分之二的价格。

就这样，我们跟着这位年迈的妇人，亦步亦趋，慢慢慢慢地走向她的公寓。楼高 4 层，她住顶楼。尽管动作笨重、步履蹒跚，但是，一级一级地向上爬时，她竟不曾停顿，最好笑的是，半途我停下来稍作歇息时，她竟伸手过来，想帮我提行李！

屋子收拾得纤尘不染，令人瞩目的是摆在大厅里的彩蛋，数目多得惊人，盛在钵里、放在盘上、置于碗中，一粒一粒，五彩缤纷，十分可爱。我弯下身子来看，发现每一粒蛋都绘上了不同的图案，花草、虫鸟、建筑、风景，应有尽有，笔触细致、色彩鲜亮，简直令人爱不释手。

罗马尼亚人多数信仰东正教，而复活节便

是东正教最重要的节日了。根据古代流传下来的习俗，罗马尼亚人在受难日绘彩蛋，到了复活节那天，在教堂中做了弥撒后，他们便把彩蛋带回家里，击开来吃，他们相信吃过了美丽的彩蛋以后，相亲相爱的一家人，他日必会在另一个世界里快乐地重逢。

在罗马尼亚北部的城市里，做彩蛋，已不限于复活节了，他们把彩色图案绘在刨成蛋形的木料上，再髹上色彩，以便于人们用作屋内的摆设品。换言之，绘制彩蛋在这儿已发展成一门美丽的独特的艺术了。

摆在这名妇人家里的彩蛋，有些是木料的，有些则绘在中空的蛋壳上。坦白地说，木料彩蛋，我不很喜欢，觉得它粗笨、死板、呆滞，有一种属于赝品特有的猥琐；至于那些货真价实的彩蛋呢，轻灵、细致、秀气、俏丽，说多可爱，便有多可爱。

我们在房间里放下了行李，取出地图来研读，不谙英语的胖妇人，十分热忱，以笔在我们的地图上指点，用罗马尼亚语拼命解说，想把她家乡里美好的一切介绍给我们，可惜我们一句也听不懂。她眼看自己毫无用武之地，便转到厨房去，为我们泡薄荷香茶，为我们准备糖酱草莓。

喝毕吃罢，我们外出逛街，晚上11时许返回下榻处。

门一开，我便愣住了。

长长的桌子上，摆满了色彩和中空的鸡蛋。胖胖的妇人，一手执蛋，一手拿笔，正聚精会神地在画彩蛋。

啊，没想到，这位看起来动作迟钝的妇人，竟是彩蛋的绘制者！一粒粒原本看起来蠢笨而又贫乏无色的鸡蛋，在她的巧手点化之下，各自有了不同的内涵与风采。

她美化了鸡蛋的外壳，而这些美丽的彩蛋，也反过来丰富了她内在的世界。

　　看到迈进屋内的我们，她立刻放下笔，挣扎着站起来，做出一个泡茶的手势，我们还未说话，她便走进厨房去了。桌上琳琅满目的彩蛋，一个一个圆圆的，好像那妇人脸上满满的笑。

　　第二天早晨，漱洗之后，桌上已摆好了早餐：鸡肉饼、乳酪、鸡蛋、烘烤面包、巧克力蛋糕、咖啡，在物资匮乏的罗马尼亚，这样的早餐，着实丰富得令人惊喜——实际上，这也是我们整趟罗马尼亚之旅当中吃得最好的一个早晨。

　　临别时，她取出了一粒秀里秀气但却不堪一击的彩蛋，用了好几层纸，密密实实地包裹着，然后，欢欢喜喜地递给我。

　　我小心翼翼地携带着它，飞越千山万水，带返新加坡。

　　珍惜它，只因为彩蛋里裹着一颗快乐富足而又善良温馨的心。

一下火车，便看到她直直地站在那儿。

深褐近黑的短发，被强劲的风吹得很凌乱，细细的眸子，有焦灼的火把在燃烧。

一看到我们，立刻踏着碎步跑了过来，跑得很急很急，几乎可以听到她喘气的声音。

"要租房吗？我家有！"

立刻止步，问她：

"多少钱？"

"双人房，400第纳尔一天。"

"在哪儿？"

"在附近，大约10分钟的路程，我带你们去。"

正沉吟间，妇人却自动减价了：

"好啦，算你们350第纳尔吧！"

350第纳尔（合新币28元），在物价高昂的南斯拉夫，的确便宜。当下不再犹豫，拖了行李，跟着她走。

妇人矮胖矮胖的，穿一袭黑色的长袖上衣，配粗布蓝裙。年纪不轻，体积不小，可是，走起路来，健步如飞。我背着行囊，日胜拖着行李，气喘吁吁地跟在后头，好似两只阵脚大乱的鸭子。走了一段短路以后，她察觉了，停下来，露着一脸抱歉的笑容，伸手取过了我背上的行囊，亲切地挽着我的手肘，将走路的速度放慢了。

我一边慢慢地走，一边细细地欣赏斯普利

特（Split）的景色。

斯普利特位于南斯拉夫西南部的亚得里亚海畔，是个人口仅 15 万的小城，它倚山面海，景色秀丽绝伦。

天，是一整块干干净净的蔚蓝色；海，是一大片动人心弦的宝蓝色。天的蓝和海的蓝，融洽无边地结合在一起。

我们走呀走地，经过大街，经过小巷，走了 10 分钟，又再走 10 分钟，可是，目的地居然还没有到。我忍不住发出了怨言：

"你刚才不是说只要走 10 分钟吗？"

"对不起，我是以我自己走路的速度来忖度的。"她露着好脾气的笑容解释道，"快要到啦！"

又走了整整七八分钟，才拐进了一条窄窄的巷子里。

我一看，整个人便傻了、愣了、呆了。刚才的不快，全都烟消云散了。

好个石头城！

巷子两旁，一幢一幢，全是灰色大石砌成的小屋子。石头屋子那一扇一扇木质的窗，髹上了辣椒红、青葱绿，玲珑可爱。二楼有阳台，阳台上的鲜花，迤迤逦逦地沿着石壁一直长到地面来。

蓬首垢面的主妇，敞开大门，坐在自家门前的石阶上摘菜；屋子里，熬煮肉汤的香味得意洋洋地飘溢出来。巷子的另一头，有小孩在踢球，泥沙灰尘和笑声闹声，齐齐飞扬。

寻寻常常的一条小巷，可是，充满了一种独独属于家的温馨感。跋涉的旅人在千里以外的地方，骤然感受到这一份触动人心的温馨，就好像在冬天里撞进了一所有暖气设备的屋子，舒畅而又快乐。

这是我在南斯拉夫的"家"呢！

这么一想，脸上便不由得露出了惬意的微笑。

这是三房一厅式的屋子，开门进去时，屋里一老一少两个男人同时都抬起了头。

老的坐在轮椅上，脸上皱纹千回百转，如斧砍刀刻，凌乱无章。浑浊的双目望过来时，没有焦点，更没有笑意。

年轻的那位呢，迅速地推开了面前的书本，快步走了过来。他高大挺拔，胸肌怒张，臂肌如铁，直直地立着时，让我不由自主地想起了巴黎的铁塔。

"这是我儿子奥米斯。"妇人笑眯眯地介绍，"还在读大学。"

脸色红润的奥米斯，热诚地与我们握手，说：

"欢迎你们到南斯拉夫来。"

母子俩代我们提起了行李，走向后房。

经过老人身畔，奥米斯说：

"这是我爹。"

我颔首为礼，可是，老人却视若无睹，径自转动着轮椅回房去了。妇人压低嗓子对我说道：

"他瘫痪了十多年啦，脾气很怪。"

出租给我们的那间房，收拾得很干净，但是，杂物很多，木橱上，堆着厚厚的被褥；木桌上，堆着叠叠的书籍；木床下，堆满了锻炼身体的器材。能利用的空间，都被用掉了，房间看起来便显得很局促了。

妇人见我以目光在房间来回逡巡，一直挂在脸上的那份笑容，竟然变得有几分尴尬。

"这房间，原本不外租。可是，奥米斯3年前进了大学，费用很贵，他父亲没有收入，单靠我一个人，支撑不来，这才决定把房间租给游客。"她腼腆地解释着说，"我们地方小，所以，很多东西都堆在房间里头，实在不得已……"

"没关系的！"我忙不迭地应，"干净就好。"

母子退出了房间后，日胜去冲凉。桌上有几份类似旅游指南的资料，我随意翻看，噫，居然全都是时间表，火车的、轮船的、长途公共汽车的始达时间表。

我想：每天站在火车站、码头和公共汽车站苦苦地等待游客的莅临，大概已成了妇人日常生活的一部分了。

斯普利特是个韵味独特的小城，古老的遗迹傲然矗立在新颖的建筑中，形成了一种由新和旧完美地糅合而成的震撼力。

个体户非常活跃，长长的街道，满满的都是售卖各式各样手工艺品的摊子。不是粗制滥造的廉价品，是用了心思的，不论是木雕品、瓷制品、皮革品，都做得相当精致。

坐在中央广场的露天咖啡座里，一面啜饮香醇的咖啡，一面让乐师酿造的音符飞绕耳畔，心里热切盼望日子不要速速老去，不要速速老去呵！

傍晚返回下榻处，走进小巷，正是夕阳西下时，余晖在石墙上涂上灿烂的金黄色，使不经意地贴在墙上的人影也变得澄亮澄亮的。

屋子里，是一片快乐的喧哗。香烟浓浊的气味、咖啡浓烈的香味、煎饼浓腻的油味，全都懵懂无知地痴缠在一块儿。

妇人正在分派煎饼给屋里的几个年轻人，看到我们进门来，立刻热忱地说：

"来来来，试试我的煎饼。"

一坐下，奥米斯便为我一一介绍，长着一头鬈发的，是他的表兄乃纳诺贝。其他三名年龄相仿的青年，都是乃纳诺贝的朋友。他们全都来自南斯拉夫南部贫苦的农村科叟卡，此行是要到北部的大城卢布耶纳去工作。由于路途遥远，因此，以斯普利特作为中途驿站，歇息一宵。

乃纳诺贝和他的朋友都不谙英语，所以，奥米斯便充当了我们之间谈话的桥梁。

乃纳诺贝来自一个食指浩繁的大家庭，共有兄弟姐妹10人。"农耕生涯世世苦"，乃纳诺贝一家子起早摸黑、胼手胝足地在农田里做得腰酸背痛，依然无法吃得饱、穿得暖，所以，到卢布耶纳的一家工厂去当搬运工人。问他月薪，他说出的数目吓了我一大跳。

3万第纳尔，居然高达3万第纳尔！（约合新币2400元）

最近这几年，南斯拉夫的生活指数简直是坐直升机起飞的！

南斯拉夫年轻的一辈最大的愿望是能够出国去工作。就以乃诺贝尔为例，他的一位哥哥目前在德国从事劳力工作，月薪居然高达5万余第纳尔！（合新币四千余元）

我注意到南斯拉夫新一代的青年，烟瘾很重。像眼前这几位，在谈话当中，双手一点儿也不闲，一根接一根地抽，抽得又快又猛。我盘里的煎饼，全都熏染了尼古丁的味儿。

半开玩笑地对奥米斯说道：

"喂，吃了这块烟饼，恐怕我从此便长了烟瘾。"

奥米斯讪讪地笑着说：

"我们的国家，问题极多，消遣极少。有时，想得太多，心里很烦；什么都不想，心里又空荡荡的。手里有了一根烟，闷气便有了个去处！"

最近，南斯拉夫北部的两个加盟共和国斯洛文尼亚和克罗地亚闹着要脱离中央而独立，整个国家，笼罩在内战一触即发的阴影里，全国人民，不论老少，一谈起这事，便慷慨激昂，坐立难安。"冰冻三尺，非一日之寒"，南斯拉夫之所以会出现今日分裂的局面，与国家长久以来潜伏着的各种问题有着密切的关系。这些问题包括：种族与宗教的多元化、政治结构的复杂、经济发展的不稳定，等等。

在南斯拉夫这些日子，与百姓多方交谈的结果，发现政治与经济上的矛盾，是问题的关键。北部的斯洛文尼亚和克罗地亚人认为他们在经济上已能独立自主了，因此希望在政治上得到更多的主权，但是，塞尔维亚却丝毫不肯放松，多次谈判而又互不让步。目前的南斯拉夫，已似在弦上的箭，内战一触即发。[1]

现在，屋子里的这一群年轻人，谈起国家随时将会爆发的内战，个个表情凝重。

国忧、家愁，南斯拉夫人的苦，究竟什么时候才能了结呢？

第二天一早，吃过了妇人为我们准备的果酱面包以后，我和日胜便向他们告辞了。拖了行李，赶到长途公共汽车

---

[1] 我于 1991 年 6 月 15 日搭乘南斯拉夫班机经由首都贝尔格莱德返回新加坡。6 月 26 日，洛文尼亚和克罗地亚宣布独立，南斯拉夫陷入内战的纷乱状态中。

站去。

　　一到站，便看到妇人行色匆匆地朝同一方向赶来，见到我们，她脚步略略放缓，指着马路对面的码头，说道：

　　"有艘客轮，9点会到。"

　　不等我们答话，便速速赶向码头，肥厚的背脊，微微地弯着。

　　压在上面的，是整个家庭的生计。

那条石板路，不算长，不算阔，但是，笔直而美丽。路的两旁，树影婆娑。树下，一间连一间的，是餐馆，是手工艺品店。

白天，这条被称为"士卡达丽亚"（Skadarlija）的街巷，像个酣眠的睡公主；傍晚7点过后，夕阳去，夜色来，"睡公主"便在杂沓的脚步声、喧哗的谈笑声，还有悠扬的音乐声中，霍然醒过来。

说来好笑，我在南斯拉夫的首都贝尔格莱德（Belgarde）呆了四天，每天晚上，都是在这儿消磨的。

贝尔格莱德是个沉静的大都城，问当地人晚上有什么好去处，就算你问100个人，依然只能得到一个答案：士卡达丽亚街。

第一次去，好奇；第二次去，喜欢；第三和第四次再去，却是为了我刚结识的南斯拉夫朋友高丹娜。

我去找她聊天。

高丹娜在士卡达丽亚街租了一个小摊位，卖手工艺品。不是大批生产、粗制滥造的那一类，摊上的每一件制成品，都好像是有个性似的，它们各自通过不同的原料、不同的形态，努力表达内蕴的独特思想。

我一件一件细细地慢慢地看，爱不释手的，是一件罕见的浮雕。雕的是一头牛，身上怪异地长了一双翅膀。叫人难忘的，是这头牛脸上的表情。它嘴巴略张，仰头看天，圆睁的眸子，不可思议地流出了一种极端无奈的悲哀。据我猜想，这头牛大概是被生活沉重的担子压得喘不过气来，它想飞，然而，它却生活在一个"即使长了翅膀也飞不掉"的环境里，所以，脸上便不由自主地留下了被痛苦煎熬的痕迹。它使我想起了臧克家的老马。然而，它的痛苦，比老马来得更深沉——老马在"抬起头来望望前面"的时候，心中还存着一丝"挣脱命运残酷摆弄"的希望；浮雕上的这只老牛，却明明白白地知道：自己是"插翼难飞"的。

正当我捧着这件浮雕痴痴地看着时，一直站在我身畔的女摊主，突然开口说话了：

"制作这个的，是大学一名文学系的学生。我觉得它是我整个摊子里最好的一件东西。"

她说的，是流畅的英语，真叫我喜出望外。

"实在做得很出色。"我点头赞同，指了指摊子上其他的东西，又说道，"平心而论，你这儿卖的，每样东西都很有特色。"

她很高兴，毫不吝惜地把她整排刷得雪白的牙齿暴露给我看，笑意甚至飞溅到她的声音里：

"全都是大学里的学生做的。他们做好了，便拿来这儿，托我卖，赚点额外的零用钱。"

"这么说来，你做的，算是自由买卖啰？"（目前流行的说法是"个体户"。）

"是的。"她坦然承认，"不过，这也只是我的副业而已。"

"那你的正业是……"

"我是大学商科毕业的，白天，我在一家银行工作。"

"在南斯拉夫，兼职的现象是不是很普遍呢？"

"只要有办法，人人都兼职。"她坦白地说，"我们的收入低，偏偏物价天天上涨，更要命的是货币时常贬值。生活的压力，令我们喘不过气来。"

在这种情况之下，南斯拉夫的"家庭副业"非常盛行，许多人都利用闲暇时间学习手工艺品的制作，然后，把制成品拿到商店或货摊寄售；也有一些人，白天当文员，晚上呢，当店员或侍役。

"最糟的是，有些人以非法的手段来赚取外快。"她悻悻然地说，"他们以观光客的身份到西欧各国去旅行，大量购买各种消费品，好像手表啦、电器啦、衣服啦，回国以后，再以高价转售出去！"

这一番话，终于解开了我心中的一个疑团。

几天前，我到南斯拉夫傍着蓝色多瑙河而建的一个小城诺维萨德（Novisad）去游玩。午餐时，进了一间装潢很美丽的餐馆吃海鲜。邻座是4名南斯拉夫青年，引起我注意的，不是他们异常时髦的衣着，而是他们桌上的食物。才4个人，但是，居然叫了足够8个人吃的东西，还有葡萄酒，大瓶的，红的、白的都有。算了算，6瓶，足足6瓶哪！原本以为他们是来自其他国家的旅客，倒也不以为意，然而，后来，我们因语言不通而在点食物时与侍者纠缠不清，其中一名青年出面解围，代我们点了我们想要的牛油烤鱼。事后，礼貌地问他们来自哪里，这才诧异地发现，他们是土生土长的南斯拉夫人，由首都贝尔格莱德来这儿度假。当他们结账时，我特别加以留意，他们总共付出了

11 万第纳尔（合新币 110 元）。

在一个大学教授月薪只有仅仅 50 万第纳尔的国度里，这 4 个青年，居然一餐便花去这么一大笔钱。更叫我吃惊的是，他们走后，桌上的盘子里，还"豪气"地留下许多吃不完的鱼和虾。

他们到底是何方神圣？为什么能够如此肆无忌惮地挥霍金钱、浪费食物？

现在回想起来，可能他们的钱，是通过"捷径"赚来的，所以，才花得毫不心痛吧？

把这则小故事告诉女摊主高丹娜，出乎意料，她竟摇头说道：

"我看，那几个青年，八成是自己做生意的。如果单靠转售物品而赚取外快，手头可能会比较宽裕，但绝对不可能把钱花得这么痛快！"

她接着告诉我，最近 10 年来，政府鼓励人民经营私人企业，所以，国内好些人因经商而致富。

"在贝尔格莱德，有好几家著名的大餐馆，都是私人经营的。他们有机会赚取美金和德国马克等外汇，生活过得非常舒适。"

高丹娜的语调里，透着钦羡。

这时，陆续有人到小摊子来，我不想妨碍她做生意，所以，买下了那件令我爱不释手的浮雕以后，便向她告辞了。

已经是深夜 11 点多了，可是，士卡达丽亚街的人潮依然川流不息，乐声也依然飘扬不绝。芬芳的酒味与烤肉的香味，浓浓地散在墨黑的夜空里。

啊，南斯拉夫这条"不夜街"，忧愁与饥饿，是不存在的。但是，其他的地方呢？

次日晚上，用过晚餐，再到那儿去。

刚下过雨，石板路湿漉漉、滑溜溜的。时间还很早，游人不多，站在街首第一家餐馆前的一名乐师，毫不起劲地拉着他的手风琴，音符跌跌撞撞地从手风琴里掉落出来，碎在地上。

高丹娜的摊子没生意，她正百无聊赖地瞪着空气发呆。一看到我，立刻好像注射了兴奋剂一样，从椅子上弹跳起来，眼睛与嘴巴齐齐发出无声的笑。她笑得那么的热烈，嘴角猛然扯向左右两边，把原本双重的下巴拉成了一个。

"嗨，你又来了！今天上哪儿去玩啦？"

一边说，一边为我拉过了一张木凳。

我坐了下来。

"早上，去看卡列梅格丹古堡，那气势，啧！雄伟！"我朝她跷起了拇指，"下午嘛，到多瑙河畔坐了一阵子，又到市中心去逛。你猜，我见到了什么？"

她耸耸肩，双眼发亮地等我继续叙述。

"市中心的广场，穿着传统服装的男女老幼，载歌载舞。一群又一群，一队又一队，看得我眼花缭乱哪！"

"哦！"她轻快地笑了起来，"这是我们夏天传统的消遣。从5月到8月的这4个月里，每逢周六，大街小巷里，总是有歌也有舞。奏乐跳舞的那群人，既娱人，也自娱。"

此刻，整条士卡达丽亚街都浸在美丽的乐声里。每一间餐馆都有乐师或乐队奏乐以助兴。由不同餐馆、不同乐器里奏出来的乐声，在空气里活泼地撞来撞去，形成了一种凌乱的和谐。

"在南斯拉夫，我们有着很丰富的精神生活。音乐节、舞蹈节、电影节、戏剧节，全年不辍。歌与舞，都变成了我们工余之暇所不可缺少的一部分了。"

我听说许多南斯拉夫人都利用年假外出旅行。问高丹娜这到底是事实还是传闻，不知怎的，她的脸色，立刻变得很黯淡。好一会儿，才开口说道：

"过去，社会的经济状况比较稳定时，人民的确是常常出国旅行的。我自己也曾到过美国和西欧的好些国家去观光。可是，最近这几年，百物腾涨，许多人都必须束紧腰带来过日子，出国旅行，已成奢望。"

她并没有言过其实。

记得有一天，我去参观旧宫殿，一名文质彬彬的青年主动找我攀谈。他肄业于医学院，很为毕业后的前途担心。他说：

"目前，南斯拉夫失业的浪潮，汹涌澎湃。我很想到国外去找工作。"

优秀的医科学生尚且担心工作无着，其他没有专业资格的，更不必说了！

我似乎听到高丹娜心坎深处叹息的声音。

"最近这些年来，农村人口大量涌到都市来，也造成了许多令人头痛的问题。"高丹娜说这话时，整张脸绷得紧紧的，一点笑意也没有，"别的不说，单谈房屋，房价在南斯拉夫是很贵的，居者难有其屋，一般人所住的，都是租赁的。至于那些在同一家公司服务满10年的雇员，公司免费提供住宿。这本来是一项很好的措施，可是，却被那些来自农村的人滥用了。他们来城市谋生以前，把田地和房屋一起出租给别人。在城市安顿下来后，又瞒着他们在乡下有田又有地的事实。结果呢，住了免费的房屋，又按时收租费，真是太过分了。这些年来，城市房屋与工作的供不应求，他们得负起一部分责任的。"

社会现代化的魔掌往往能无情地摧毁农村青年淳朴诚实的本质。这是一个令人扼腕叹息的现象。

唉、唉、唉。

这天晚上，我们的谈话，是在一种沉重的心情下结束的。

沿着士卡达丽亚街走向大路，经过街首的餐馆，那位乐师，还在意兴阑珊地奏乐，只是神情比刚才更慵懒了，一个个音符，继续不断地从他的手风琴里掉出来。我朝下一看，啊，满地都是音符碎片！

人，无数无数的人，若无其事地坐在音符的碎片上，喝大杯的酒，吃大块的肉。

今朝有酒今朝醉哪！

走出士卡达丽亚街，回首望望，落满一地的音符碎片，在月色的映照下，冷冷地闪着寂寞的微光……

　　维格朗（Vigeland）兄弟在挪威是家喻户晓的人物。哥哥古斯塔夫（Gustav）是杰出的天才雕塑家；弟弟伊曼努尔（Emanuel）是出色的画家，然而，兄弟俩在艺术的道路上却有着霄壤之别的际遇。

　　哥哥古斯塔夫凭着不懈的热忱和惊人的毅力，花了整整 30 年的时光，分别以花岗岩和青铜为原料完成了 150 具形态各异的雕像。现在，这一系列以人为主题的雕像，全安置在挪威首都奥斯陆（Oslo）的"维格朗露天公园"里，每天 24 小时开放，让来自世界各地的游客参观。

　　至于弟弟伊曼努尔呢，运气就没有那么好了。那一间收藏了他毕生画作与雕塑品的博物馆，默默无闻地屹立于奥斯陆郊区，无人赏识，有关当局也不"承认"它的存在，主要的原因是国人认为他的作品有"淫猥"之嫌。

　　今年 6 月，前往北欧旅行途中，在一部由英国出版的旅游刊物上读及上述资料时，我便决定，到了奥斯陆，要好好地看看维格朗兄弟俩的心血结晶，客观地比较他们的艺术成就。然而，没有想到，此行居然给我带来了一个难以预料的奇遇！

　　抵达奥斯陆后，我发现"维格朗露天公园"果然是被大力宣扬的，很显然，它已被视为国家的瑰宝。

这个公园，占地 75 亩，那 150 个精心雕成的裸体石像与铜像，整齐有序地散布在公园里。古斯塔夫挖空心思来进行艺术的构思与创作，主要是希望能够通过它们来表达人生的喜怒哀乐，还有人类的七情六欲。他的创作态度极为认真，据说为了能够准确地表现出儿童的天真娇憨与活泼调皮，他曾花了好几个月的时间默默地站在公园里、学校旁，静静地观察童子的一举一动。由于他对人生有深刻的体会，加上艺术的天赋，公园里的雕像，每一具都栩栩如生。

记得那天早上，当我走进公园时，心中实在涌满了惊讶与狂喜的感觉，因为我看到的，不是冰冷死硬的雕像，而是各个似曾相识的人——有血有肉的人！童稚的蒙昧、少年的活泼、中年的沉着、老年的无奈，都具体地展现在眼前，看着看着，我仿佛看到了自己似水年华的一生！

最叫人赞叹的是竖立于公园中心高达六十余尺的"人生塔"，这是一块完整的圆柱形花岗岩，古斯塔夫在石上以层层相叠的方式雕了好几百个人，男女老幼，形态各异，借此表达生老病死的整个人生过程，不论从哪一个角度望过去，柱形岩上的人都活灵活现，有呼之欲出的感觉。走近看时，各个人物，眉眼分明，甚至肌肤上的每一道皱痕也不放过，在展现了雄浑气势的同时，却又表现了心细如发的特质！噢，这的的确确是鬼斧神工的上乘杰作。

在"维格朗露天公园"消磨了整个早上后，用过了简单的午餐，我便到旅游促进局去询问前往"伊曼努尔博物院"的交通路线。出乎意料，该局职员居然冷淡地应道：

"那地方，根本不值得一看！"

她无意指点，我也难以勉强。该博物院位于"Slemdal"区，翻查了各类交通工具的时间表，知道有一趟地铁可以直抵那儿，再看看时间，刚好赶得上，当即动身。

搭乘地铁约莫25分钟，便来到了"Slemdal"区。从地铁站走出来，我觉得有点茫然。书上并没有列明"伊曼努尔博物院"的详细地址，该如何去寻找呢？

正踌躇间，忽然看到一个五十余岁、绅士模样的男人在前头走着，我赶上前去问道：

"请问，去伊曼努尔博物院，该往哪儿走？"

"伊曼努尔博物院？"他停下了脚步，脸色温和地应道，"今天不开放——它每周只在星期日才开放一天。"

说完，便又开步走了。

我很失望。远道而来，竟缘悭一面，无奈兼不甘。这样想着时，便又追上去，问道：

"请把方向告诉我，好吗？就算不能进去，在外头瞧瞧也好。"

"哦，"他微笑，"我的家就在博物院隔壁，一块儿走吧！"

喔，实在太巧了，我高兴地跟着他走。边走边谈，从谈话里，我惊异地发现，他虽然是地道的挪威人，但是，过去30年的大部分时光，居然是在马来西亚的柔佛州度过的！他是生物学家，受聘为柔佛州园林研究与管理顾问，每年只在夏天返回挪威度假！

"我比马来西亚人更马来西亚化哩！"他自我调侃地说，"奥斯陆的家，已变成了我度假的别墅而已！"

大路走尽，拐入小路，小路斜斜地伸向了山头。走到半山处，他指着一间为树木所围绕的大屋子，驻足说道：

"到了。"

那是一间毫不起眼的屋子。铁门深锁，铁门上钉着一个牌子，"伊曼努尔博物院"这几个字，便无声无息地睡在牌子上。

正当我踮起脚跟从铁门缝隙向内张望时，身旁的绅士突然开口说道：

"你稍候片刻，我去安排一下，让你进去参观吧！"

真是遇上贵人了！我又感激，又欢喜。等不一会儿，他便带着一大串锁匙来开门了。

"伊曼努尔博物院"总共分为两个部分。第一间画室，挂满了伊曼努尔的各类画作，有风景画，也有人物画；有写实画，也有抽象画，虽然其中有不少的裸体画，但是，笔触满溢艺术美，全然没有淫猥的感觉，我实在不明白他的作品为什么会受到那么大的排斥。我的问题，终于在第二间面积宽敞的画室里找到答案。那是一间光线幽暗的房间，灯光从地上射出，喷到墙壁上，无数个千姿百态的实体男女，盘踞了四面的墙壁。伊曼努尔主要是借助壁画上男女交媾的各种姿态来表达出"生"的喜悦和满足。壁画上也有可怖的骷髅——借此表现出"死"的恐惧与悲哀。许多人强烈抨击这四面壁画，认为他画笔下表现的，不是人性，而是兽性。

肯定的，这壁画确是伊曼努尔的呕心之作，虽然取材大胆，但是，我个人认为这绝对不该被视为淫猥污秽之作。因题材的选择而全然否定作品的艺术价值，对于作者来说，实在是有欠公平。

绅士等我出来，锁好了门，邀我去他家喝杯茶。

喝茶时，我们以挪威和新加坡两地的生活方式为话题而交换意见，谈得颇为愉快。然而，由于还有其他许多名胜有待参观，逗留了大约20分钟，我便起身告辞。临走前，我留下了新加坡的地址，嘱他回柔佛后再行联络。他也掏出了一张名片来给我，名片上的名字是："伊因·维格朗"（Imm Vigeland）。

"伊因·维格朗？"我拿着名片，半开玩笑地问他道：

"你和维格朗兄弟有亲戚关系吗？"

他背脊挺直地站在那儿，微笑地答：

"伊曼努尔·维格朗正是先父。"

"千山鸟飞绝，万径人踪灭。"

苍天漠漠，湖泊寂寂。皑皑白雪，终年覆盖在孤寂的山头上。路边树木的叶子，全都脱落殆尽了，空秃秃的枝桠，恹恹地垂在寒风里。呵，这是一个鸟儿不来，花儿不开的地方，是一个了无生命力的世界。偶尔几只北极圈特有的驯鹿敏捷地在雪地上跑动时，才给整个寂然无声的世界带来一丁点儿的生气与活力。

我所搭乘的火车，横越了北极线，在景致凄绝的北极圈里蠕蠕地走了一百四十余公里后，终于在基律纳（Kiruna）停下了。

基律纳是瑞典北部一个偏远的城市，我万里迢迢到这里来，主要是想看看聚居于此的游牧民族——拉普族（Lapp）。

拉普族是世界上仅存的少数土著民族之一，目前只剩下一万多人，分别散居于挪威、瑞典、芬兰等国的北部（俗称 Lapland）。

过去，拉普族过的纯粹是游牧生活，他们赖以为生的命脉是驯鹿，驯鹿是北极圈内一种特殊的草食动物，拉普族便是为了驯鹿而四处迁移的。春天，他们到高原的草地上搭帐篷居住；冬天，他们便迁移到平地的丛林里，另建草屋来住，使驯鹿在冬夏两季都有足够的草料来果腹。

现在，部分拉普族人依然过着漂移不定

的游牧生活，然而，许多拉普族人却也接受了"文明的洗礼"，成为城市生活的一分子。以瑞典为例，8000 名拉普人当中，6000 名已定居在城市里，只有 2000 名仍然以畜养驯鹿为生而过着不安定的生活。

基律纳，是瑞典境内拉普文化的发源地，100 年前聚居于此的，纯粹是拉普人。近年来，由于基律纳矿产丰富，已逐渐成为开采矿山的工业城市，目前人口有 2.7 万余人，其中 10% 是拉普人。就在距离基律纳 15 里处，有一个唤做"Jukkasjarvi"的小村落，是拉普人经常出入的地方。

到 Jukkasjarvi 去的那个早上，天气阴寒，霏霏细雨，纷纷飘落。

整个小村落，好似睡着了一般，异常清冷、空寂。路上行人寥寥无几，他们身上的衣着和平常人无异，看不出丝毫的"拉普味"。后来，到村落里的"拉普族博物馆"去参观，才算有了一点小收获。

该博物馆从各方面搜集了有关的文物和资料，借以反映拉普族的历史和生活面貌。这些固定不变的死板资料，固然可以增加我对拉普族的基本认识，却不是我感兴趣的，我的兴趣仍在探索现存拉普人的内心世界。

博物馆旁边附设一间商品店，出售拉普人制作的各种手工艺品，诸如驯鹿皮、皮鞋、地毯、木刻品、铜雕物，等等。这间商品店也兼售饮料。掌管店务的，是个二十来岁的女孩，深褐色的头发，松松地覆盖在一张圆圆胖胖的脸上，双颊鼓突鼓突的，让人联想起饱满的水蜜桃。这是一个异常和气的女孩子，阔阔的嘴，老是弯弯地吊着一串恬然的笑意。

我坐在桌边，唤了一杯咖啡，慢慢地啜饮。店里生意清淡得很，和气的女孩，善意地朝我微笑。我把咖啡放下，随口搭讪：

"听说这个村落，是拉普族的大本营？"

"是的。"她点了点头，说，"村里的人口，有大半是拉普人。如果你在星期天早上到这儿来，便可以看到他们穿上传统的服装上教堂去。"

"我很想找几个拉普人来谈谈，你可知道他们通常在哪里出入吗？"我问。

她突然"噗噗"地笑了起来，在我愕然的注视下，她才微感报然地止住了笑声，说：

"我就是拉普人呀！"

我吓了一跳。我早已根据书本的描述而径自在脑子里绘了一幅拉普人的图像：粗糙的皮肤、粗壮的身躯、大大的嗓门、大大的脚板。然而，眼前的她，虽谈不上清丽可人，但长得温温雅雅的，颇有教养的样子。

把我心里的感想坦白地告诉了她，她温柔地笑道：

"一般人都错误地把拉普族看作是落后的原始民族，实际上，我们是一种具有独特文化的，适应性与独立性都很强的民族。你晓得吗，不论是过游牧生活还是城市生活的拉普人，除了熟谙拉普文化外，至少还能操另外两种北欧语言！"

"你们是在学校里学，还是在家自学的呢？"

"哦，政府在教育上给予拉普族特别的照顾，分别在高山和平地设立拉普学校，提供免费教育，使那些随着父母过游牧生活的孩子不会因为生活的迁移不定而失去受教育的机会！我自己过去十多年来，就是在这种情况之下完成中小学教育的！"

"哦，这么说来，你以前所过的，都是游牧生活啰？"我饶富兴趣地追问。

"是的，我是两年前中学毕业后才决定自个儿留在平地里找份工作来谋生的。"顿了顿，她继续说道，"我的另外8个兄弟姐妹，现在还是随着我父母过游牧生活。我家总共有六百多头驯鹿，需要人手来看管。"

"那——他们现在迁移到哪儿去了？"

"现在是夏天，高山上绿草茂盛，他们已在那边搭好帐篷居住了。"

过了十多年无拘无束的游牧生活，骤然留在平地从事朝九晚五的工作，她是如何进行自我调整以适应这种全新的生活方式呢？

"刚开始时，的确很不容易。过惯了游牧生活，我感觉自己像一匹野马，放任自在，山川平原，全都是属于我的。但是，来到平地后，生活的一切，全都受到了人为规条的约束，就好像有人用绳子来捆住我一样！"她露着粲然生光如珍珠般的牙齿笑着说，"还有，以前过游牧生活时，终日劳动，身体结实得很，长年都不必找医生。到平地来生活了仅仅两年，我便因为缺乏劳动而整个人发胖了。现在，家里的人都叫我做马铃薯哩！"

看了看她略呈矮胖的身材，我忍不住笑了起来。马铃薯，好个贴切的绰号！令我不解的是：她既然那么眷恋游牧生活，又为什么要离开呢？

"我有我的理想。"她垂下眼睑，声音轻柔如水，"我想上大学——我对研究语文很有兴趣。最靠近这里的一所大学，位于九百多公里外的于默奥（Umea）市，我必须好好地工作几年，储蓄一点费用。"

这真是一个充满了朝气和理想的女孩。在拉普族里，像她这样的人，算不算很独特呢？

"到城市里来谋生的拉普人很多，但是，有意读大学的却不多。"她坦白地承认，"一般拉普人对于自己还没有建立足够的信心，同时，社会也还没有完全地接纳我们……"

谈到这儿，她突然站了起来，以抱歉的语调说道：

"对不起，时间到了，我必须准备关店了。在基律纳有一间专为拉普人开设的旅舍，你可以去看看。喏，我现在把地址写给你……"

拿了写上地址的字条，我向她道谢、告别。在返回基律纳途中，我耳畔一直响着那句曳着遗憾语意的话："社会还没有完全地接纳我们……"

我决定第二天一早到她提及的那间旅舍去，希望能发掘更多有关的资料。

这家拉普人旅馆，一点儿也不难找。它就在基律纳市中心处，建筑外形四四方方的，像个火柴盒子。职员清一色是拉普人，而前来投宿的，则是散居于挪威、瑞典和芬兰等国北部的拉普族。

接待处的两位职员都是女性，她们正坐在那儿闲聊，看见推门进来的我，都极有礼貌地站了起来。我表明来意，年轻的那位，立刻热心地从柜台后面走了出来，温暖地握着我的手，说：

"来，我们到会客室去谈。"

就在会客室里，这位外表看起来书卷气极重的女孩克丝汀，坦率地向我倾吐了拉普族放弃传统的游牧生活而进入城市工作后，所面对的种种矛盾痛苦。

　　现年 18 岁的克丝汀，是个混血儿，父亲是瑞典人，母亲是拉普人。他们是在中学读书时认识的，两人结合时受到很大的压力——亲友百般阻挠，社会也拼命排斥，他们虽然不顾阻挠而"勇敢"地结合了，但遗憾的是，结婚 8 年以后，还是不得不痛苦地分道扬镳。

　　克丝汀带着一种"往事不堪回首"的神情，微蹙着眉，说道：

　　"长期以来迥然而异的生活方式形成了截然不同的思想。惯于游牧生活的母亲，崇尚大自然，喜欢大家庭，对孩子采取放任的教育方式；但是，过惯城市生活的父亲，喜欢的是物质的享受、小家庭，同时也严于管教孩子，不过，这些都可以通过互相的调整而彼此适应。说起来，真正造成他们婚姻失败的致命伤是社会无时不在的那种无形的压力。"

　　说到这里，她以上排牙齿紧紧咬住下唇，好似在压抑情绪的波动，好一会儿，她才继续说道：

　　"像我父母这类不为社会所接受的婚姻，实在太痛苦了。基本上，瑞典人都很看不起拉普人，认为拉普人全都是没有文化的山地人，因此，处处加以为难：在工作上，排挤他们；在语言上，侮辱他们。父亲自从娶了母亲后，社会生活便几乎断绝了。由于经常在外面受到别人冷言冷语的攻击，回到家后，父亲对于许多原本可以忍受的生活细节竟都忍不下来了。自我懂事以后，在我印象里，父母几乎没有一天不吵架的！你说，可悲吗？"

年纪轻轻的她，此刻竟露出了一种十分疲乏的神情。

许多"归化"城市的拉普人，发现拼命工作的结果还是得不到重视，得不到认同，整个人便变得自卑消极，甚至自暴自弃。有些意志薄弱的，发现自己适应不来，颓丧之余，便酗酒闹事，这更加深了当地人对拉普人的偏见与不满，形成了一个恶性循环。

"这家拉普人旅舍是 15 年前设立的。"克丝汀解释着说，"主要的目的是让苦闷的拉普人有个相聚的地方，使他们的精神有所寄托。在这里，我们说拉普话，写拉普文，谈拉普所熟悉的一切，吃拉普人爱吃的驯鹿肉，卖拉普族自制的手工艺品。总而言之，拉普人一走进这里，便有一种返回家园的感觉。"

据我观察，拉普人的确把这里当作他们的安乐窝。在长长的走廊里，我看到他们倚在栏杆上，亲切地以拉普话交谈；坐在宽大的藤椅内，他们以自制的乐器吹奏属于他们的曲子。在这里，气氛是融洽的、温暖的；人与人的关系，是和谐的、平等的；没有鄙视，没有斗争，一片祥和，一片安宁。

然而，旅舍以外的世界，对于拉普人来说，却是陌生而冷酷的。他们为了适应时代的变迁，被迫放弃自己的传统生活方式，放弃自己文化的根，企图把自己融进当地的社会里。但是，费尽努力，发现自己还是水缸上面的一层油，硬是融不进去。那种被摒弃于门外的痛苦，实在不是他人所能体会，所能了解的！

接下来的两天，在基律纳的咖啡馆、小食店、公共汽车站、公园里，我都见到好些外表邋遢而精神失去平衡的拉普人，他们或胡言乱语，或对天狂歌，或当众痛哭，或乞讨金钱……

在了解了他们痛苦不堪的内心世界后，对于他们，我心里的感受，是同情多于厌恶的。

唉，拉普人，这阕游牧民族的悲歌，究竟唱到什么时候才能了结呢？

这天早上的阳光，好似特别猛烈，把萨克罗蒙特山普植的仙人掌晒得有如一丛丛绿色的火；而那无声无息地荡来荡去的风呢，也被熏得热辣辣的。

这是一座荒凉而干瘠的山。就在这一座山上，散布着好几百个过去为吉卜赛人所居住的洞穴。

我站在山上，愣愣地盯着这一个个仿佛被人硬生生地撕开了口的洞穴，好像在读着一则则诡谲怪异的神话。

洞里黑黝黝的，湿气很重。我摸索着走进去，触手的洞壁，异常粗糙。才走了几步，双脚便突然陷进了一大洼泥水里，寒气直透背脊。

"呜哇！"我不由得惊喊了一声。

这时，麦查大声地在洞口提醒我：

"喂，你要小心呀，里面可能有蛇！"

一听到有蛇，我立刻变成了一只丧胆的老鼠，带着满脚泥泞，跟跟跄跄地从洞穴里退了出来。

坐在洞穴旁边，我脱下了鞋子，一边用纸巾擦拭鞋面上的泥，一边倾听我的吉卜赛朋友麦查用他富于磁性的声音慢慢地讲述他祖先的历史。

两百余年前，一直与流浪之曲分不开的吉卜赛人，从印度来到了西班牙中南部的山城格拉纳达（Granada），在城外的萨克罗蒙特山上，发现了好些过去异教徒所匿居的洞穴。这些无家可归的吉卜赛人，清除了洞内残存的枯骨后，便居留下来。他们在此生儿育女，人口越来越多，洞穴也越开越多。按照粗略的估计，全盛期所开凿的洞穴，多达四五百个，每个洞穴都住着8至10名吉卜赛人。

"很不幸的，25年前，一场连续几天的豪雨，冲陷了许多洞穴，许多吉卜赛人也在这一场豪雨中无辜地丧生。"麦查双眉微蹙地追忆道，"风静雨止后，吉卜赛人便决定到山腰靠近市区的地方，另外掘洞而居。以后要是灾难来了，逃到山脚也比较容易。"

"现在，他们还居留在那儿吗？"我问。

"是的，待会儿下山时，带你去看看。"麦查轻轻地拭去了凝集在鼻尖上的小汗珠，说，"我的家，也在那儿。"

我把擦干净的鞋子斜搁在洞口，阳光直直落在鞋面上，但是，洞穴里还是一片不见天日的黑。

麦查炯炯的双目直直地望进洞穴里，说：

"这些洞穴虽然没有水电供应的便利，但是，冬天温暖，夏天阴凉，蛮舒服的哩！"

没有电，还可以在洞穴内燃木取火，引来亮光；但是没有水，食物怎么煮，衣服怎么洗？

"山下有一条溪。"麦查的脸，泛出了一点温柔的笑意，"我记得小时候，妈妈常让我骑在驴子上，一手拿着脏衣服，一手牵着驴子，到那条溪去洗衣、取水，然后，让驴子驮着一家大小饮用的食水，慢慢地上山回家去。嗳！骑着驴子在山路上晃荡晃荡地回家去的滋味儿，我现在还清清楚楚地记得呢！"

不错，这的确是一种古老而悠远的情趣。但是，在20世纪的今日，难道那些据穴而居的吉卜赛人，还在享受"骑驴汲水"的乐趣吗？（或者，更正确地说：他们还能忍受无水的苦处吗？）

"啊，不，当然不！"麦查笑了起来，露出了整齐好看的牙齿，"我们已在洞穴内引进了水和电。一般，吉卜赛人的生活虽然还是非常穷困，但是，这些基本生活的需求，还是能享受到的。"

一阵夹带着沙尘的风掠了过来，带来了一股难忍的燥热，我在拭汗的同时，突然不可思议地意识到这风在哭。哭声似笛，幽幽怨怨，好像吉卜赛人在倾诉流浪的悲哀。

麦查站了起来，以手遮额，眯着眼向前方看了好一会儿，才转头对我说：

"是外地的嬉皮士在吹笛子。他们来这旅行，旅费不足以支付旅馆的费用，所以，便住进这些废弃的洞穴里。"

我顺着他的手势望过去，果然看到两个小小的黑影落在远处一个洞穴的前方。他们吹的，也是流浪者之歌。但是，吉卜赛人的流浪，是真实、悲切而又无奈的；嬉皮士的流浪呢，却蕴含着一种奢侈的浪漫味儿。

"我们走吧！"麦查说。

我摸了摸洞穴前的鞋子，还是温湿温湿的。于是，提着鞋子，赤着脚，跟在麦查后面，慢吞吞地走下山去。

麦查，是我今天早上才认识的吉卜赛朋友。

我这回决定到格拉纳达来，主要是受了旅游册子里那一段精简有趣的介绍文字吸引：

"西班牙中南部小城格拉纳达，名字取意于西班牙文Garnathah，意即洞穴。在城外的萨克罗蒙特山上，现在仍有许多吉卜赛人聚居于洞穴内。他们常为到访的旅客跳弗拉门科舞（Flamenco），以此赚取生活费。山上盗贼如毛。游客到此，必须小心身上财物——许多聚居于此的吉卜赛人都是神不知鬼不觉的扒手。"

哇，太富诱惑力了！管他什么盗贼扒手，去意坚如石。在山脚下的一个村庄里，向上仰望，清清楚楚地看到无数个敞开着大口的洞穴，然而，绕来绕去，怎么也找不到上山的道路。走进一间简陋的小店，点了咖啡，取出字典，用勉强拼凑的西班牙语，向卖咖啡的老妇探问上山的道路。然而，结结巴巴地还没有把话说完，柜台边一名黧黑结实的青年，便微笑着用英语清晰地说道：

"夫人，请随我来，我懂路。我就是住在上面的吉卜赛人。"

老妇向我会意地点头。我大喜：踏破铁鞋无觅处，得来全不费功夫！

他领我到村庄后面一条弯弯曲曲的小径慢慢地绕上山去。

这个人，就是麦查。

麦查住在山脚下一间由洞穴改建的屋子里。每天早上，他总会到村落的那间小食店去，招徕游客上山观赏弗拉门科舞。

现在，这名19岁的吉卜赛人，正轻快地在我前面走着。

"一般，吉卜赛人生活很穷困，所以——"麦查转过头来，盯了我的相机一眼，含蓄地警告我，"你要小心皮包。"

我放下了手中提着的那双鞋子，穿上；又打开皮包，把相机放进去。

"还有，很多闲荡的小孩子会围着你讨钱，你大可不必理会。"

正暗暗感激他的设想周全，不想他又说道：

"把那些赏给小孩的钱留下来，你便可以多给我一点导游费。"

导游费？嘿，原以为他是以识途老马的身份带路上山去的，没想到他却是以导游自居的。更甚的是，在向我索取导游费时，他的语调，是极其认真的，绝无自我调侃的成分在内。

这种露骨的要求，令我有点不自在。麦查好像洞悉了我的心意，索性直接而又坦白地告诉我：

"我们吉卜赛人从来不会义务替别人做事的！"

他这么一说，我心里那块不舒服的疙瘩，反而消失了——在现实生活里，只要不偷不抢、不伤天害理，那么，为自己实际的工作表现而直接地要求报酬，又有什么值得羞耻的？真是！

上山吃力下山易，好像走不太久，就看到一长排低矮的房屋。整个石穴住宅区，好像浸在乐声里，这儿、那儿，都听到击手、蹬足混合着吉他的歌舞声。

"我们吉卜赛人的血液里，流着歌舞的因子。"麦查以自傲的语气告诉我，"小的、壮的、老的，都爱跳，都能跳；男的、女的，都爱唱，都能唱！"

"大白天，他们也唱唱跳跳的，难道说，他们不必工作吗？"

"唱和跳，便是他们的职业。只要有游客来，他们便为游客表演。"

我寻根究底的老毛病又发作了，紧追着问：

"以歌舞为生，一个月大约可以赚多少钱呢？"

麦查想也不想，便答：

"7000 到 8000 比塞塔吧！"

这样的收入，在生活水准不算低的西班牙生活，的确是贫寒的。然而，女性以歌舞为生，我还能理解，男性为什么不去寻找其他收入较高的工作呢？

"对于吉卜赛人来说，歌和舞，就是我们的第二生命。再说，吉卜赛人绝少入校求学。没有一技之长，就算不歌不舞，也只能从事砌砖砌泥等粗工！"

"那么，你本身是在哪儿受教育的呢？"

"受教育？"麦查轻轻地笑了一下，"我从来不曾进过任何学校的大门！"

"你的英语说得那么好，难道是自学的吗？"我更诧异了。

麦查撩了撩额头上的发丝，说道："我 15 岁便出来和各国的游客打交道了。十多年来，不断地听，不断地讲，慢慢地，不会听的，也听得懂了，不会讲的，也能讲得流利了。学语言嘛，主要在于活学活用，哪里需要上学去！"

顿了顿，他又补充道：

"除了英语外，我还会讲法语、葡萄牙语，还有，一点点的日语。"

麦查是个聪明绝顶的人，以后，如果遇上好的机会，一定能成为冲天的鹏鸟。但是，话说回来，他——麦查，这样一个住在偏僻山区里的吉卜赛人，究竟什么时候才能碰上让他冲天的机会呢？我相信，只有命运之神才能回答这问题！

谈到这儿，我们已来到了一排房屋前。这些房屋，全是凿山挖洞而建成的。洞口装上了木门、糅了白漆，看起来倒还整齐美观。

有个瘦小的女孩，蹲在门口，用一大盆乌黑的水，搓洗衣裳。我用相机拍了一张照片，立刻，她丢下了衣裳，冲了上来，伸出湿漉漉的手，说：

"钱，给钱！"

麦查立刻微笑了。

"喏，告诉过你，吉卜赛人是不会免费地为你做任何事情的！"

这时，另外几个孩子也围了上来，小小的、脏脏的手，一齐伸了过来。

我用零钱打发了他们。

麦查叹口气，说：

"吉卜赛人，生活实在太贫苦了，所以，孩子们自小便养成了伸手要钱的习惯！"

在西班牙东南西北各大小乡镇和城市旅行时，常常碰到黑发棕肤的吉卜赛乞丐，不论成人小孩，全都四肢健全。不去工作，逢人便伸手，一点儿都不觉得难为情。

现在才知道，原来他们把伸手要钱看成了生活里的基本习惯。人类的尊严在他们的眼中，价值完全等于零！

麦查停在一间屋子的前方，伸手叩门。

"这是我阿姨的家。"

麦查的阿姨，肤色比一般吉卜赛人更黑，鼻子像一座干瘠的小丘，龟裂成许多细细的条纹，条纹沿着鼻翼向外延伸，整张脸看起来就像干涸的河床。七十多岁了，还穿得艳红艳红的，鬘发上插着一支大红花。

一看到我们，她便立刻戏剧化地踮起脚跟，打了一个360度的转，一手叉腰、一手高举，口里发出了富有韵律的嘶喊。

"我阿姨是这一带很出名的弗拉门科歌舞团的主持人。"麦查告诉我，"今天晚上9点半，这里有一出两个小时的歌舞表演，你有兴趣看吗？"

"有，当然有。"

"门票可以向我阿姨买，每张1200比塞塔。"

"好。"

趁他阿姨入房取门票的当儿，我细细打量屋里的布置。洞穴开得很深、很长，全无窗户，给人一种密不透风的感觉。再看看屋里的摆设，更叫人眼花缭乱。石壁上的每一寸空隙都被充分利用了。金黄色的铜质炊具就挂在头顶的石壁上，照片、纪念品、圣母像、锦绣品，排满了四周的石壁。他姨母的生活想必过得不错，屋子里还有电视机和收音机哩！

取了门票，看看手表，已近晌午，饥肠辘辘，要求麦查带我找个地方吃午餐。

"这边附近有间小食店，做的肉肠面包很不错！"麦查建议。

很小很小的一间店。一边柜台摆满了廉价酒，另一边的玻璃柜则摆着一些香肠、乳酪、面包。

面包硬邦邦的，像块石头；肉肠呢，又冷又烂，肠衣里，全是凝成油脂的肥肉。我食不下咽，但是，麦查却吃得津津有味。

勉强填饱肚子后，我说我要下山去了。

麦查一听，立刻便说：

"嗳，我的导游费呢？"

"你要多少？"

他看着我的脸，以试探的口气小心翼翼地说：

"1000 比塞塔。"（合新币 16 元）

我暗暗松了一口气。在山区里，这可能是一个很大的数目，然而，以城市人的标准来看，这样的索价，实在是太便宜了，我立刻将钱掏出来给他。

他自是眉开眼笑，大约是觉得我太好应付了，拿到了钱以后，居然又说："多给 100 比塞塔吧！"

我瞪他一眼，不语。他搔搔头，讪讪地笑道：

"好，够啦，够啦。再见！今晚记得早点来看歌舞表演。"

当天晚上，用过晚膳，我便沿着狭窄的小路上山去了。虽然已经 8 点多了，但是，整个大地，都是亮晃晃的。夏天的西班牙，日长夜短，太阳老是不肯回家去。街道两旁古老的玻璃罩灯，努力地吐出圈圈晕黄，好像要与夕阳的余晖抗衡似的。

远远地，便听到叮叮咚咚的乐声。音符不安分地到处跳跃着。吉卜赛女人，不论是年轻或是年老的，都打扮得异常艳丽。她们看到上山的游客，立刻以双手击出富于韵律的乐声，以浑圆甜美的嗓子喊道：

"Flamenco！"

一种叫人兴奋莫名的气氛，流满了整个山区。

麦查很忙碌，从山下把游客三三两两地引到山上来。

到了9点时，麦查的老阿姨来了。双颊涂得红扑扑的，穿着一条花式繁复的大花裙，用锁匙打开了一间山穴的木门。

灯一亮，我的双目也随之而发亮。

窄窄长长的洞穴里，金光闪烁。各种各样的铜质炊具，如杯盘碗碟、长短勺子、大锅小锅，等等等等，密密麻麻地吊满了石壁顶部。此刻，在明亮灯光的映照下，竟泛出了一种黄金般的光彩，这边闪闪，那边闪闪，使人恍恍惚惚地有如置身童话世界的珠宝屋里。

洞穴两旁靠墙处，排满了木椅，旅客陆续进去坐好。弗拉门科歌舞团的团员也一一地进来了，总共12名，6男6女，其中3名女团员，居然是年过六旬的老妪。

麦查与另外一名吉他手，轻轻地拨动了吉他，然后，轻柔的乐声，便如潺潺的流水般，慢慢地由琴弦流了出来。麦查的脸，变得非常非常的温柔。那双原本湛湛生光的眼睛，此刻看起来朦朦胧胧的，罩着一种梦样的光彩。他忘了现实，忘了面包，他以音符酿造成酒，整个人被音符熏得醺醺然的。

一曲弹就，3个打扮得花里胡哨的老妪站了起来。长年累月大量地吃淀粉，使她们赘肉横生。肥而圆的臀部把落地长裙撑得开开的。她们喊，她们舞，脸上燃烧着一种这个年龄绝对罕有的狂热。尽管年纪老大而又身子臃肿，但是，她们却有着叫人惊叹的活力。当她们尽情地歌，放任地舞时，我仿佛看到了 3 团青春的幻影。

吉卜赛人是天生的舞者，诚然。

这时，观众纷纷随着她们跳舞的旋律拍掌应和，整个洞穴的气氛是热烈的、快乐的、自然的、原始的。

接下来的表演，有单人独舞，也有双人并舞。几个年轻的吉卜赛女郎，姿色平平，但是，身轻如燕、步履灵活，举手投足全是舞；几个男的呢，长得俊秀，跳得活泼。男女双方，配合得天衣无缝。

正当大家看得饶有兴味时，麦查站了起来，作了一项宣布：

"请大家留意，我们的台柱现在将为你们呈献精彩绝伦的弗拉门科舞。"

洞穴以外，群山寂寂；洞穴以内，众人屏息以待。

一名吉卜赛女郎，如风般卷了进来。首先慑住众人心魂的，是她的眼睛，非常的大、非常的黑、非常的亮。只轻轻瞄你一下，便能让你心跳如鼓。她的头发，都拢在脑后，盘成了一个圆髻，露出了光滑如绸的额头；鼻子高，很尖，隐隐透出一点戾气；唇呢，柔软、丰满、性感。她静静地伫立在那儿，好似一座由象牙精心雕成的塑像。

她穿着一件紧身长袖黑上衣，衣上有银色的细条流苏；裙长及地，深红，裙上撒满了银色的小圆点，裙摆镶着波浪形的花边。呵，单看这出色的服饰，已叫人兴奋得喘不过气来了。

这时，歌舞团的成员双手互击，发出了清脆响亮的掌声。然后，栗木响，吉他声出，吉卜赛女郎动了。

她双手如风中弱柳，腰肢如索，款款摆动时，我仿佛看到了柳条在风里飘摇，也看到了蟒蛇在草原蠕行。微风过后，狂风来了，野火起，火舌蹿上草原，啊，柳在风中乱颤，蛇在火里狂行——她越扭越猛，愈舞愈烈，在一旁的吉卜赛人，发出了原始的嘶喊，急促无比的乐声从吉他手的十指飞跃出来，整个洞穴，震得好像要塌了。突然，喉咙破、琴弦断，一切戛然而止。寂静、静寂。观众痴痴迷迷，浑然忘我，连掌声也忘了给。但是，这也并不是舞曲的终结，只见那吉卜赛女郎在这一片凝结了的寂静里，掀起了层层相叠、繁复无比的裙子，露出骨肉均匀的双腿。她足着一双钉了铁片的高跟鞋，在接下来的十几分钟里，她就以这两条腿、一双鞋，谱出了一支又一支的"曲子"。

　　起初，脚起脚落，轻俏无比，像潺潺溪水流动的声音，处处一片鸟语花香。接着，脚越蹬越重，越重越响，有如万顷碧波，排山倒海地卷了起来。正当众人被那大起大落的波涛冲得晕头转向时，吉卜赛女郎更进一步地把众人带到万丈瀑流前。水从高山奔流下来，声响如雷，神奇的是，在巨瀑前方，众人居然还能听到清泉从山涧流过的声音。小溪、大海、瀑布，流动奔泻的声音，交织在一起，时轻时重，时缓时急，收发自如。呵，舞者舞艺的精湛，着实已到了令人叹为观止的地步。

　　舞毕，观众如潮的掌声几乎淹没了整个洞穴。然而，纵使掌声再多再响，也挤不掉原本塞满洞穴的音符！这些音符，长年累月地活在洞穴里，已经变成了洞穴的一部分了。

　　节目表演结束后，吉卜赛女郎纷纷起立邀请观众共舞。

我走向了麦查，对他说：

"麦查，谢谢你的介绍。这表演，实在太精彩了！"

麦查咧嘴而笑，信心十足地说：

"我早已知道你会喜欢的。"

顿了顿，他朝我伸出手：

"钱呢？"

"钱？什么钱？"我愕然反问——门票的钱，早在购买时已还清了呀！

麦查放下了吉他，神情自若地应：

"赏钱呀！"

啧，麦查这家伙，实在现实，现实得使人着恼！

下山时，已近子夜，月亮很圆很圆，冷寂的月色，悄无声息地笼罩着整个萨克罗蒙特山。仰望山头，那一个个废弃的洞穴，好似鬼魅张着嘴，幽幽地泣诉吉卜赛人无土无根、无国无家的悲哀。

我下山的脚步，蓦地变得沉重无比……

奥维耶多（Oviedo）是西班牙北部一个美丽的小城。尖顶雕花的教堂，静静地伫立在翠绿的树群中，燕子在蔚蓝的天空里安详地盘旋。

我和日胜站在马路边，拿着地图，细细地看。

"你们需要帮忙吗？"

居然有人会说英语！赶紧抬起头来。

站在眼前的这名男子，很年轻，眼大、眉浓、鬈发、嘴含笑，一派天真无邪的样子。

问他旅游促进局在哪里，他说：

"我正要上那儿去，你们随我来吧！"

这天的天气，实在好。吹在身上的风，好似浸过水一般，清凉清凉的。我们慢慢地走着，我闲闲地问他：

"你从哪儿来的呀？"

"我？"他指了指自己的鼻子，反问。

我点点头，他突然笑了起来：

"我不是游客。我是土生土长的西班牙人。"

我觉得很意外，原因是过去多天在西班牙中南部几个大城旅行时，碰到的西班牙人，大多不谙英语，而且，对待游客的态度，冷淡得叫人难受。比如说，有好几次搞不清方向而向人求助，但对方却总是耸耸肩，冷若冰霜地应："我不会讲英语。"对于我们递到他们面前去的地图，瞄也不瞄一眼。

现在，在走向旅游促进局途中，我忍不住

把这种现象告诉了这位叫科加诺的青年。

科加诺微笑地说：

"我们西班牙人，绝对不是冷漠的民族，但是，语言的隔阂，造成了你们的误会。"顿了顿，他又幽默地说，"也许，这一切都该归咎于佛朗哥吧！"

佛朗哥是西班牙近代史上的独裁统治者。他平定了西班牙的内战以后，独揽大权，主持政局。

"佛朗哥唯我独尊，在他的眼中和心中，就只有西班牙文是国内唯一必修的语言。"

1975 年，佛朗哥去世了，情况才慢慢地有了一点变化。

"我们几年前开始在中小学实施第二语言强制教育。"科加诺告诉我。

"学生多数选修什么语言呢？"

"法文最多，其次才是英文。"

看着他那张稚气的脸，我问：

"你大概还在求学吧？"

"是的，我目前在修读为期三年的旅游训练课程。"

旅游促进局设在一条颇为热闹的大街上。他指了指这幢 4 层的建筑物，说：

"我的学校，就在旅游促进局楼上。"

我们在旅游促进局里取得了火车时间表、市区路线图、名胜索引等资料。

看看表，已是下午两点了，便邀他同进午餐。他摇头婉谢：

"我刚才已经在家里吃过了。"

正想握手道别，他却又自动请缨：

"你们喜欢吃富有西班牙风味的餐食吗？附近有家餐室，水准不错，我带你们去。"

我们欣然跟着他走。

远远地，便看到那间坐满顾客的小餐室了。科加诺代我们点了两套西班牙闻名遐迩的海鲜饭（Paella）。他自己呢，很客气，什么也不肯要，只叫了一杯啤酒。

海鲜饭所用的材料极多，有虾、贝类、鸡肉、兔肉、青豆、番茄等。这些材料，均匀地散在黄姜饭上，色彩鲜丽，卖相极美。

我迫不及待地尝了一大口。科加诺笑眯眯地问我：

"怎样？味道还好吧？"

饭在口里，吞不下去。我觉得尴尬。应"好"嘛，心不甘；说"不好"嘛，又好像很失礼。

用酒把饭逼下喉去，我含糊其词：

"你们的饭，煮法和我们不太一样。"

我把砂锅鸡饭烹煮的方式告诉了他。

他边听边摇头：

"这煮法，太麻烦了！我母亲煮海鲜饭，容易得很。材料切好了，连同米、水、油、盐，一起倒进大锅，猛火烧，水干便成。"

原来如此！我暗暗叹气。盘中的肉，淡而无味；那饭呢，入口黏，咬时涩——外烂内不熟！

我意兴阑珊地用叉拣盘中的蚝来吃。

科加诺不肯放弃任何学习的机会，指着盘中的用料，一样样地问它们的英文名称。

"你住在这儿，平常使用英文的机会多吗？"我问他。

"本地人都不讲英文，而西班牙的旅游胜地又集中在中部和南部，所以，我练习的机会是少之又少。"他说，"实际上，这也是我最大的苦恼。语言如刀子，愈磨愈利，搁着便生锈。你知道我平时怎样磨我的刀子吗？"

我尚未答腔，他便继续说道：

"我买了一台录音机，一有空便在家里自问自答！"

说到这里，他突然"咭"的一声笑了起来，好一会儿，才勉强止住了笑声，说：

"自问自答成了习惯，在学校里，有时也不免自说自应，同学们因此都叫我做自言自语先生。"

我和日胜都忍不住大笑起来。

"自言自语先生，"我边笑边问，"你明年毕业以后，可打算到南部其他旅游胜地磨你的刀子？"

"我想去的不只是南部而已。"他正色道，"东南西北，只要我不曾去过的，我都想去。作为一名西班牙人，如果我不熟悉自己国家的每一寸土地，又怎能把它的美介绍给外人！"

我告诉他，许多外地的游客，眼中只看到繁华的马德里和热闹的巴塞罗那，对于西班牙其他的地方，都毫无认识。实际上，我个人认为，西班牙北部和东部许多小城小镇那种古典雅丽、恬静安详的美，更叫人难忘。

他点头应道：

"等我磨利了语言的刀子，便用它去筑一道桥，把世界各地的游客一个一个地引到我北部的家乡来！"

他日重游奥维耶多，倘若处处客满，我便知道，科加诺的刀子已经磨得很利很利了！

首先吸引我注意力的，是她的背囊——鼓胀、沉重，少说也有 20 公斤。

她小心翼翼地把它从背上卸下来，长长地吁了一口气。

我们这两个陌生的人相对微笑。

接着，她打开行囊，在里面搜索了一阵子，取出了一条褐色的面包、两片干乳酪，坐下，用小刀切开面包，夹上乳酪，津津有味地吃了起来。

我静静地将刚才买的盒子装果汁递给她。

"太感谢你了！"她一边大口地吞着面包，一边说，"我从早上到现在还没有吃过东西，真是又饥又渴哪！"

我看看手表，现在，已是下午两点多了。

吃完了，她将剩下的面包小心地包好，放回行囊。然后，神情满足地对我说：

"真高兴在奥波多买到这条面包。它干硬，不易发霉，而且，它结实，啃一点点便很饱了。"

对着这个节俭的旅人，回想起自己刚刚用过的那顿丰盛的午餐，心里竟然泛起了一股不自在的感觉。

"你下一站到什么地方去？"她问我。

"阿威罗（Aveiro）。"我应，翻了翻手上的资料，顺便告诉她，"书上说这是葡萄牙的水乡，市内运河纵横，景致优美……"

"葡萄牙人把它称为小威尼斯。"她接下去说,"我去那里,就是为了能在运河畔住上一宿,切实地享受在水声里入梦的美妙感觉。"

接着,我们聊起了刚刚离开的海港奥波多,她说她最欣赏那富于地方色彩的贫民窟。

"狭窄的石板路、简陋的小房子,处处都跳动着生活的脉搏。单看居住环境,他们穷,他们苦,但是,当亮着灯光的屋子飘出菜香、传出笑声时,我觉得这便是人间乐土。"

她的话,句句都打中我心坎。

两个人,越谈越投机,像两个齿轮,啮合得紧密无间。

她的名字是卡德琳。

很年轻,才 20 岁。头发与双耳齐,滑滑直直地斜向一边梳。奇特的是头发的颜色——暗暗沉沉的,近乎褐色,然而,额头处偏又有一大绺金光闪烁的,把她整张脸映照得非常地亮。同样亮的,是她的眼睛。看人时,湛湛生光;不看人时,依然炯炯有神。她的脸,在红润当中透着黧黑,也许是常常从事户外活动,尖俏的鼻子,都被晒得脱皮了。

卡德琳是德法混血儿,在美国波士顿大学修读为期 4 年的"国际关系"。该所大学规定:学生可以在修完第一年课程后,申请到其他国家去,作为期一年的浸濡。

卡德琳便是在这种情况下到西班牙去的。目前,她已完成了这项浸濡课程,在返回美国之前,利用暑假到葡萄牙旅行。

卡德琳精通法文、德文、英文,现在,又学会了西班牙文和葡萄牙文。

"语言，是进入别人精神世界最直接的桥梁。"她说，"没有共通的语言，永远只能在别人的思想门外徘徊。"

我发现她在讲英文时，常常会在无意间插入一两个我所听不懂的词语，我一皱眉，她便道歉：

"嗳，对不起，我又讲西班牙话了！学太多语言的流弊是，不同的语言，常常互相打架。比如说，有时，当我要提及一件东西的名称时，几种语言一起涌上脑际，纠缠不清，产生了暂时性的混淆。"

混淆，只是暂时性的。我的疑问是，学会了以后，如果没有实际应用的机会，过了一阵子后，是不是会忘得一干二净呢？

"这是必然的。"她同意地点头，"正因为这样，我每天必须轮流地阅读各种语言的书籍；还有，在日常生活里，我也常常主动地寻找机会和别人交谈——不瞒你说，我把这些社交活动都当作是例常的课业。"

"你返回美国以后，练习西班牙语的机会恐怕不多吧？"

"西班牙人在美国落地生根的，非常多。此外，在南美洲，除了巴西以外，都是西班牙文的天下。应用西班牙文的机会多的是！"

询及她在西班牙逗留一整年的印象，她沉吟了好一会儿，才说：

"西班牙对过去的光荣历史念念不忘，许多男人都具有大男子主义的思想，西班牙的女性呢，很爱幻想，是唯美主义者，这和美国人事事讲求实用的作风很不一样。"

"基本人生观不同，对于友谊的发展，是不是一种障碍呢？"

她摇头，微笑地应：

"每一种民族，都是独立的个体，有着截然不同的特性、优点和缺点。在我的字典里，只有了解与接受，没有偏见与抗拒。"

在卡德琳眼中，人生好似一颗水晶球，透透亮亮的；而她呢，是个冷静自在的旁观者。水晶球里的世界，或风起云涌，或风平浪静，她都不悲不喜、不愠不怒。

这个安如磐石的人，今年才仅仅 20 岁呀！

实在喜欢她。

火车抵达阿威罗后，我们一起去找旅舍。

旅游册子并没有欺骗我们。

阿威罗的确是个恬静美丽的水乡。这个地方，还没有为游客杂沓的足迹所污染，一道道运河优游自在地在市内穿梭来去，粼粼波光，像条条笑痕。

站在阳光底下看这小城，这里那里，前后左右，都是闪闪笑意，旅人的心，也强烈地受到了感染，笑花由心湖深处一直灿烂地开放到脸上。

卡德琳背着行囊，我拉着皮箱，慢慢地沿着运河畔走，走不多远，看到了一幢灰黑陈旧的建筑物。有一家小客栈蜷缩在建筑物的底层。

卡德琳朝我点点头，便率先走了过去，我尾随着她。客栈里面，光线暗沉，空气氤氲着一股混浊的烟味，好似不太干净的样子。我一看，便觉得不适意了。

空房，有，而且，很多。单人和双人的都有，全都没有附设浴室。房租呢，非常低廉。

我原本对周遭环境的污秽已心存不满，现在，一听到没有附设浴室，立刻便打退堂鼓了。卡德琳呢，却毫不在乎地交上护照、拿了锁匙，准备留宿了。

我们握手道别。拉着行李从小客栈走出来时，我觉得很惭愧。我常常自诩适应能力强，有了比较，才发现在某种程度上，我并不是伸缩自如的旅人。

原以为再见无期，没想到几天后，在葡萄牙西部的小城纳札丽，又再度见到她。

纳札丽有一个很美丽的沙滩，沙白而软，海蓝而清，海水波涛汹涌，浪头很猛，所以，来此作日光浴者多，逐波戏浪者少。

我在纳札丽只有半日的逗留，不想逛市区，一心只想到美丽的沙滩走走，吸吸海风，透透气。

将鞋子提在手里，我赤足行走于沙滩上。

慢慢地走着时，一张熟悉的面孔出其不意地闪进了眼帘。

我停下了脚步。

是卡德琳！

她躺在皑皑的白沙上，身上一袭黑底黄色碎花的三点式泳衣。清亮有神的眸子，此刻，正安安静静地闭着，长长的睫毛，在红润的脸上投下了一层薄薄的阴影。

啊，她在默默地、深深地享受生命，享受着生命的每一分每一寸美好的时光。

我没有惊动她。

在心底悄悄地说着"再会"的当儿，我确实相信，我们会在其他的人生驿站里重见彼此的！

重逢时，也许两鬓斑白，也许皱纹横生；然而，我希望她对人生的信念、对人性的看法，永不改变！

拎着一大包沉甸甸的书，如履薄冰地走在罗马交通繁忙的大街上。汽车在我前后左右呼啸来去，刮起一阵又一阵燥热不堪的风。罗马的安全道，一点也不安全；罗马的人行道，也不是给行人走的。汽车在我身旁横冲直撞，车笛在我耳边猛响不休。过马路时，我觉得凶巴巴地朝我冲来的汽车，的的确确像张牙舞爪的市虎，仿佛随时都会把我吞噬掉。

左闪右避、奔来扑去的，来到了徐意晶的寓所时，我已大汗淋漓了。

由于大家早已在电话中约好了，所以，门铃一响，她便赶着来开门。

那是一张养尊处优的脸。双眼皮、双下巴；眼圆、脸也圆。穿着湖蓝色软绸旗袍，直腰身，领口与袖口均有手织细花。

"进来，进来！"她一迭声地说，"地方容易找吗？我们一家子等你们等得很焦急啦！"说着，伸手来接我手中的书，"哎呀，宝丽真不应该，你到这里来旅行，她居然托你带这样重的东西给我！"

嘴巴忙着说话，眼睛却也不闲，骨碌碌地转来转去，上上下下地打量我。她是个活泼开朗的少妇，曾经美丽，而今风韵犹存。

"啧啧啧，罗马的交通……"

我话还没说完，意晶又抢先应道：

"是呀，是的，人人来到罗马，都发出同

样的怨言。你别忘记，罗马是个古老的城市，两千多年前铺设的街道，现在还在用哪！这些街道，以前是马车走的，现在嘛，让汽车用，宽度当然不足。再说呢，意大利人又生成一种大而化之、不拘小节的性格，有路便走，有位便停，弄得罗马的交通一塌糊涂。"

听她一口气地说着话，看她一刻也不停的动作——引我们入厅去坐，把书籍提到房里去放，又到卧房里将她的丈夫和孩子叫出来。

她的丈夫陈豪楷，和她恰恰相反，惜语如金。四十来岁，额头有些微脱发的痕迹，对于笑容，相当吝啬，一副小心谨慎的样子。

5岁的男孩，10岁的女孩，发浓黑、睫毛卷，双颊桃红桃红的，漂亮一如小天使。

坐下来，乖巧的女孩为我们奉上茶，用流畅的华语和我们交谈。意晶在一旁得意扬扬地看着、听着、等着。

我没让她等多久，便开口称赞她：

"宝丽告诉我，你移居意大利已有十多年了，孩子在这儿出世，在这儿成长，居然能够讲这样流利的华语，你的功劳，可真不小啊！"

"是很不容易。"她收敛了笑容，语调严肃地说道，"威胁利诱，法宝出尽。利诱是：请他们去吃比萨饼啦，带他们去沙滩玩啦，买玩具给他们啦；威胁是：你不读，我就不宠你、不管你、不顾你啦！如果威胁利诱都行不通，便只好——"她挥了挥拳头，"揍！"

两个孩子不约而同地伸了伸舌头，我们都笑了起来。

"话说回来，让孩子在意大利受教育，除了母语的教导较为吃力以外，我倒是非常欣赏学校启迪孩子的方式。"说着，她指了指那小男孩，说，"我这老二，进幼稚园两年，学的不是认字、写字，而是认色、绘图。他不但懂得如何把颜色搭得好，而且，只要一笔在手，随时都能成画。"

"我想，东西方社会价值观的不同，多多少少影响了教育方法。"我说，"东方社会重视的是实用教育，西方社会着重的，却是唯美教育。"

"对对对，你的分析很有道理。"她一个劲儿地点头说道，"在不同的教育方式下成长的孩子，很自然地形成了截然不同的人生观。华人很懂得为未来打算，事事未雨绸缪，然而，许多时候却也因为顾虑太多而变得杞人忧天，活得不够痛快，不够尽情。意大利人呢，可不同啰，如何使今日活得快乐，才是重要的，明日的事情嘛，明日再发愁。"

说到这儿，有人"嘭嘭嘭"地敲门，原来是隔壁的意大利孩子。

几个孩子叽里咕噜地用意大利话交谈了好一会儿后，向母亲申请了"准证"，便一块儿快快活活地出门去了。

"看样子，你们和邻居相处得不错呀！"

"是的，意大利人最大的特性便是热忱好客、没架子、易交友。"她侃侃地说道，"告诉你一些有趣的事儿：我们经营餐馆的，常常能够从客人付账的方式看出他们来自哪一国。西班牙人最豪爽，大家点了食物后，细分账目；英国人呢，你和我，分得清清楚楚，各点各的、各吃各的、各付各的，毫不含糊，倒也干脆利落；最糟糕的是德国佬，站在一边等他们付账，等得生米都煮成熟饭了，他们还无法把钱算好，原因是他们在仔细查看彼此点了些什么，

——把账目分开来，小气得叫人生气；华人呢，恰恰相反，付账时最热闹，总在抢，抢赢的那个，脸上笑嘻嘻的，乐不可支，心里呢，也许骂声不绝哪！"

这一番话，惹得我们大笑不已。

"你们在这儿经营餐馆，是否必须面对剧烈的竞争呢？"

"同行的竞争，处处都有，不算问题。"她条分缕析地说，"我们最大的难题在于如何去改变意大利人的生活观。意大利人很注重外表的装饰与住屋的舒适。鞋子和衣服，都要穿名牌的；屋子室内与室外的设计，也要尽善尽美。然而，对于食物呢，他们却是一点儿也不注重。平日无事，绝对不会上餐馆来。来时，必是家有喜事。点菜时，很谨慎，不会多点；菜来以后，也必然会吃得点滴不留，绝不浪费。你看看，如果只做他们的生意，能够赚得了多少！"

"餐馆生意，时间长，工作繁，的确是不容易的！"我应道，"为什么你们不从事其他的行业呢？"

"异国谋生，谈何容易！"少妇长长地叹了一口气，说，"若有别的路子走，我们当初也不会自投罗网啦！你知道吗，豪楷以前是这儿大学哲学系的毕业生，毕业后，一直找不到工作，拖了好几年，才决定把笔杆转换为筷子。"

由辨析别人的思路转为分析食客的口味，这样的历程，也算是由"唯心"到"唯物"吧？这样的转变，对于他来说，并不是很惬意的，所以，他不快乐；而他，并不掩饰他的不惬意，明显地把它摆在脸上。

他静，静得出奇。一整晚坐在那儿，像座千年塑像。他太太不停地说，他听，不插嘴，不置评。倘若不注意，还以为他是厅里的一件摆设。

偶尔意晶停止说话，整个大厅便会产生一种令人难受的静默感。

这时，去隔壁玩耍的小孩儿回来了。几个意大利孩童，也跟着进门来，嬉闹成一团，气氛顿时大大地热闹起来了。

"你以后恐怕也会有金发碧眼的女婿或媳妇呢！"我半开玩笑地对她说。

她可一点儿也不愁，直截了当地说：

"孩子们以后如果要获得幸福快乐的婚姻，必须找本地人为对象。你想想看，他们生于斯长于斯，人生观与价值观，都是纯意大利式的，如果我硬生生逼他们到外地去娶个华人姑娘，双方都不会快乐。打个比方，孩子好比是这里的泥土，故乡的花固然美、固然香，可是，倘若移植到这里，恐怕会枯萎的。所以嘛，就让这里的泥土种上这里的花好了，一切顺其自然！"

"那，你为什么还要苦苦地逼他们学华文呢？"我问。

"语言学习和婚姻幸福，根本就是完全不同的两码事。"她毫不客气地反驳道，"我不要他们失婚，与此同时，我也不要他们失根！"

说得对，说得好！

这是一个适应性极强的现代女性。

有些人，居住在自己的国家，却歌颂外国月亮的圆与大；有些人，移居外国，却又慨叹乡土寸寸香。左也不快乐，右也不顺心。

然而，眼前的这位女性，却是不同的。她像是一棵生命力强韧的植物，移植意大利后，努力适应当地的泥土，茂盛地、茁壮地成长。她不曾忘记她留在祖国的根，但是，她亦不要枯萎在异乡可能并不如想象中那么肥沃的泥土里。所以，她尽她最大的努力去适应。适应的结果是——快乐。然而，在适应的过程中，她可能付出不少的代价，而她清清楚楚地知道，被舒适生活宠坏了的现代女性，是不可能，也不愿意付出同等代价的，所以，对于孩子的婚姻，她便采取了放任的态度。

这是个极为理性又极为睿智的女性。

我们起身告辞时，夜已深。

夫妇俩站在门口送客。丈夫脸无表情，妻子呢，笑意盈脸。

罗马夏天的夜，凉如水。低着头，走在古老的石板路上，我看到的，不是一颗一颗圆圆的鹅卵石，而是两张截然不同的面孔，一张快乐，一张则不。在月色的映照下，这两张脸重叠交错地出现，一明一暗，像戏台上的阴阳脸……

我是在奥地利的工业大城林茨（Linz）上火车的，准备到首都维也纳去。

火车里，一节节车厢，好似一间间小房，宽敞、舒适。每节车厢可以容纳 6 名乘客。

老人赫尔穆，便是坐在我预订的那个车厢里。

我进去时，他正捧着一本厚厚的书在读；我进去后，他放下书本，对着我，友善地微笑。

他头发极白、白极，闪闪发亮；脸色极红、红极，容光焕发。乍一看，觉得他像一座活的阿尔卑斯山。满头的银丝，是山顶不融的积雪；脸庞呢，是山腰，是山麓，温暖的春风，将白雪融掉了，露出了山泥的本色——赤红赤红的。

待我把行李安顿好了，赫尔穆便以纯正的英语开腔问道：

"是游客吧？"

点头称是。

"新加坡来的吧？"

居然没有把我当日本人！惊讶之余，好感与好奇，齐齐萌生。

问他怎么知道，他指了指我的小背包，我看了看，原来背包上面，清清楚楚地印着"新加坡制造"的字眼。

我们相视而笑。

"到奥地利来，多久了？"

"两天而已。"

"准备逗留多久呢？"

"10 天左右。"我答，把拟好的行程表递给他看。

"好，好。"他一面看，一面点头，说，"因斯布鲁克为群山环绕，景色绝佳。萨尔茨堡是我们的艺术之都，有很丰富的文化遗产。维也纳呢，是古老的大城，是音乐的化身。"赫尔穆说话时，语调充满了一种对国家与民族的自豪感，"实际上，奥地利的每一寸土地，都有着令人难以抗拒的魅力。你若爱好户外运动，我们有数不尽的山峰，让你登山，让你滑雪。我们也有算不完的湖泊，给你游泳，给你垂钓。如你性格好静，你可以天天泡在歌剧院里，去听、去看那百回不厌的歌剧。在维也纳，就连空气，也跳跃着音符啊！"

也许自小便受到音乐的熏陶，奥地利人说起话来，细声细气，彬彬有礼，和粗声大气的意大利人相比较，有天渊之别。

把这想法告诉赫尔穆，他显得很高兴。他说：

"在奥地利，耳濡目染，不爱音乐的人，是很少的。"

他把膝上的书合起来，放在一旁，准备和我长谈了。

"你知道吗，我年轻的时候，就曾梦想成为一名钢琴家。但是，我的父亲不同意，他对我说：'儿呀，在维也纳学音乐，竞争强、压力大，你会觉得很辛苦的。再说，成了钢琴家以后，要靠音乐演奏来养家，也是很难的。因为呀，除了兴趣、天分和技艺外，还得靠运气，你必须时不时地揣摩观众的心理，这样一来，每一道音符，都变成了生活的鞭子，把你鞭得喘不过气来，还有什么乐趣可言！'

父亲的这番话，影响了我的一生。我放弃了成为钢琴家的念头，选择了机械工程学。"

在"鱼和熊掌不可兼得"的情况下，多数人是会放弃兴趣而选择面包的。赫尔穆的故事，并不新鲜。重要的是，他是否对他的下一代说重复的"故事"？

"不。"他说，语音掷地有声，"我觉得我不应该以我现实的价值观来影响下一代对前途的选择。"

在潜意识中，赫尔穆希望他的儿子能选上音乐系，替他圆一圆他年轻时曾有过的梦。可是，事与愿违，他的两个儿子都不愿意用音乐去洗涤别人的灵魂，他们选择了解剖刀。

"说来有趣，孩子很小的时候，我便看出他们和我的不同了。"赫尔穆说，"我很怕血，吃鸡时，只敢吃鸡胸肉，其他带骨的部分，我连碰都不敢，因为我怕我会不小心把鸡骨里的血啃了出来。我的孩子呢，可不同啰。他们老爱争鸡骨来吃，不但啃得格格响，而且，还把骨髓吸得一干二净！"

父子两代，截然不同。

说起来，也不知道是幸还是不幸，我们只能创造生命，但却不能把性格和兴趣也一起遗传给下一代。

目前，赫尔穆的两个儿子，一位到美国去修读医学专科学位；另一位呢，娶了瑞士姑娘，"娶鸡随鸡，娶狗随狗"地移居到瑞士去了。

家里，两老对影成四。

"寂寞吗？"我多事地问。

"寂寞？"赫尔穆淡淡地微笑，"我的字典里，没有

'寂寞'这两个字。我今年 68 岁了，还时时刻刻感觉时间不够用。"

"你的时间，用在哪儿？"我问。

"喏，我花了足足 3 年时间，完成了族谱的追溯工作。我追查的资料始于 1838 年，历时 150 年，牵涉的家庭约有 50 个。这些家庭，散居于美国、加拿大、苏联、罗马尼亚等地方。我为了求真、求实，不远千里上门去调查、访问，资料收集齐全后，又花了半年的时间，闭门撰写，去年才完成。"

"写族谱，的确是一项很好的消遣……"

我自作聪明地说，然而，话才说了一半，便被他打断了。

"消遣？不是的，我不是把它当消遣的。写族谱，是我长有、常有的心愿。年轻时，忙于谋生，忙于养家，许多心里要做的、想做的事，都无法做。退休的好处便在于你能随心所欲地从事你爱做、你想做的事。"说到这儿，他目光炯炯地望着我，问，"嗯，你不觉得让子子孙孙、世世代代清清楚楚地了解自己的根来自何处，慎终追远，是一件很有意义的事吗？"

他的脸色，是这样的凝重，他的神色，是这样的严肃，使我对于自己刚才的失言，既抱歉，又尴尬，便赶快机灵地换了一个话题：

"现在，族谱既然已经写完了，你有什么新计划吗？"

"我想开画展。"

"开画展？"我很小心地不让我惊讶的心态流露出来，"是退休以后才培养的嗜好吗？"

"兴趣，年轻时就有了。时间嘛，现在才有。"赫尔穆唇角含笑地说，"我住在因斯布鲁克，湖光山色，看之不尽。我每天一早便带了画布外出写生，许多时候，只要把画板架起来，不必费劲构思，湖光山色，便自自然然地印在我的画布上。奥地利，作画的题材俯拾即是，不去拾，是暴殄天物哪！"

"你这回到维也纳去，是不是要寻找作画灵感？"

"不是的。"他两条灰黑的眉毛，忽然化成两截短短的绳子，在眉心处打结，"我去那儿的老人院探望我哥哥。"

啊，到老人院去探望哥哥。这句话的背后，肯定的，蕴藏着一个动人的，或者悲伤的故事，然而，我不想问，而实际上，我也不该问。

这里，赫尔穆目光转向窗外，语调温柔地说：

"瞧！"

窗外，大自然以雄浑的手法，绘了一幅令我惊艳的人间美景。远处是山，山上有雪；近处是水，水中有影。山顶上皑皑的白雪在湖上薄薄地镀了一层亮光。雪光的亮丽，使阳光也不自觉地收敛了它如利刃般的光芒。湖光山色，在寂静里交相辉映。

此刻，赫尔穆的整张脸，变得非常非常的温柔。灰蓝色的眸子，一动不动地粘在窗外那幅"山水画"上，眼神呢，飘到老远老远的地方去。

忽然地，我觉得自己非常非常的幸运。

赫尔穆只看到一座阿尔卑斯山，然而，我却同时看到两座。

两座阿尔卑斯山，一座会老，一座不会。会老的那一座，在窗外，冬天一来，霜雪使它白头使它老；不老的那一座呢，在窗内，在我面前，年龄不能使他老，白发与皱纹也不能使他老。

不老，只因为他有一颗热爱生命的心。

在希腊本土的比雷埃夫斯（Piraeus）港口搭乘渡轮到美丽的海岛克里特（Crete）去度假。在长达 12 小时的航程里，我认识了两名希腊人。通过深入的交谈，我惊异地发现，他们虽然在国外谋生多年，然而，外国对于他们来说，只不过是暂时寄宿的壳而已。他们的心、他们的根，都稳固地系在他们的故乡——希腊……

甲板上

这是一艘可以同时容纳好几百人的大渡轮。初上渡轮，里外都是乱糟糟、闹哄哄的。受不了那一股窒闷的气息，我把行李丢进船舱的小房内后，便走上甲板去透气了。

风很弱，浪很静，虽然是傍晚 6 点多了，可是，太阳依然不肯回家去。顽皮的阳光，把蔚蓝色的海水照得晶亮晶亮的，也把岸上的建筑物硬生生地拖来，让它们睡在如绸的海面上。

日胜肩托活动摄影机，趁渡轮尚未远去，拼命地拍摄岸上的景物。有趣的是，站在日胜旁边一名四十来岁的中年人，也拿着一模一样的活动摄影机在猛拍不已。拍了好一阵子，两人放下摄影机，打了一个照面，便忍不住笑了起来。

原以为他和我们一样是外来游客，攀谈之

下，才晓得他也是希腊人，在澳大利亚定居，这次是特地回来洽商生意的。

"刚才看你拍得那么起劲，我还以为你是第一次畅游希腊哩！"

"希腊山明水秀，美景处处，哪儿拍得完？"他自豪地说，"坦白地说吧，我拍这些景致，是有教育目的的。"

"你是教员吗？"

"不是的。"他摇头应道，"我的3个孩子，全在澳大利亚出生，在澳大利亚成长，我不愿看到他们成为无根的一代，所以，尽可能教育他们认识自己的祖国。这些录像带，都是为他们拍的。"

身处在为许多人视为天堂的澳大利亚而依然念念不忘自己的祖国，是有真性情的人。

问他当初究竟是在什么情况下移居澳大利亚的，他微笑：

"这是个很长很长的故事，你有耐心听吗？"

我忙不迭地点头。

他沉吟了一下，又说：

"你们吃过饭了吗？"

我摇头。

"不如这样吧，"他建议，"我们到餐厅去，边吃边谈。"

餐厅在渡轮的顶层，装潢得富丽堂皇。走在厚厚的地毯上，人像猫，阒无声息。

这位绅士模样的中年人里康纳士代我点了希腊著名的食品"Souvlaki"，他自己和日胜则点了典型的希腊全餐。

"Souvlaki"是希腊举国上下无人不爱的猪肉串。把猪肉切成厚厚重重的方块状，串在细细的铁枝上烧烤。当我拿到铁枝上那一块块切得有棱有角的猪肉时，不禁发愁了："这么厚，恐怕牙齿都要咬断了。"然而，猪肉一入口，我却吓了一大跳，它嫩滑、细致、甘腴、香软，叫人不禁要怀疑，这是异种改良猪肉！

希腊全餐则包括了葡萄酒、菠菜、乳酪饼、茄子饭、沙拉和芝麻面包。

里康纳士津津有味地品尝着每一口食物，脸上的表情是极端满足的。

"你离家多年，一定很想念家乡的食物吧？"我边吃边问。

出乎意料，他竟摇头。

"我虽然身在澳大利亚，然而，我过的，却纯粹是希腊式的生活——我的家庭用语是希腊语，天天吃的是太太烹煮的希腊餐，闲暇时听的是希腊音乐，看的是希腊录像带，因此，我虽然离开希腊多年，然而，每天放工回家，便好似返回希腊的家园一样。坦白地说吧，我真正缅怀的，是这里的亲戚朋友，和这种只有在希腊才能感受得到的气氛。"

里康纳士出身于贫苦之家，在入学的年龄便当上了童工，什么污秽辛苦的工作都做过。16岁时，他当海员，过着四海为家的生活，两年过后，厌倦了海洋生活的单调，更不满足于没有奋斗目标的这种茫然。当时，希腊正被失业的浪潮所侵袭，他知道他不能回国坐以待毙，所以，当船只经过澳大利亚西岸的港口时，他当机立断地留了下来。

在谈及这一段充满了艰辛的生活时，他的语调有一种掩饰不了的沧桑感。

"当时的我，目不识丁，身无分文，有的，只是健壮如牛的身子和百折不挠的意志力。"

他白天去当建筑工人，以劳力换取三餐，晚上去读夜校，拼命苦学英文。

"有时白天工作得太辛苦，晚上不免在课室里打盹，为了使精神集中，有好多次我的下唇被牙齿咬得溢出血来！"

这样的学习精神，不是可以媲美中国古代的"牛角挂书""囊萤照书"吗？

学会了英文后，他又在夜校选读建筑绘图课程，就这样一步一步地由建筑工人变成绘图员，进而自己开设公司。目前，他已是北澳达尔文港（Darwin）一家大规模建筑公司的老板了。

这是一则活生生的白手起家的故事，里面有血，也有泪。

"我由悉尼转到达尔文去发展，主要是因为那儿希腊人多，孩子有较多机会和希腊人交往。"他说，表情严肃一如朝圣者，"我总觉得一个人一生最重要的是认清自己的根，一个没有根的人，连生存的价值都要打折扣！"

"你的孩子在澳大利亚出世，又在澳大利亚成长，希腊对于他们，全然是一个陌生的国度，要他们对一个陌生的地方产生归属感，又谈何容易！"我直言不讳。

"你说得很对，这是一项极难进行的工作。"他点头同意，"如果只是空口说白话，日日夜夜对他们强调'你们是希腊人，你们的根在希腊'，是绝对起不了作用的。我了解这一点，所以，我在澳大利亚创造了纯希腊的生活模式，将他们整个儿浸濡在内。你在我的家是绝对听不到任何一句英语对白的！还有，每年我一定带他们来希腊住一个月，让他们切实地感受希腊的生活方式。我长子今年16岁，我打算等他满20岁时，送他回来服兵役。服役期满后，他可以自行决定在哪儿当永久居民。"

我告诉里康纳士，他有许多价值观很接近东方人，他点头说道：

"希腊人的确很重视道德与家庭伦常关系，在澳大利亚居住这些年，我最不能适应的，便是他们管教孩子的方式。"

喝了一口酒，他继续说道：

"像我的邻居，女儿无端端和男友失踪了，问她父亲她究竟去哪儿，她父亲居然无关紧要地说：'不知道。'两个星期过后，她回来了，她父母也若无其事，不盘问，也不斥责，真是太荒唐了！我对我的女儿说：'你若敢这样，我便立刻和你断绝父女关系！'"

我赞成他的做法。孩子如泥，可塑时不塑，待成型后想要重塑，已是痴人说梦。

谈到这儿，我猛然想起他的妻儿并没有和我们共进晚餐，问起时，他说：

"我这次来，不是为了旅游，而是为了洽商一桩建筑工程。"

谈及工作，这个原本严肃的中年人，变得更为严肃了，他叹着气，说：

"希腊辉煌的历史显示了我们祖先精密的思考能力和苦

干的坚毅精神，然而现在，人民生活过于舒适，许多优良的传统观念都受到了腐蚀。就拿奥林匹克航空公司最近发生的事件来说，我就觉得非常痛心，那一撮人，为了私利，不惜破坏国家的经济和名誉！"

在我们旅行希腊期间（1986 年 6 月），奥林匹克航空公司发生了罢工潮，全体飞机师为了待遇问题而集体罢工，政府采取了强硬态度，一口气开除了 56 名飞机师，然而，没被开除的那一批飞机师，依然不肯妥协，双方闹得很僵，拖了三四个星期，还解决不了，耽搁了许多人的行程。

"一般人的态度真的不同了。"里康纳士意犹未尽地说，"就拿克里特岛来说，土壤肥沃，耕地广阔，全希腊三分之二的蔬菜都是由那儿供应的，人人过着的是朴实、平静而又快乐的生活。然而，自从旅游业发达后，许多人都弃地不耕，一心只想以更简易的方式来赚大钱。生活由纯朴趋于奢华，物价也跟着飞涨！过去生活里那一份恬静和满足，完全没有了！"

里康纳士一边说，一边摇头。真是"爱之深，责之切"啊！

"最最要命的是，许多女孩子贪求享受，追求时髦，完全不知廉耻为何物！"

说到这儿，他顿了顿，转问我们：

"你们去过 Kitrotlatia 沙滩吗？"

我们点头。那儿是希腊极其著名的无上装沙滩，许许多多的少女和少妇，在男友或家人的陪同下，到此来裸露上身作日光浴。她们在众人面前脱衣时，毫不犹豫，更不忸怩，仿佛在公众场合裸露双乳是天地间最自然不过的一回事。好些乳臭未干的少年，也来此静坐，饱览春色。

"许多社会和治安问题，便是由此而产生的。"里康纳士下了结论。

账单送上来时，里康纳士抢着付账。理由是：

"你们来我的国家做客，不能喧宾夺主。"

临别时，他说：

"我这次有业务在身，不能陪你们游山玩水，但我相信这里的湖光山色一定令你们终生难忘。希望 10 年后当我告老回乡时，能再遇到你们重游希腊！"

只要缘在，便能重逢。

"谢谢你，里康纳士，再见啦！"

船舱里

日前当我们订购船票时，双人舱只剩下一个床位，其他的空位，都在 4 人舱。我们采取了折中的办法——我住双人舱而日胜则住 4 人舱。

由甲板进入船舱时，已是子夜。

船舱里还亮着灯。窄窄的床上，躺着一名年轻的女郎。她正拿着一本书，聚精会神地读着，头发好似金色的瀑布，泻在雪白的枕头上。

开门声惊动了她，她放下了书本，友善而热忱地朝我微笑：

"嗨！"

"嗨。"我揉了揉被海风吹得有点发涩的眼睛，顺口问她，"你从哪儿来的呀？"

她指指天，指指地，露了个调皮的笑容，说：

"本地产品。"

我也忍不住笑了起来，这一笑，彼此之间的陌生感立刻便化除了。

她告诉我，她是到克里特岛会见男朋友的。我向她探问旅游克里特岛的一些情况，她详尽而耐心地一一回答了，然后，略带歉意地说：

"可惜我在克里特岛只呆一天，没时间当你的导游。"

搭乘渡轮12个小时，只呆一天？我难以置信地看着她。

"是的，我星期天傍晚必须搭渡轮回雅典。船一靠岸，我便得飞赶上班，连回家休息的时间也没有！"

疲于奔命，所为何事？

"为了爱情。"她瞳子晶晶发亮，"我的男朋友目前正在克里特岛服兵役，所以，我每隔一周便来此会他。公司事忙，难以请假，只好两头奔波啰。"

爱好阳光，她是为了追赶阳光而来的。

觉得她说的英语很漂亮，问她是不是修读语言的，她的回答，使我大感意外：

"我是在美国出世的，在芝加哥读完了小学和中学后，才回来希腊的。"

原来她的父母是希腊移民，在美国芝加哥开设餐馆营生。她生于美国，长于美国，但是，她的家庭用语是希腊语，家庭膳食是希腊餐，日常话题是有关希腊的一切。

"尤其是我的祖母，更是无时无刻不'希腊长，希腊短'。"克里士汀娜笑着说，"她把希腊做成了一个印子，天天烙在我的身上、心上。"

克里士汀娜 18 岁那年，祖母打点行装，返国定居。那时刚修毕中学课程的她，随祖母同行。

"我原本打算游玩一番便回美国去。然而，说也奇怪，一踏进国门，我竟然产生了一种倦鸟归巢的踏实感。眼前的一切，都熟悉得好似我身体的一部分，只是山河比梦中的更为壮丽，文化比想象的更为绚烂。几乎是立刻的，我决定和祖母留下来，不回美国了……"

"难道你的父母不认为你的决定过于草率、过于冲动吗？"我忍不住插口问道。

"草率？冲动？"她轻轻地笑了起来，"他们高兴得很哪！"

留在雅典的克里士汀娜，进了大学，读商业管理。毕业后，在一家商行找到了工作，月薪是 35000 德拉克马（约合新币 580 元）。

"我的姐姐在美国担任同样性质的工作，月薪约有美金 2800 元，两人相比，在物质享受上，有霄壤之别。"她语调平静地说，"然而，我觉得我比她幸运。她的生活里，就只有工作和玩乐，内心深处，时时有着一种无所依归的恐惧感、空虚感。我呢，住在自己的祖国，浸濡在祖国的文化中，和祖国的人相爱，那种感觉，是踏实、快乐，而又满足的！"

"你和父母长久两地分隔，不想念他们吗？"我随口问道。

"当然想念。"她从床上坐了起来，神情亢奋地说，"唔，告诉你也无妨，他们这一阵子正在物色买主，一旦芝加哥的餐馆脱售了，他们便会回归希腊。"

在熄灯就寝前，克里士汀娜以骄傲的口气和肯定的语调告诉我：

"希腊人是永远不会忘记自己的故土或是遗弃自己的祖国的！"

从里康纳士和克里士汀娜身上，我窥见了希腊人热爱自己国土的优美情操。

后来，在旅途上，我又认识了好些在海外谋生而返国度假的希腊人，我发现他们都有着非常浓厚的乡土观念——那些没大成就的固然想回国居住，而那些大有成就的、在海外享受着锦衣美食的，也想早日结束营业，回乡终老。

他们的根、他们的心，都在希腊，全在希腊！

有了这种强烈的归属感，纵然身在天涯海角，也不会成为无根的浮萍！

一来到德国北部那古老的大城汉堡（Hamburg），整颗心便不由自主地静了下来。

运河纵横交错，桥梁星罗棋布。

尽管它是西德通向世界的门户，然而，它并没有一般大城那种叫人难以忍耐的烦嚣。

时令属于春末夏初的汉堡，气温出奇地低。请旅游促进局的职员代我们订旅馆，拨了好多通电话，都回说客满了。正彷徨间，该女职员问道：

"私营客舍，可愿一试？"

最爱私营客舍，立即点头称好。

一问便有，当即取了地址上路去。

地方相当难找。先乘地铁，再转搭公共汽车，又走上一大段路，才在大路末端的一条窄巷里找到这家小客舍。

应门的，是位头已半秃的中年人。裹在黑色毛质短袖T恤里那个典型的德国啤酒肚子，大得十分惊人。和肚子同样大的，是他的笑声。

这是个热诚豪爽的人。

小客舍总共只有 3 个小房间。一间主人留着自己住，另两间出租。

看到我们在寄宿期限处填上"两日"，他摇头笑道：

"你们真是异想天开！"

"怎么？"

"仅仅两天，你们就想把汉堡看尽、游完，怎么可能呢？"

说着，他打开柜子，取出了一大沓资料，递给我。我随意翻了翻，里面有许多资料都是着重介绍汉堡的文化活动的。

"汉堡总共有一千多年的历史哪！"他兴致勃勃地说，"单单那一所历史博物馆便够你们消磨一整天了！"

我对考古学毫无兴趣，旅游时往往把参观博物馆列为"谋杀多余时间"的节目。不过，我不敢把这想法告诉眼前这位初认识的亨格尔先生，以免被他先入为主地视为文化贫乏的人。

亨格尔继续滔滔不绝地说道：

"有人把汉堡称为北方的威尼斯，其实，威尼斯哪儿比得上汉堡！威尼斯运河上的桥梁，只有区区四百余道，我们汉堡，共有几道桥梁，你知道吗？"

"1000道？"我猜。

"大错特错啦！"他得意地说，"汉堡的桥梁，一共有2428道。桥梁的设计，各个不同，有些游客，特地雇条小舟，花上一天，在运河的桥梁下穿梭来去，欣赏桥梁的独特设计。"

花上一天去看两千多道桥梁？哎哟，莫说看，单单想，便够我眼花缭乱了！

接着，亨格尔又通过许多张印刷精美的明信片向我们介绍了汉堡的市立美术馆、圣马克大教堂、市政厅、议会大厦、电视塔，等等等等。叫我惊讶的，不是他对许多统计资料的了如指掌，而是他语调里那份把国家名胜当作自己"传家宝"的自豪感。

我称赞他：

"哇，你真像是汉堡一部活的百科全书。"

"百科全书，我不敢当。然而，如果你说我是汉堡一株生根的老树，我当之无愧。"他快活地应，"我的家族在汉堡已足足生活了两百多年！"

他在这里的根，扎得那么深，然而，他是不是一株枝叶茂盛的老树呢？

"我有6个孩子，全都长大成人，各自成家立业了，至于我太太嘛……"他指了指上面，说："先走一步了。"

啊，是个寂寞的中年鳏夫。

看看表，已是傍晚7点多了。问他汉堡晚上有些什么好去处，他不假思索，便说：

"你们可以去瓦林公园走走，那儿晚上有个五彩喷泉……"

坦白地说，喷泉之美，不在喷泉，而在雕塑。没有伟大雕塑加以烘托的喷泉，是和水喉没有两样的，我不想看。我只想看属于汉堡独有的。

打断了他的话，单刀直入地问：

"听说汉堡有一个很大的红灯区，晚上很热闹，不知道可直乘地铁到那儿去吗？"

"唔，我，我也不太清楚。"他支吾其词，装蒜。顿了顿，却又正色地说："那种地方，治安不太好，你们还是不去为妙！"

一听他的回答，我便暗暗谴责自己的糊涂。向一名道貌岸然的人打听风化区的地点，与向和尚借梳，又有什么不同？

这时，亨格尔站了起来，说：

"来，带你们去看看你们的房间。"

墙上有两枚钉子，挂了两把锁匙。他取下一把，边走边对我们说道：

"我还有一间房，租了给一名印度人。他到汉堡来修读一项为期 6 个月的课程，已在我这儿住了 4 个多月。"

房间很宽敞，枕头和被单都散发着清洁的芬芳。

我们沐浴过后，外出。经过起居室，亨格尔正津津有味地在观赏电视里播映的体育节目。我们把锁匙交下，他露着刷得极白的牙齿，友善地笑着说：

"尽兴地玩呵！"

门外有风，风不猛，然而，极冷。是夏天哩，可是，这气候，却全然不是属于夏天的。

我们搭车来到了易北河畔，桥梁底下，海鲜馆齐齐地排成了一长列。

河水正蓝，海鸥群飞。

在吃着新鲜的酥烤鳟鱼时，我们也让双目贪婪地吞食窗外美景。

餐毕，我们冒着寒风，来到了每一本旅游册子都列为必得一看的"圣堡利红灯区"。这是被有关当局承认的合法红灯区，也是全西德规模最大的风化区，神女的数目，据说多达 3000 名。

大街小巷、横街窄巷，一间一间，全是妓院、酒吧、性店、艳舞剧院，还有，按时计费的小旅店。它充分地体现了西德生活里极端糜烂的一面。

我们看看走走、走走看看，不知不觉，子夜已过。

气温愈降愈低，远远地超越了我所能忍受的限度，我几乎是连跑带跳地冲回客舍的。

站在客舍的大门外，按门铃，按了一次又一次，然而，门内全无动静。

怎么搞的？我和日胜狐疑地对望。

再按铃，再等。

寒气透过薄薄的衣衫侵入了体内，我上下两排牙齿冷得格格响。

按铃不成，日胜走到亨格尔卧房的窗子外，提高了嗓门喊道：

"亨格尔！亨格尔！"

那一种因过度寒冷而微微颤抖的声音，在宁静的夜里听起来，竟有几分凄凉的韵味。

我苦中寻乐，戏谑地说：

"嘿，午夜招魂哪！"

他没好气地应道：

"你刚才贸贸然地问他关于红灯区的事，八成是冒犯了他的尊严。他现在故意让你吃闭门羹，亏你还笑得出！"

我不敢再笑了，据理分析：

"会不会是喝醉了酒，起不来？"

日胜又喊了好几声，长长的尾音曳在长长的巷子里，显得比刚才更加凄凉了。

屋里，依然全无动静。

寒风，一阵紧过一阵，我开始觉得心慌了。

我们会不会碰上了骗子？这里，会不会是西德的一家

"黑店"？然而，这念头才闪了闪，便自动逃遁了。这客舍，是西德旅游促进局介绍的，应该是可靠的呀！

既然按铃、呼喊都不行，我们只好来个无礼的擂门了。

嘭嘭嘭！嘭嘭嘭！嘭嘭嘭！

连接擂了三次，无反应，再擂。嘭！嘭嘭嘭嘭嘭嘭！

那声音，连自己听了都觉得惊心动魄。

终于，大门被拉开了。

出现在门内的那个人，居然不是亨格尔！他一面用力揉着惺忪的睡眼，一面修养极好地问道：

"你们找谁啊？"

我一看他那黑得发亮的皮肤，心里有数，赶紧说道：

"我们和你一样，都是亨格尔的房客。"

他让我们进屋。我冷得双手都僵了，在起居室的椅子坐了下来，看到亨格尔紧闭着的房门，愤怒的感觉，这才一点一点地凝聚起来。

"我们没进门，他居然放心睡得烂熟！"

"你是说亨格尔吗？"印度客好脾气地应我，"他根本不在家！"

"咦，他明明告诉我们，他是住在这儿的呀！"

"没错，他是住在这儿。可是，"说到这儿，印度客的嘴角隐隐地泛出了一丝笑意，续道，"他有个情妇，住在附近不远处，他每周总有几次上那儿去过夜的。"

"他应该等我们回来以后才去呀！"我把热气呵在掌心里取暖，然而，心中的怨气、怒气、闷气却呵不出来。我生气地说："他这样做，太不负责任了！"

印度客心平气和地向我们分析：

"你们现在所住的这间房，已经空置了好一阵子，也许他一时忘记他已经把房间租出去了！"

"忘记？"我依旧气难平，"忘记是不负责任一个最好的代名词！倘若今晚不是你给我们开门，我们不是要露宿街头吗？"

正谈着时，门孔传来了锁匙转动的声音。

进来的，正是亨格尔。他怀里抱着两只热水袋。看到我们，他立刻露出了热忱的笑脸，举了举怀里的热水袋，说：

"啊，你们回来了，真好。汉堡这几天天气反常地冷，你们又刚刚抵达，我担心你们适应不了，所以，到附近去给你们借了两只热水袋，夜里放在被窝，睡了比较暖和……"

啊啊啊，从来没有一刻，我恨自己恨得这样厉害！

在纽伦堡（Nurnberg）的大街小巷穿来穿去，找了好久好久，才找到了下榻的地方。

那是一间家庭式的旅舍，颇具规模，有整整10个房间出租。我们上门时，刚好有一户客人迁出，于是，住进去啦！

经营者是个惜语如金的中年汉子，和大部分德国男士一样，有个典型的啤酒肚子，圆大、鼓胀。奇特的是他的脸，很长、很长，长得不像话，乍一看，还以为他颈上顶了一条德国香肠哪！

他收下了我们填好的登记表，木无表情地说：

"明早7点到10点之间供应早餐。"

纽伦堡是德国东南部一个充满了艺术浪漫气息的城市。雕像、喷泉、壁画，处处都是。原本打算下榻旅舍之后外出走走的，但是，现在，外头天色已全黑了，加上身子疲累，决定睡个好觉，储集精力。

一宿无话。

次日醒来时，窗上已贴了大片日影。门外隐隐约约地传来了一阵又一阵吵闹的声音。看看表，啊，居然已经8点了。

速速梳洗，开门出去。然而，双脚还未迈入餐厅，我便愣在那儿了。

那名被我暗暗取了"德国香肠"为绰号的旅舍主人，正怒气冲天地对着几个脸露惊慌之色的少女咆哮，由于说的是德语，我一句也听不懂。我们静静地找了个角落的位子坐了下来，看"德国香肠"骂人。令我觉得不可思议的是，被他怒骂的那几个少女，尽管人人脸上露着惊慌的神色，可是，竟然没有一个人起而反驳，这种情形，使我联想起绵羊与恶狼。就在人人噤声的当儿，我邻桌一名年轻的女子忽然站了起来，直直地朝他们走去。她背脊挺直地站在"德国香肠"面前，以冷静而不冷漠、坚定而不尖锐的声调说了一串德语。说也奇怪，这一番话居然完完全全地把那个"凶神恶煞"的人"制服"了。他没有答腔，拉长了那张原本就长得不成比例的脸，走开了。

我细细打量这位好似握着"无形魔术棒"的姑娘。清汤挂面式的发型底下，是一张脂粉全无的脸。蔚蓝色的眸子亮晶晶的，坦然地闪着无邪的光芒。

觉得她很友善，我试着搭讪：

"刚才吵些什么呀？"

她拿起桌上的咖啡，呷了一口，才说：

"他欺人太甚了！"

我静待下文。她又连连啜了两三口咖啡，才往下说：

"那些女孩子，都是哑巴。她们从慕尼黑的聋哑学院到这里来旅行。心情愉快，话自然多些……"

"话？"我打岔，"你刚才不是说她们是哑巴吗？"

"是呀，她们打手势说话，在打手势的同时，嘴巴也发出了依依哦哦的声音，那个店东嫌她们吵，昨天唠唠叨叨地埋怨，今天居然向她们大发脾气，实在太没有同情心了！我看不过眼，便去讲他几句啰！"

路见不平，拔刀相助。这姑娘，是现代侠女。

我们这两个异乡客，融洽地谈了起来。

她来自美国，是大学社会学系二年级的学生。她选修德文为第二语言，目前是在该大学一项"浸濡计划"下到德国6个大城作为期3个月的居留。

"浸濡计划的目的是让我们深入地了解一国一民的人情风俗，使我们有机会将书本的知识和现实的情况相结合，从而进行比较和分析，是一种灵活而理想的学习方式。"她条分缕析地说道。

"浸濡计划的经费来自何处呢？"我很现实地问道。

"都是自费的呀！"她笑道，"比如说，这一回到德国来浸濡3个月的费用是3000美元，我为了筹这笔钱，去年整个暑假都报销在餐馆和果园里：端盘子、摘果子，只要能赚钱，多辛苦都不在乎！"

东西方教育，大相径庭。尽管我不完全赞同西方放任式的教育方法，然而，对于西方家庭培养孩子自力更生的这种精神，我却是万分欣赏的！

她为期3个月的浸濡计划已经接近尾声了。问她对德国的观感，她滔滔不绝地说道：

"德国南北，大异其趣。北部生活比较悠闲自在，民风淳朴、民情温馨，我流连忘返；南部嘛，生活紧张，竞争力强，人人都绷着脸来过活，我不太喜欢。"

我感同身受。

在德国北部的城市如汉堡、汉诺威、亚琛等处旅行时，处处有宾至如归的感觉。比如说，有时在餐馆里对着满是德文的菜单发愣，总有懂得英文的德国人主动前来帮忙；路上与人攀谈，人人热情如火，问一句，答十句。德国南部的大城呢，可不同啦，在法兰克福、慕尼黑、纽伦堡，软的硬的钉子，我都碰过不少。

把我个人的一些经验告诉她，她笑着说：

"是呀，是呀，我也一样。在北德，我认了好几个干爹和干妈；在南德，我却和别人大动干戈。"

想起了刚才她打抱不平那一幕，我们俩都不约而同地笑了起来。在愉快的笑声里，我们紧紧拥抱，互道"后会有期"。

浪漫之路的「史努比」

浪漫之路，啊，浪漫之路。

在德国旅游促进局所分发的小册子上看到"浪漫之路"（Romantic Road）一词时，双目立刻化作了强力胶，紧紧地粘在介绍文字上。

浪漫之路，以德国中部的法兰克福（Frankfurt）作为起点而结束于德国南部的福森（Fussen）。在这长达 11 小时的路程里，旅客可以安稳地坐在公共汽车内观赏 8 种风景线的交替更换，这 8 种截然不同的风景线，各自具有叫人心醉神迷的魅力，观赏者往往有置身世外桃源的美妙感觉。

这样的行程，一见便动心，立刻报名参加。

次日一早，到指定的车站去。

司机是个半老的胖子，有着一个圆圆大大、沉沉下坠的肚子。肚子里面，囤积着长年累月大量地喝进去的啤酒。白色的衬衫和白色的头发，散发着一股清洁的芬芳味儿；蓝色的领带、蓝色的裤子，笔直、挺括，整个人看起来光鲜、利落。

车上，坐着二十余位来自世界各地的旅客。

胖子司机满脸笑容地对我们说道：

"嗨，我的名字叫做史努比（Snoopy）。"

车上爆出了一阵轻松的笑声，大家不约而同地想起了漫画里那只肚腩圆圆的顽皮狗。

"欢迎你们！我是浪漫之路的老大哥，经验老到，性情温柔，嗳，你们跟着我，既安全，又浪漫！"

大家又笑开了，尚未启程，车上已弥漫着一片欢愉的气氛。

"浪漫之路，每一寸土地，都散发着诱人的魅力，你们千万不要错过观赏的机会哪！"

说着，史努比的助手把有关浪漫之路的资料分发给我们。这些资料，主要是介绍8种风景线的重点，我只随意翻了翻，便搁在一边了。对于大自然的美，每个人都有不同的欣赏角度、不同的感受能力；文字的指引，常常令人先入为主地产生一种主观的意念，而这，正是我所不喜欢的。

我们上路了。

史努比是个浑身充满了精力的司机。他以具体的行动来表现他的幽默、他的快乐。他在颈项处挂了一个哨子，当公共汽车来到了第一个小镇而遇上了交通阻塞时，他便取出哨子，吹出一阕阕短短的、不知名的乐曲。全车的人，都被他的快乐感染了。

车子由市区转入郊区。

小镇有河，河上有拱桥。拱桥借着河水顾影自怜，河水凭借拱桥而增添姿彩。河边有山，有树。山上有白云，树下有小羊。白云悠悠地浮动着，小羊闲闲地吃草。

这是一幅动中有静而静中有动的图画，王维先生如果当年到此一游，不但有了作诗的灵感，而且，亦有了作画的题材。

出了小镇，绿野漫漫，不知名的小花这里那里灿烂而尽情地绽放，嫣红姹紫，把春天的妩媚、春天的娇丽、春天的绚烂，全都毫不客气地揽了过来。

原野过尽，是连绵的山峦，高高低低起起伏伏，它以动人的曲线来表现它触人心弦的温柔。就在群山的怀抱里，有一座与世隔绝的小城。窄窄的石板路上，盈盈地立着呈现中古世纪风貌的屋子。窗子以外种着花、窗子以内摆着花，花影绰约，花香缭绕，好似占据着这座城的，不是人，而是花，当然，还有花的魂。

车子从迤迤逦逦的鲜花当中驶了出去。

路上奔驰了不久，马路两边便出现了一畦畦的农田，绿油油的。头戴竹笠的农夫农妇弯着腰在田里插秧，史努比一手操纵驾驶盘，一手快活地按着车笛，按出了富于节奏的声响。农夫农妇都停下了动作，挺直了腰，望过来。只一会儿，人人都会意了，纷纷脱下了竹笠，微笑地向我们挥手致意。

恬然，和谐。

农田的前方，是葡萄园。一爿连着一爿，无止无尽。突然，史努比以万分兴奋的口气喊道：

"喂喂喂，朋友们，快快来个深呼吸啊！"

大家虽然不知道他葫芦里卖的是什么药，可是，都依从他的话而"有声有势"作了一个深呼吸。

有一股醺醺然的香味，被我们轻轻地吸进了鼻腔里。

啊，酒味，是葡萄酒香醇已极的味儿！

史努比活泼地笑道：

"看看看，道路两边，全是酿酒厂哪！且让葡萄酒的香味把你们送进温柔的醉乡里吧！"

整车的人，都有一种微醺的感觉。我呢，不是微醺，简直就是醉了，然而，让我醉倒的，并不是飘在空气里的酒味，而是浪漫之路变幻无穷的景色！

在短短的 11 个小时内，天下美景，尽收眼底。

到了福森时，全车旅客，都为史努比热烈地鼓掌。史努比在此起彼落的掌声里，一连充了好几个氢气球，让它们徐徐地飞上天去。然后，转过身来，笑眯眯地对我们说：

"浪漫之路，到此结束，但是，浪漫的感觉，却是没有完结章的。亲爱的朋友，我祝你们浪漫一辈子！"

大家又快乐地鼓掌，然后，陆续下车。

史努比站在车子旁边，拍男士的肩膀，说："好男儿，珍重！"吻女士的面颊，说："甜心，我爱你！"

每个人都诚心诚意地说：

"史努比，谢谢您，再见！"

说着时，心里竟有几分沉重。呵，短短的 11 个小时，史努比居然使车上的每一个人都对他产生了难分难舍的依恋之情。

浪漫之路，是毕生难忘之旅。

使我难忘的，除了沿途那浪漫旖旎的景色之外，还有善于酿造浪漫气氛的史努比！

这个古老的广场，坐落于法兰克福的旧市区。

广场上，飞满了快乐的音符。散播音符的，是5个来自南美洲的印第安人。他们击锣鼓，弹竖琴，吹笛子。鼓声热闹，琴声悠扬，笛声哀怨，三者相互混合，竟形成了一种奇异的魅力。

围观者极多，好不容易挤进了那一道人造的屏障，这才发现，围观者的目光，多数集中在一个人身上。

这个人，不是奏乐的。

他在跳舞。

头发金黄，肤色纯白。个子中等，身材瘦削。此刻，他的手、他的脚，都好像是没有重量的，它们已经化作了在空中飞舞的音符。他随着乐声，前进、后退；左转、右摆。舞步圆熟、轻俏、生动、活泼。旁观者都不由自主地以目光热烈地喝彩。

当奏乐者奏出了休止符时，舞者也以动作写了个句号。

掌声如雷。

奏乐者纷纷摘下了头上的帽子，反扣过来，向围观者讨钱。铜币抛入帽子的声音叮当乱响，笑影在奏乐者脸上拼命乱闪。

这时，毛毛细雨自空中飘洒下来，广场上的观众个个作鸟兽散。我到设在广场一隅的茶座去，坐在阳伞底下，啜饮咖啡。

刚才跳舞的那个人，慢条斯理地朝我走了过来，征得我的同意，坐在我对面的位子上，与我聊天：

"嗨，东方人，你打哪儿来的？"

"新加坡。"

"啊，新加坡，好地方。"

他边说，边掏出烟来，点了，仰着脸，深深地吸了一大口，吞；然后，纯熟地让一个个圆圆的烟圈徐徐地从鼻子里悠悠然地飘出来。

我静静地打量他。

他绝不年轻，一道道皱纹，在脸上扎得很深，不像是自然老化的痕迹，倒像是被排山倒海的哀愁硬生生地镂刻出来的。

"我是美国人，以前当军人时，曾经远驻菲律宾。就在那几年，我到新加坡去玩了好几回。很有热带风味的一个地方，我很喜欢。不过，听说现在已经变了很多，对吗？"

"唔，变得非常繁华、非常现代化了。"我应，"整个世界都在变嘛，菲律宾这些年来不也变了很多吗？"

"是的，变了，的确是变了。"他喃喃地说，语调里曳着一丝难以掩饰的惆怅，"有些地方，简直就变得不复辨认了！"

"我想，你一定是个恋旧的人吧？"我微笑地揣测他的性格。

他把烟灰弹落在盛咖啡的小碟子里，露出了一个若有所思的笑容，说道：

"你说得对，我很恋旧，对地方、对人，我都是的。我在菲律宾有个要好的女友，多年前失去了联系，我一直觉得很痛苦。"顿了顿，他脸上流出了笑意，"辗转托人去找，找了好久、好久，半年前，终于找到了。她还是单身一人呢，我于是将她申请到美国来。现在，我们是在补度蜜月哪！"

"哦，恭喜！"我诚心诚意地说，"她现在人在哪里？"

他朝广场对面的一长排店铺指了指，说：

"去买衣服。"

这时，日胜从旅游促进局抱了一大堆旅游索引回来了。

三个人，在斜风细雨中，舒舒服服地躲在阳伞下，融洽地谈了好一阵子。雨渐止歇，我把咖啡一饮而尽，日胜将资料一份份叠好，正准备与这位萍水相逢的朋友互道再见时，忽然听见他以欢欣的语调说道：

"啊，来了，我的妻子，来了。"

我一看，倏地发怔。

朝我们走来的，是个中年妇人。肤色黑得有点邋遢，身子瘦瘦、干干、扁扁，脸上横七竖八地结着岁月的蜘蛛网。

眼前这名中年汉子，是个懂得真爱的性情中人。

火车在长长的轨道上静静地奔驰。

轨道两旁，是一望无际的葡萄园。一株株绿油油的葡萄藤，就攀附在一根根立得直直的木杆上。宛若锯齿形的葡萄绿叶，迤迤逦逦地拖得一地都是。那一畦畦一望无际的葡萄园，把天空都染成绿色了。

走下火车时，火车站的牌子上清清楚楚地写着：

"圣埃美隆"（Saint Emilion）。

圣埃美隆是法国西南部一个小镇，人口只有 5000 人。当我们决定趁旅游法国的便利而到这里来看看我们的一个老朋友奥尔雷斯时，我曾试图在地图上寻索它的位置，但是，它实在是太小了，找来找去，都找不到。我只知道，它位于法国西南部盆地最大的城市波尔多附近，而波尔多是法国西岸主要的葡萄酒输出中心。

小镇圣埃美隆，可爱绝顶。

石砌的屋子，一幢接一幢，慵懒地立在窄窄的街道上。一爿爿向着阳光的石墙，满是绿色的爬藤。虽是大白天，但是，整个城镇却甜甜地睡着，安静的空气里，淡淡地飘浮着一缕一缕若有若无的葡萄酒香味。

不曾把铁鞋踏破，便找到了奥尔雷斯的住所。事先已写信通知了他，所以，大门一拉开，奥尔雷斯便扑了出来，和日胜来了个热情的拥抱，然后，也搂了搂我，在我额上吻了一下，说：

"想念你们。"

"我看，最主要还是想念我的炒饭吧？"我戏谑地说。

"啊，炒饭！"他的唇，他唇上的胡子，忽然沾满了笑意，"让我算算看，我究竟有多少年没吃你的炒饭了？"

我们迅速地用心算了算，不约而同地喊了起来：

"哇，9年了！"

是的，我们足足有9年没有见面了。更明确地说，离开了沙特阿拉伯之后，我们便不曾再见到彼此了。唯一的联系是圣诞节的那一张卡片，还有，附在卡片上面那几句言简意赅而真心诚意的祝福。

十余年前，世界经济不景气的浪潮席卷法国，奥尔雷斯首当其冲，丢了饭碗。当时，他家有无业之娇妻，还有嗷嗷待哺的幼儿。左思右想之下，咬紧牙根，只身飞赴荒瘠大漠，寻找他的金饭碗。

住在吉达市时，他和日胜不时为了公务而碰头；我呢，常常在邮政局看到他。他老是和邮政局的职员比手画脚地"吵架"。他要买邮票，但是，邮政局的职员却贪求方便而随意在他的信封上用机器打上邮戳，他为此很不高兴，用法语骂他们，他们虽然听不懂，但却读懂了他的表情，便用阿拉伯语"回敬"他。双方一来一往地，吵得十分"热闹"。大漠的生活，单调又枯燥，有了这样的一个小插曲，人人都看得津津有味。我常常在那一家邮政局受同一职员的气，看到有人骂他，尽管骂些什么我听不懂，可是，竟然也产生一种阿Q式的快感。

后来，和奥尔雷斯熟络了，他才告诉我，他坚持贴邮票寄信，主要是为了他那 3 岁的女儿。他的妻子摩丽莎妲在信里告诉他，孩子认得信封上那花花绿绿的邮票，每次从邮差手里接过他寄回去的信，便好似得了珍奇玩具一样地快活。她用一个盒子，将信封上的邮票撕下，收存。倘若信封上盖的只是邮戳，她便固执地认定那不是她老子写来的信。

短短一番话，便让我清楚地窥见了奥尔雷斯浓厚的家庭概念。倘若不是经济上实在支撑不来，我想，奥尔雷斯绝对不会"发此狠劲"，只身远来的。

有一次，他上我们家来，适逢我在炒饭。在大漠居住时，我很少下厨，三餐都是厨子煮好而送上门来的，同样的菜肴，常常重复，有时腻得一掀开饭格子，便不由得打寒战。有时对着那些饭菜实在食不下咽，便自己弄个炒饭来解解馋。可怜的是，即使是自家的炒饭，也没什么好材料：鸡肉，是冰冻的；蟹肉，是罐头里取出来的；就连青豆，也用那种冻得僵僵硬硬好像子弹一般的。想不到奥尔雷斯吃了，却跷起拇指来，大声叫好。以后，每次见面，总问我：

"喂，什么时候，再请我吃金银珠宝餐？"

"什么是金银珠宝餐？"我迷惑地反问。

"那种把珍珠啦、红宝石啦、翡翠玉啦，全部混合一起来炒的美味佳肴啊！"

哇，这家伙，真富于想象力！竟把米粒当珍珠，把萝卜丁当红宝石，把青豆看成是翡翠玉！

这个美丽绝伦的名堂，逗得我心花怒放，立刻便下了"邀请书"。

这一回，上我家来时，他手提着一个纸袋，袋子里，满满的都是葡萄。我一看，便喊道：

"奥尔雷斯，你是不是想要教我怎么做葡萄干？这么多葡萄，我们一家三口一整年都吃不完！"

他以右手的食指搁在唇上，"嘘"了一声，作了一个叫我"肃静"的手势。关上了门，他把纸袋小心翼翼地搁在桌上，将葡萄一串一串地提出来；然后，再把手伸进纸袋深处，拿出了一瓶以几层报纸包裹着的瓶子。将报纸一层一层慢慢地拆开，呈现在我面前的，是一瓶晶亮的、紫红色的液体！

奥尔雷斯得意地微笑着说：

"意想不到吧？葡萄酒，我自己酿造的。"

真的意想不到！我大喜若狂，立刻奔到厨房去取杯子。没有盛酒的高脚玻璃杯，我取出了几只土里土气的陶瓷杯子，平生第一次，我觉得家里的器皿亵渎了客人的好酒。

那酒，酿得好极了，有葡萄的清香，又有甘醇的酒香。

住在严禁酒类的沙特阿拉伯，我已多月不知酒味，现在，真有久旱逢甘霖的感觉。一边慢慢啜饮，一边对着他大声"歌功颂德"。他淡淡地笑道：

"我住在法国西南部一个盛产葡萄的小镇圣埃美隆，我的家庭，接连三代，都是以酿酒为生的。我们兄弟姐妹耳濡目染，人人都酿得一手好酒。"

奥尔雷斯是机械工程师，世界经济不景气的浪潮把他的饭碗卷走了。本着大丈夫能伸能屈的原则，他为什么不暂时在老爹的酿酒厂屈就屈就，而要只身远走他乡呢？

他放下了那只粗重的杯子，大大地叹了一口气，说：

"世界经济萧条，圣埃美隆惨遭影响，我们家经营了好几十年的酿酒厂，也宣告倒闭了！"

祖传的酿酒厂倒闭，他又工作无着，到沙特阿拉伯来，是生活唯一的曙光了。

我们一边吃着美味的炒饭，喝着香醇的佳酿，一边谈着这些不愉快的事儿，心情可真觉得有点不调和哩！

吃着、喝着、聊着，直到饭锅见底、酒瓶朝天，奥尔雷斯才告辞而去。临走时，我们约法三章：以后，凡是他要吃"金银珠宝餐"，便必须带一瓶"玛瑙水"来。

然而，第二回的"玛瑙水"还没有喝成，我们见面的地点居然是医院。

他工作时，不知怎的，发生意外，右手的食指与中指被机器碾断了。送到医院时，没有即刻进行急救，断指无法接回。

在病房里见到他时，他的右手还包着纱布，正练习以左手夹烟来吸。看到我们，神情并不特别悲伤，我们安慰的话还没有说出口，他便习惯性地扬了扬那道又黑又浓的眉毛，淡淡地笑道：

"嘿，用左手夹烟来吸，可真有点不惯哩！好几次差点送到鼻孔里面去！"

手指怎么断的、断了以后的心情感受，只字不提；当时不提，事后也一直不提。我只看到他很努力去面对、去适应断指以后的"新状态"。

从这件事里，奥尔雷斯让我看到他性格豁达而坚韧的一面。

又过了一段日子，他突然辞职，准备返回法国去了。

来向我们辞行时，眉宇间无欢。我们要为他饯行，他执意不肯，问他为什么走得如此仓促，他也没作清楚的交代，只含糊地说：

"家里有点事，等着我回去处理。"

他把在圣埃美隆的地址留下了，邀请我们他日有机会便去造访他的"葡萄家乡"。

他回去不久，来了信，要求日胜代他留意新的工作机会，他想把他的弟弟推荐到沙特阿拉伯来工作。刚好有家公司缺人，日胜便为他作了安排，他弟弟很快便来了，很静的一个人，又不太懂得英语，我们因此很少与他来往。倒是奥尔雷斯，对这事一直心存感激，每隔一段时间，便从法国寄点小礼物来给我们。信呢，写得不多，所以，他仓促离职回国，对于我们来说，始终是一个解不开的谜。

直到我决定回国前不久，我们在吉达一家超级市场碰见奥尔雷斯的弟弟，问起他哥哥的近况，才探出了一些端倪，十分震惊。

奥尔雷斯的弟弟以毫不流畅的英语结结巴巴地对我们说道：

"奥尔雷斯最近和他妻子正式分居了，女儿跟着他妻子。奥尔雷斯帮助我父母重新搞家庭酿酒业。"

怎么会弄成这个样子的呢？我迷惑地瞪着奥尔雷斯的弟弟，百思不得其解。

难道说夫妻真的好像是大难一来便各飞东西的同林鸟？为什么奥尔雷斯在沙特阿拉伯为了家计苦苦地拼搏，然而，他的太太却忍受不了暂时分居两地之苦呢？记得他是以"家里有点事等着我回去处理"为理由而离开大漠的，大约他试图赶回去挽救那陷于崩溃边缘的婚姻吧？

他在邮政局为了邮票而与邮局职员吵架的形象，忽然鲜明地跃进了我的脑海里。

我的心，霎时涌满了无言的悲哀。

分别 9 年后，我们在奥尔雷斯美丽的家乡圣埃美隆再度相见。

岁月，在奥尔雷斯的脸上残酷地留下了痕迹。许多细细的皱纹，从他原本光洁的脸上冒了出来，而当他笑时，眼尾牵出的条纹，不是几条，而是一把。仔细再看，却又发现，那不是皱纹，而是感情的沧桑。

是的，他脸上的条纹，不是岁月的"杰作"，只有在感情上承受了巨大的打击，才会让"忧伤之刀"如此肆无忌惮地为所欲为。

唯一保持不变的，是他的眉，还有，他嘴上的八字须。依然是浓而密的，也依然是黑漆漆的。

把我们让进屋子里，他热忱地问：

"准备在圣埃美隆逗留几天？"

"一天。"我竖起了一根手指，"天黑了就搭乘火车走。"

"好家伙，分别 9 年，还没把椅子坐暖，就要走！"

我们打算利用 20 天的时间把法国东南西北看一看，行程密得根本喘不过气来了。老实说吧，如果不是为了奥尔雷斯，我们绝对不会到这个人口只有寥寥几千人的小镇圣埃美隆来的。我们这样的心态，即使不开口解释，我想，奥尔雷斯也充分地了解的。不过，话又说回来，圣埃美隆这地方，饶富风味，如果不是行程过于紧凑，我倒愿意悠悠闲闲地住上三五天呢！

奥尔雷斯带我们到屋后的小庭院去。石桌石椅，就设在葡萄架下。细细柔柔的葡萄藤，沿着牢固的铁架攀爬而上，锯齿形的葡萄叶，在铁架的上面形成了一个天然的屏幕。初成雏形的绿葡萄，玲珑精致，一小串一小串地掩藏在枝叶蔓藤间，有些顽皮地在枝叶里露出半截身子，好奇地偷窥人间百态。成群的蜜蜂，在上面"嗡嗡嗡"地飞绕不已。

现在是下午二时许，落在身上的阳光，温而不热。徐来的清风里，有一股让人迷醉的甜味。

满园的绿影罩着我，我喃喃地说：

"圣埃美隆应该改个名字。"

奥尔雷斯正意兴勃勃地在石桌上摆设种种精致的下酒菜，听到这话，停下手来，微笑地问：

"怎么啦，圣埃美隆这名字，有什么不妥？"

"没有不妥，不过，如果把名字换成葡萄城，不是更贴切吗？"

"你说得对。"他点头赞同，"在圣埃美隆，家家户户都种葡萄；全城各处，没有一个地方不见葡萄的绿影。现在是 6 月，葡萄刚刚成形，7 月、8 月成长，9 月成熟，你们倘若 9 月中旬前来，便可以看到处处采摘葡萄的醉人美景了。"

圣埃美隆只有人口 5000 余人，然而，有趣的是，酿酒厂居然有 700 余家。每一家都有自己独特的酿酒方式，所以，酿出来的酒，家家味儿不同。

奥尔雷斯取出了两瓶葡萄酒，一红，一白。

酒还没有入口，便已先为那颜色而醉倒。红的，像宝石；白的，像水晶——液状的宝石和水晶。

奥尔雷斯指着那酒，向我们解释道：

"红葡萄酒多属干性，白葡萄酒就有分干性、中性和甜性的。"

"制作原料有不同吗？"我问。

"有。"奥尔雷斯有条不紊地分析道，"红葡萄酒多用初熟的葡萄来酿，白葡萄酒就必须用熟透大甜的葡萄来酿。"

啊，喝葡萄酒多年，我还是第一次知道两者的差别呢！

试了奥尔雷斯自酿的两种葡萄酒。酒一滑过味蕾，第一个感觉是"香"，非常非常地香。白葡萄酒除了具有这一股醉人的香味以外，还含有一种甘醇的甜意；红葡萄酒呢，芬芳之中略带涩味，难得的是，涩而不苦，酒吞了下去以后，还有异香缠舌。

我们一边开怀畅饮红的白的葡萄酒，一边欢叙别后种种。

奥尔雷斯告诉我们，从沙特阿拉伯返回圣埃美隆后，他便倾全力帮助父母重振旧业，父母亲自下手酿酒，而他呢，埋头钻研新配方。

"那时候，我婚姻触礁，身心俱疲，如果没有别的精神寄托，可能会疯掉的！"

他说，从烟盒里取出了一根烟，点燃了，用左手夹着抽，那手势，非常熟练。不知怎的，我忽然想到：他当年一定是运用了与应付断指同等的勇气和毅力来适应和面对婚变的痛苦吧？

"我们华人相信，两个人能不能结婚，婚姻能不能持久，完全是看彼此有没有缘分……"

"走投无路时，相信缘分，是唯一的自救方式。"他露出了一个苦涩的笑容，说道，"我曾试过挽救，但是，后来，我发现，与其苦苦地把一瓶已经发酸发臭的香槟酒藏在自己的地窖里，不如任由它去，另外酿造新酒。"

明明知道他说的不是笑话，我还是忍不住为他的妙喻而微笑了。他虽然是以稀松平常的态度来叙说这一桩旧事，但是，他的这一个"醒悟"，究竟是用多少痛苦的挣扎才能换取的呀！

此刻，他晶晶发亮的眸子里，并没有残留任何痛苦的痕迹。很显然的，时间这"神奇的治疗师"已治愈了他的伤痛。试探着问他：

"奥尔雷斯，你有再婚的打算吗？"

这一回，他很快便点了点头，说：

"我已经有了要好的女友，等今年葡萄成熟时，我们便结婚！"顿了顿，又说，"我已约了她今晚和我们一起共用晚餐。你们打算搭几点的火车走？"

"10点。"

"下一站到哪儿去？"

"波尔多。"

"啊，波尔多。"他看了看我，才说，"我的前妻，目前就住在波尔多。我每个月到波尔多一次，去看我的女儿。"

这时，我才想起，他还有一个女儿。当年在沙特阿拉伯，他的女儿才 3 岁，今年，该是 12 岁啦！

"她还是那么喜欢邮票吗？"

"邮票？"奥尔雷斯神情茫然，想了一会儿，才忽然仰天大笑，说，"啊，你的记性真好！"接着，又答非所问地说，"她发育得很好，长得比我还高，留了一头长发，金色的，亮闪闪，很是漂亮！"

为人父亲的骄傲、目睹幼苗成长的喜悦，都清清楚楚地显露在语调里了。

时光在闲聊中飞逝。夕阳的余晖静悄悄地把葡萄架上锯齿形的叶子一片片地染成了灿烂的金黄色，坐在葡萄架下的 3 个人，脸上金光闪烁，我突然想起了"金色年华"一词，忍不住高兴地微笑。中年岁月，无牵无挂，美如黄金呵！

这时，奥尔雷斯站了起来，说：

"走，带你们到酿酒厂看看，会会我的父母亲。"

夕阳下的小镇，好幽静。处处都是葡萄藤、葡萄园，微风过处，仿佛可以听到葡萄与葡萄之间喁喁细语的声音。

奥尔雷斯带我们走了短短的一段路，便来到了市区中心。

随意浏览了一下，啊，10 间店铺当中，有 9 间是酒铺，而许多酒铺的本身，便是酿酒厂。楼高 4 层，然而，只有第一层是高于地面的，其他 3 层，都深入地底下，经营者利用中间两层来酿酒，酿好了便放到最底层的地窖去收藏，等到发酵的时间够了，再经过一番加工制造，便移到上层的门市部出售。

奥尔雷斯的酒铺，位于大街右边角落处。接近关店的时间了，店里有两位老人在结算账目，另有一名年轻的女子在收拾东西。

奥尔雷斯一见那女子，双目立刻闪现了温柔的笑意，用法语招呼她，然后，给我们介绍：

"格丽丝，我的未婚妻。"

格丽丝个子瘦削，身材平扁。深褐色的头发从脑勺子处中分为二，用橡皮筋捆成两扎，发质很干，看起来像是两把大刷子。肤色很白，又不上脂粉，加上五官扁平，看起来像是一大团面粉。动人的是她的眸子，看人时是专注的、诚挚的、含笑的。这样的眸子让你不由自主地想起风平浪静的港湾，疲惫的轮船，可以无忧地靠着它歇息。

奥尔雷斯的父母，都是慈眉善目的长者。热情地拥抱我们，说着一串串长长的法语，奥尔雷斯简单地翻译成英语：

"我爹我妈说，欢迎你们，希望你们把这儿当作是你们自己的家，不要客气。"

奥尔雷斯带我们到阴寒的地窖去看。静待发酵的葡萄酒，装在一只只圆圆大大的木桶内；而完成了发酵程序的葡萄酒呢，则注满于玻璃瓶里，静待沉淀。所有的葡萄酒，都按着酿造日期的先后，整整齐齐地排在地窖里。

"我从沙特阿拉伯回来而决定投入酿酒业，主要还是为了我年迈的父母亲。他们毕生从事酿酒，酿酒业可以说已经成了他们的第二个生命。当经济不景气的浪潮席卷法国时，他们因为营业额出现太多赤字而不得不宣告停业。我父亲性格素来坚强，可是，对着员工宣布这项消息时，他和母亲两人，都泣不成声。"

奥尔雷斯低沉的声音，缓缓地回旋于寒冷幽静的地窖里，不经意地听，好像是葡萄酒在木桶里发出的呢喃声。

"当我从沙特阿拉伯回来时，他们苍老的容颜，令我不忍卒睹。生活失去方向，使他们对整个生命产生了可怕的绝望感。我利用在沙特阿拉伯苦干几年而积攒的一点资本重新设立了这家酿酒厂，给我的父母带来了一个快乐的晚年。"听到这儿，长久以来因奥尔雷斯的婚变事件而对奥尔雷斯存着同情之心的我，突然有了一个新的看法：在这一桩婚变事件里，我觉得最值得同情的、损失最大的，还是奥尔雷斯的前妻摩丽莎姐，上天赐给她一个极好的男人，但是，她"逼"他从亲密的婚姻关系里消失掉！

从酒铺里出来，奥尔雷斯带我们到一家情调浪漫的餐馆去用餐。

奥尔雷斯代我们点了新鲜的烤鳟鱼，也点了香槟酒。瓶塞飞蹿上天而大量泡沫从瓶口冒出来时，我们都同时闻到了友谊芬芳的香味。奥尔雷斯把酒斟满了杯子，大家举杯庆贺短暂的重逢。

这晚，天上无星，星星都落到人间来了。它们落在香槟酒里，在那起灭不绝的泡沫里闪呀闪的，煞是美丽；而当奥尔雷斯望向未婚妻格丽丝时，星星便飞到他的眸子里，停驻在那儿，闪着爱的柔光。

忽然盼望葡萄成熟的季节快点儿到来。当一畦畦的葡萄园泌出成熟的香味时，奥尔雷斯便会有一个新的家园了！

不敢相信，这么这么多的钟表店，居然都麇集在同一个城市里。

它是瑞士西部的工业大城日内瓦。

走在街上，随意浏览，这里那里，都是钟，都是表。许多钟表制造商都在工厂里兼设门市部。

在橱窗内看中了一只秀里秀气的"音乐闹钟"。钟面是圆的，镶嵌在黑底绘了鲜丽花儿的木质外壳里，古色古香。

店面很大，稀稀落落的顾客站在各个不同的柜台前，仔细寻觅心目中的猎物。

前来招呼我的，是一名浓眉大眼的女子。她小心翼翼地从橱里捧出了我所要的那个音乐闹钟，说：

"您眼光好，挑中这个，是新货，刚设计完成不久，几周前从制作部送到门市部来卖的。"

她指着木质外壳上的小花细草，微笑地说：

"您瞧，绘得多生动！它不但是闹钟，而且，是富于艺术美的摆设品呢！"

我拿在手上，左看右看，越看越爱。

决定买下了，嘱她取个新的给我，她耸耸肩，说：

"暂时缺货，只有一个。"

我把闹钟放在掌心里，转来转去地审查。

木壳上的漆，黑得发亮，那花那草，线条细致，没有任何脱漆的迹象，我放心了。接着，我把小闹钟凑到耳边来听。

一听之下，便听出了毛病来：这钟，寂然无声，我摇了摇，再听，还是无声。

把钟拿在手上，我问她：

"这钟，是不是坏了？"

女孩脸上一直浮着的丝丝笑意蓦地凝结成点点寒霜。冷冷地，她说：

"坏？不要紧，如果你认为它坏了，放回去，不要买。"

我愣住了，为她的无礼与无理而发愣。上一分钟明明还是谈笑风生的呀，怎么没给任何警告的讯号，便把整张脸翻过来了呢？

见我木立不动，她竟然提高了声量，咄咄逼人地说：

"把钟放回去呀！又没有人逼你买！"

我的气，一下子全涌了上来，我也把声量大大地提高了：

"你这人，实在不可理喻！瑞士人的礼貌和瑞士出产的钟表，原本都是举世闻名的。然而，现在，你却以高度无礼的态度，为此而作出反证！"

我们的声音，惊动了店里其他的人。她还未开口反击，便有一名打着领带的男士快速前来调解，他一方面把她支开，一方面温文地向我致歉：

"对不起，对不起，让我来为您服务吧！"

我把事情的原委和他说了，他立刻微笑地为我解释道：

"这钟，不是坏的，你之所以没有听到滴滴答答的声音，主要是因为这是一个上链式的闹钟，不是自动式的。

自动式的闹钟，纯粹是实用的商品，然而，你手上的这个闹钟，除了实用的价值以外，还能当作艺术品来摆设，所以，我们为它配了经久耐用的手转发条。"

这解释，合情又合理。

然而，想起了刚才那一幕，我还是忍不住抱怨道：

"你的同事干吗不好好向我解释，非得要大声嚷小声叫呢？"

眼前的这位男士，突然压低了嗓子，对我说道：

"她不是普通的店员，她是本店最好的钟表制作匠，很为自己的产品而骄傲。刚才你当面说她的产品是坏的，她当然受不了啦！"顿了顿，又说，"这种情形，就好像是当着厨师面前批评他的菜肴难以入口，对着裁缝说她缝的衣服蹩脚难看！她一时接受不了，才出言顶撞的，真对不起！"

啊，是一场误会！

旅行回来，我把这个古典雅致的闹钟搁在书房的案头上。每每看到它，眼前便不由自主地浮起了一张带着寒霜、有着怒气的脸，然而，我觉得：这是一张美丽的脸。

觉得她美，是因为她对自己的工作有着一份狂热的执着，不容他人亵渎的自豪与尊严。

车子一转入了苏格兰的高原区，眸子，便不由得跳出了一个又一个立体的惊叹号。

白雪覆顶的山峦，起伏有致。山下是大片大片绿草如茵的原野，牛牛羊羊闲闲地吃草充饥、冥思歇息。湖泊极多，艳艳的蓝色，把天和地映照得无比妩媚。

那幢色彩鲜丽的房子，好似糖果做成的，天真烂漫地伫立在湖光山色中。

敲门求宿。

屋里打扫得纤尘不染，实在是太干净了，使我几乎想蹑着双脚来走路。和屋子一样整洁的，是房东太太。短短的头发，一丝不苟地梳得整整齐齐，发乳清新的香味儿，轻轻地在风里飘荡。话不多，比话更少的，是笑容。

告诉她：我们一家4口，两大两小，想合租一间房，住3天。

她一听，全无商量余地地回绝了：

"一间房，只能住3个人。万一有什么事情发生，我的保险公司，只赔偿3个人而已。现在，你们有4个人，必须分租两间房。"

想到刚才跑了五六个地方，处处客满，实在不想再为住宿问题而作无谓的奔波了，再说，这儿的风景，也实在迷人。所以，尽管不太喜欢她的态度，还是勉为其难地住下了。

一交出锁匙，她便与我们"约法三章"：

"你们不要吸烟，不要在浴室里洗衣服，

不要在房间里吃东西。还有，你们在房间的面盆漱口洗脸时，小心一点，不要弄湿我的地毯。"

我唯唯诺诺，有手脚被捆的窒息感。

进了房间以后，我才真的后悔了。

整个房间，摆满了精巧的装饰品，有许多还是玻璃质的，让人有一种无法转身甚至无法畅快呼吸的局促感。女儿和我们同住一房，儿子另住一间。整个晚上，我都严密地监视着女儿，生怕她一个不小心，打破了别人的东西。次日起身，花了一点时间，把床褥铺好，把房间收拾整齐，才到饭厅里用早餐。一吃完，便逃也似的离开了。临走前，日胜向她借市区路线图来看，顺便告诉她我们要上本尼维斯山（Ben Nevis）去。

本尼维斯山是全英国最高的山，驱车前往，30分钟。抵达山麓，车停泊在那儿，我们坐缆车上去山腰，欣赏峻山美景。皑皑白雪，犹如瀑布，自山顶飞泻下来，莽莽撞撞地凝在山腰处。这日有雾，迷迷蒙蒙的雾气，不识好歹地与那酷冷的白雪相互纠缠，两者混混沌沌地化成了一体，我们便在一团团、一片片苍苍茫茫的白色里，一脚高一脚低地走着、欣赏着、感受着。

玩了两个多时辰，坐缆车下山。一走到停车场，我便愣住了。

房东太太木无表情地等在那儿。

见面后，也不寒暄，便单刀直入地说：

"你儿子，拿走了我们房门的锁匙。"

这糊涂蛋！我生气地转头瞪他。

他气定神闲地看着房东太太，说道：

"昨晚临睡前，您的丈夫吩咐我把锁匙放在书桌的第一格抽屉里，您没有查看吗？"

她的脸，一阵红，一阵白，转过身，含含糊糊地说：

"我回去看看。"

说毕，钻入车子，绝尘而去。

我直直地站着，有一股很不愉快的感觉泛上了心头。

我们决定，今晚回去便退房。

风景如此优美，我们不愿心情被污染。

这一幢屹立于威尔士北部小城多尔盖莱（Dolgellau）的屋子，我一看便喜欢。

石砌的屋身，木窗、木门、蓝瓦屋顶。

古老、朴实，而又透着几分沧桑的味儿。

门外，挂着一牌子："农舍有房出租，包膳宿。"

我对日胜说："就住在这儿吧！"

日胜把车子停在屋前，一下车，便有一股混合着牛粪、羊粪、鸡粪和狗粪的浓烈臭味迫不及待地扑了过来。

噫，典型的农户。

来应门的，是一位中年妇女。金色的头发剪得非常短，丰腴的脸颊圆圆的，眸子和嘴巴都溅满了星星点点的笑意。

"嗨，我是米雪丽斯。你们是来租房间的吧？"

"有空房吗？"

"有，有，有！"她一迭声地说，"正好有两间。"

"租费多少？"

"成人每位 13 镑①，儿童半价，包早餐。"她一板一眼地说，"如果要吃晚餐，每人加收 9 镑。"

觉得价钱合理，当即接受。

一进屋子，浑身立刻暖和了。尽管现在是

---

① 当时 1 英镑折合新币 2.2 元。

百花齐放的春季，然而，气温却变幻莫测，就以这天来说吧，整整一天，都是阴阴沉沉的，冷得叫人簌簌发抖。薪柴在壁炉里烧得"噼啪"作响，那跳跃着的火光，竟不可思议地给这所古老大宅增添了一丁点儿的喜气。家具全都很旧了，地毯狼狈地褪落了色泽，沙发尴尬地露出了衬里，木质小几斑斑驳驳地刻满了岁月的痕迹。房间收拾得还算干净，不过，床单、被子和浴巾，用的全都是劣质产品，触手粗糙。

很显然地，这一家人的生活并不好过。

洗过澡以后，天已全黑。

晚餐每人两大块烤羊排，外加马铃薯和面包。她的烹饪技巧乏善可陈，羊排和马铃薯，都是淡然无味的，我们好似在吞食"固体的白开水"呢！

草草用过晚餐后，大家聚在厅里闲谈。

她那18岁的女儿爱米，话很少，然而，是干活的能手。我们才搁下刀叉，她便快手快脚地把桌子收拾得干干净净，又给我们端上热气腾腾的英国红茶，然后，静静地退进自己的房间里。怪异的是，儿子汤姆和女儿爱米的年龄，居然相差了整整12岁。也许是平时缺乏玩伴，看到我家两个小孩儿，欢喜得把房间里的益智玩具和各种棋盘都搬了出来，3个人趴在地上，大玩特玩。

一直没有看到男主人，问起时，她淡淡地说：

"上山打猎去了，总要两三个月才回来啦！"

偌大的农场，她居然独力支撑？

"是啊，"她漫不经心地应，"我养了6条狗，每天看羊和赶羊的工作，都是由狗儿负责的。"

米雪丽斯在这个占地4.3公顷的农场里，养了290只羊、9头牛和二十来只鸡。

"我安排每年的11月作为母羊的受孕期，经过5个月的怀孕后，小羊在4月份出世。这时，我便忙翻了天，除了为初生小羊——注射预防针外，还得隔离照顾那些身体虚弱的小羊，定时以奶瓶来喂饲它们。"米雪丽斯侃侃地说道。

一百多只小羊养上4个月，每只长到二十来公斤时，便送到市场上去卖，目前的市价是每公斤一镑。

当酷寒的冬天来临时，是农家最苦的时期。

"大地光秃秃的，寸草不生。牛和羊的粮食都没有了着落。我把它们圈在围栏里，用春天里储存下来的干草喂饲它们，无形中增加了许多工作。"顿了顿，又说，"更糟的是，冬天里游客绝迹，房间无人租用，又少了一笔收入。所以，每年冬天，我们都得勒紧肚皮来过日子！"

谈话至此，她抬头看了看钟，改用威尔士语对她的孩子汤姆说了几句话，汤姆乖巧地站了起来，收拾棋盘，准备睡觉。

我注意到母子俩对话时，用的全都是威尔士话。曾有人指出：威尔士是个"国中之国"，具有自己本身的历史、传说、语言及文化，时至今日，许多威尔士人仍为自己的传统和文化深感自豪，甚至，有许多老一辈的威尔士人，只爱说威尔士语而不爱讲英文。

就此而求询于米雪丽斯，她说：

"在这里，许多家庭的确是以威尔士语作为家庭语言的，不过，学校语言和社会语言，仍以英语为主。"

这几天在威尔士走动时，看到许多告示和招牌，都是以威尔士语写成的。我们一个字也看不懂，有时难免觉得十分不方便。

米雪丽斯点头说道：

"这些告示和招牌使用威尔士文来写，的确带来了一些问题。举个例子来说吧，有条马路，通向一个优美的风景区，马路的弯度很大，时常发生意外。于是，有关当局在马路上竖立了一个牌子，写着：小心弯路，放慢速度。遗憾的是，意外依然频频发生，问题的症结就出在那个牌子是用威尔士文写的，许多外来的人都看不懂！"

一宿无话。

次日早上，用过早餐后，约莫9点，她去羊圈放羊，我们尾随。

说是羊圈，空间却大得惊人，疏疏落落的羊儿，这里两只，那里三只，神态悠闲地望天看地。

说也奇怪，羊圈里这两百余只羊，一看到那6条狗，不必驱赶，不用暗号，便不约而同地从东南西北各个方向踏着碎步奔跑而来，更有趣的是，它们还会恪守秩序地乖乖排队哪！看着那一列列站得井然有序犹如等待检阅的小队伍，我们都忍不住笑了起来。

米雪丽斯微笑地说：

"许多人都认为羊儿没有头脑，实际上，它们可一点儿也不笨哪！"

羊圈的小门打开以后，羊儿一排排、一列列、一队队地鱼贯而出，狗儿忽儿跳前，忽儿跃后，不断吠叫，羊儿一声不响地跟在它们后面，走向那个绿草丰盛的大原野，打算在那儿美美地消磨一整日，到晚上 9 点天色暗黑之时，再由狗儿把它们领回羊圈里。

"我本钱不足，只能买 4 公顷地，所以，只好一早一晚赶出赶进。否则，它们夜里散在屋子四周，哀哀鸣叫，扰得人晚上不得安眠。"米雪丽斯说，"附近有些大户人家，拥有好几百亩地，养上几千只羊，整整一个夏天，他们便让羊群在自己属地的山岭原野里吃草活动，到了冬天，才把它们驱赶回来，无形中免去了许多繁琐的工作。"

我们离开时，脚着胶质长靴的米雪丽斯，正蹲在牛栏里挤奶，初升旭阳照在飞泻入桶的雪白乳汁上，闪出了一种犹如宝石般的光彩，她圆圆的脸，浸在恬然的笑意里，像极了一朵生命力强韧而又无比美丽的向日葵……

傍晚。

变化有致的口哨在阴冷的空气里清晰、嘹亮而又极端凌厉地响着，6条硕壮敏捷的牧羊狗，在泛着绿光的山峦上狂奔、狂吠，凶悍、有劲、霸气而又神气。多得数不清的绵羊，就在这口哨声和狗吠声中，发了疯似的跑、跑、跑，凌乱的脚步声，铺天盖地而来。羊群渐跑渐远，细瘦的小腿、浑圆的身体，化成了无数叫人目眩的小白点。

有一辆小卡车，跟在羊群后面，沿着起伏不定的山峦，颠颠簸簸地前进。我呢，就和牧场主人格尔汉·威德（Graham Wedd）一块儿坐在卡车上。

羊在跑，狗在跑，卡车也在跑。

格尔汉一面驾车，一面吹口哨，像个指挥若定的大将军。6条狗，依据口哨的变化而行事，奔跑跳跃追逐领路殿后，各司其职。就在这一片热闹已极的喧哗里，格尔汉突然停下了卡车，对我说道：

"你稍等。"

只见他矫健地跑越飞奔的羊群，攀上了一个矮矮的小山坡。那儿，有一只很肥很肥的羊，狼狈地在挣扎。格尔汉蹲下，温柔地把它抱起来，放到草地上，轻轻地拍了拍它，它这才蹒跚地尾随群羊而去。

返回车上，格尔汉对我解释道：

"那羊，前几天脚扭伤了，行动笨拙，常常跌倒。"

话一说完，便又发动了引擎，速速赶往前方。

那 1000 头羊被赶回羊圈后，格尔汉马不停蹄，又和他 6 条忠心耿耿的狗到另一个山坡去赶羊。就这样赶了一次又一次，直到他所畜养的四千余头羊全部返回羊圈为止。

训练狗软硬兼施

好似置身于电影情节的我，这时才稍稍缓过气来，对格尔汉跷起了大拇指，说：

"行！你的狗，真行！"

"苦苦训练一整年的呀！"格尔汉伸手摘下了他那顶有着补丁的布质帽子，扇了扇风，说，"训练狗，就和教育小孩一样，必须软硬兼施，赏罚分明。"

说着，噘起嘴唇，发出了不同的口哨声，6 条狗，俯首听命：起、立、行、蹲、坐，一丝不苟，秩序井然。看得我目瞪口呆，心悦诚服。

格尔汉露着得意的笑容，说道：

"你想想，我一共养了四千多头羊，五百多头牛，没有这些狗帮忙，行吗？"

"你没有请助手吗？"

"请不起。"格尔汉摇头应道，顿了顿，又淡淡地说，"工作太艰苦了，连我太太都不肯插手帮忙哪！"

"你太太……"

"哦，她在市区的银行里当会计员！"

天，偌大一个牧场，居然是靠他一人独力支撑的！

毕业于新西兰大学农业与畜牧学系的格尔汉，是以一种管理企业的方式来从事他心爱的畜牧业的。

他把 4000 头羊依照年龄分成 4 组来照顾。不满 1 岁的归一组，1 岁至 2 岁的合一组，3 岁至 4 岁的属一组，5 岁至 6 岁的又一组。

"我的牧场，占地五十多公顷，草质良莠不齐。通常 1 岁以下的小羊，我会给予特别的照顾，把它们带到草质最好的山坡，让它们吃初生的嫩草。"

为了确保散在四处的绵羊不会因为迷路而流失在外，格尔汉通常每隔一天便点算一次绵羊。

"点算？"我忍不住惊叫起来，"四千多只羊，怎么算？"

"我把羊圈的大门关上，只留下小门。小门每次只能容纳 5 只羊儿挤过去，我就这样 5 只 5 只地算啰。"格尔汉轻轻松松地说，"每回点算的时候，我手上总握着一把小石头，每次算到 100 头，我便丢掉一块石子，当我把第 10 块小石丢掉时，我便知道，1000 只羊已经进入羊圈。"

哟，换成是我，恐怕算不到一半，便眼花缭乱地睡过去了。

照顾绵羊最麻烦的一项工作是必须为它们注射防疫针以阻止细菌在它们口腔里肆意滋生。

"在夏天里，每 21 天就得注射一次；到春秋两季，天气渐凉，改为 5 周一次；冬天，气温降至零度以下，细菌都冻毙了，注射可免。"

除了防疫针外，格尔汉还得不时为他的绵羊打维生素针以补充它们从嫩草里吸收不到的矿物质。

羊剪耳朵辨兽龄

令我迷惑不解的是，格尔汉只随意地看了看他的羊，便能准确无误地道出它们的兽龄。问他秘诀，他指了指羊的耳朵。我一看，便忍不住笑了起来。每一只羊的耳朵，都是不规则的，而在不规则当中，却又怪异地具有一定的形状。

"Wedd 是我的姓氏，小羊初生，我便在它们耳朵的上方剪一个 W 的形状，表示这是我家的财产。等它们长到一岁时，我便在 W 的下面加剪一个小小的三角形。两岁时，再剪另一个，依此类推。所以呀，我只要看一看它们的耳朵有多少个三角形，便晓得它们有几岁了！"

我看看羊群那锯齿状的耳朵，忍不住摸自家完完整整的两片耳叶，蠢蠢地问道：

"它们——不疼吗？"

"疼？"格尔汉蔚蓝色的眼睛突然涌满了笑意，"我从来也不曾问过它们到底疼不疼。唔，下一回，我一定要代你问一问。"

说完，把脸凑近来，很认真地审视了我的耳垂，问我：

"你戴不戴耳环？"

我摇头。他说：

"为羊儿剪耳朵，便好像替女性穿耳洞，不疼的。它们总是乖乖地站着让我剪，不跑不叫也不挣扎。"

剪了耳朵的羊儿，长至一岁时，便得以自身的"表现"来决定自己的命运了。

"凡是毛厚体胖的，便继续饲养；毛稀而瘦的，宰而食之！"

被继续饲养的绵羊，每年都得长出丰厚的羊毛来换取活命的机会。待年岁渐大、毛发渐稀，便以贱价卖掉。买下羊的人，将羊宰了，用来熬煮羊肉汤，或者，把羊肉用机器搅碎，用来制作狗食。

"最近这几年，受世界局势的影响，羊肉的价格，大幅度下降。3年前，小羊嫩肉，每公斤卖6元新币，现在呢，每公斤售价降至两元！"格尔汉叹气说道，"唉，谋生难呀！"

天色渐暗，格尔汉把羊圈的木门关牢，说：

"来，走吧！"

坐上了卡车，沿着高低起伏的山坡，慢慢地驶回去。

这个位于新西兰北岛中央距离罗托鲁阿（Rotorua）大约20里的大牧场，景色惊人地美。翠绿的山坡，山高高低低，绵延无尽，像一波接一波起伏不定的绿色海涛。山坡上长了许许多多的金雀枝，灿烂耀目的黄花，一簇簇热热闹闹地挂在枝头上，像一丛丛黄色的火，把绿绿的原野烧得亮亮的。

卡车翻山越岭地走了好一阵子，终于在一所漂亮的独立式大洋房前停了下来。屋里，走出一名中年妇人，阔阔的嘴巴，挂着一串随时会滚落下来的笑意。

"啊，蜜糖，你回来了。"格尔汉高兴地打招呼，"来会会我们的客人。"

这妇人，是格尔汉的夫人艾丽丝。

我与格尔汉夫妇，原是素昧平生的。通过了新西兰一位朋友的推荐，我以电话与他们夫妇取得了联系，议定在他们的牧场住两天，下榻费每天50纽元（约合新加坡币50元）。

寒暄过后，艾丽丝对格尔汉说：

"我正要去屠房取肉呢！"

"你工作刚回来，先休息一会儿吧！"格尔汉体贴地说，"我去取。"

我跟着他去。

走了大约20分钟，才看到一间关得严严密密的小木屋。格尔汉一打开了门，便紧张兮兮地喊：

"快，快进来，不要让苍蝇跟着。"

我飞快地闪了进去，门"嘭"地关上以后，一阵腥膻的肉味扑面而来。抬头一看，吓了一大跳。

眼前，有6只剥了皮的羊，倒吊在铁钩上，大大的眼珠，定定地朝我看。

"我每隔一个月，杀一次羊。这儿海拔两千余尺，即使是夏天，气温也很低。挂在这里，整个星期也不会腐坏。这些不曾冰冻的肉，最是鲜美。过了这个星期，我肢解它们而放入冰箱，味道便大大打了折扣啦！"

格尔汉说着，略显吃力地从铁钩上取下了一只羊，用一把闪着寒光的锋利大刀，分解它。忽然想起了解牛的庖丁，在专注地分解羊体的格尔汉，不就是一名现代的"西洋庖丁"吗？

当天晚上，我们的晚餐是烤羊排、烧羊肉、煎羊肉碎饼。

坐在餐桌前的格尔汉，穿着鲜红的长袖毛衣配以黑色的长裤，和刚才在山坡上赶羊的那个衣着褴褛的格尔汉相比，简直判若两人。

屋子的布置，非常现代化。淡紫色的地毯上，放置着成套的真皮沙发。大厅里，音响系统、电视机、录像机，样样齐全。厨房中，冰箱、微波炉、洗碗机，一应俱全。饭厅的墙壁，得体地挂着充满了乡野风味的油画；桌子上，有成束的鲜花努力制造满室的璀璨。

"真没想到牧场里居然有这样漂亮的住所！"我说。

这原是一句充满了恭维意味的话，然而，它竟引发了格尔汉的一场牢骚。

"畜牧业，是我的职业，也是我终生的事业。我一周工作7天，每一年做足365天，为什么就不该拥有一所漂亮的房子？你说！难道只有当工程师、律师、医生的人，才配住好的屋子吗？"他以不太惬意的语调诘问我。

"难道从事畜牧业的人，就该一辈子住得简陋又邋遢吗？"

一阵理直气壮的抢白，顿时使我哑口无言，颇有拍马屁却拍到马腿的狼狈感。

温婉的艾丽丝，打圆场似的插口说道：

"我们也是熬了好多年，才挣来这所屋子的。"

说着，她起身到大厅去，取来一沓照片，递给我。

照片中有幢小木屋，简陋寒酸、孤独无依地立在一大片荒凉的土地上。屋子的四周，光秃秃的，无树也无花。这一大块面积53公顷的土地，是11年前格尔汉夫妇向银行贷款72万新币买下的。

畜牧头顶是乌云

追溯初当牧场主人的种种艰辛，夫妇俩都有不堪回首的感觉。

"住在小木屋里，冬天一来，全身都好像是浸在冷水里，有时半夜冷醒了，寒风化成滔天巨浪，一波一波地朝身上打来，每一个浪头，都是一把尖利的小刀，扎得人浑身疼痛哪！"

咬紧牙关熬了好几年，终于储集了一笔钱，在原址建起了目前这幢拥有6个房间的独立式洋楼。

按照华人的说法，是"守得云开见月明"，然而，艾丽丝一听这话，立刻便反驳道：

"从事畜牧的人，头顶上的那一片天，永远有一块乌云聚集着。你看，格尔汉清晨6点出门，傍晚6点回来，每天做足12个小时，回家以后，还得为牧场的大小事务牵肠挂肚。前几年羊有好价，我们还能有些积蓄，但是，现在，羊肉羊毛价格一跌再跌，格尔汉日做夜做，所赚的钱，也仅仅足够糊口而已！"

说得兴起，索性连过去的陈年旧账也一起翻出来，她双眉微蹙地说：

"以前在大学，我读会计，格尔汉读畜牧学。他成绩很好，校方有意把他留下当研究员，可是，他硬是不肯。选择了畜牧业，注定要苦上一辈子的哪！"

一直静静地任由妻子发牢骚的格尔汉，这时，脸色严肃地开腔说道：

"当年在大学苦读理论，不就是为了要在现实生活里实践吗？如果我毕业后不走入牧场而躲在冷气房里，那么，我那张大学文凭和废纸又有什么两样？"

"唉！"艾丽丝重重地叹了一口气，转过头来对我说，

"就是为了他的这一份执着，我让了步。从事畜牧业虽然很辛苦，但是，他快乐，他满足，这是我们生活里唯一的安慰！"

有理由相信，这一番妥协，是无数个痛苦的争执换取来的，而这个妥协，也是建立在彼此深刻了解的深厚感情上的。正因为如此，这一对夫妻，永远不会成为大难来时各自飞的同林鸟。

晚餐过后，时钟才敲了9下，格尔汉便难以遏制地打了好几个呵欠。我赶紧识趣地与他互道晚安。

剃剪羊毛拼老命

第二天一早，用过了早点后，便兴致勃勃地随格尔汉坐卡车到羊舍去，看工人剃剪羊毛。每年12月的夏天，都是剃剪羊毛的时令，我这一回算是适逢其盛了。

凡是准备剃剪羊毛的羊儿，都在前一天被赶进羊舍里。饿它们一天，主要是削减它们挣扎的力道，使工人可以顺利地完成剃剪工作。

木造羊舍高达两层，地底层是群羊聚居之处，第二层则是工人剃剪羊毛的地方。

我随格尔汉沿着木梯走了上去。

一推开薄薄的木门，便有一股腥膻的羊气和酸臭的汗气迎面扑来。

格尔汉请来的6名工人，已在里头忙得不可开交了。3名工人手脚不停地在剃剪羊毛，1名工人用扫帚来回扫除地上零零碎碎的羊毛，1名工人动作敏捷地把剃剪下来的那一整块的大羊毛拎起来，放到长长的平台上，让督工验视审查。

过去，我曾在布置华美的大堂里看过剃剪羊毛的商业性表演。那种感觉，是很美丽的。表演者以优美的手势轻轻巧巧地把绵羊身上那一层厚厚的毛剃剪下来；羊儿好似得着了高度的享受，咧着嘴巴，老像在笑。

现在，站在咫尺的距离里，我看到的，不再是经过"粉饰"的商业性表演，而是现实生活里一场又一场充满了汗水和血水的挣扎。剃剪羊毛的，也不再是万中挑一的剃剪好手，他们是一群平平常常的工人，是一群为了三餐而在生活线上挣扎的普通人。对他们而言，剃得快、剃得多，便意味着较多的收入、较宽裕的日子，所以，他们几乎都是"拼命三郎"——粗鲁地把羊儿揪出来，让它四脚朝天，然后，用自家钢条般的腿，把羊儿的头颅紧紧地夹住。羊儿吃痛，死命想要挣脱，可是，徒劳无功。工人们就这样一手抓住羊腿，一手以犁状的电动剃刀心狠手辣地把羊儿身上的毛剃个片甲不留。电动剃刀异常锋利，工人纵是小心，还是这里那里地在羊儿的身上留下一些伤痕。情况严重的，还有淋漓的鲜血不断地淌出来，触目惊心哪！

技术熟练的工人，为一头羊剃毛，只需要用上一分半钟的时间，生手时间加倍。快者每人每天可以剃剪 400 头羊，慢者则可剃剪两百余头。每剃剪一头羊，工人约可得酬劳纽币 9 毛钱（约合新币 9 毛钱）。

羊毛剃下后，督工便根据羊毛品质的优劣来加以分类。格尔汉告诉我，最好的羊毛，是从那些出生仅仅 15 周的小羊身上剃剪下来的。柔软、细致、亮丽、滑美，通常用以制作上好的女性内衣和底裤。其他质地较次等的羊毛，便用来纺织地毯、毛衣、大衣、手套、袜子、围巾、皮包，还有各种各样的装饰品和玩具，等等。

以畜牧业闻名于世的新西兰，目前大约拥有 6500 万头羊，每年生产 35 万吨羊毛，除了 5% 留下自用外，其余的 95% 外销到大约 40 个其他国家去。

"最近这两三年来，波斯湾战争、苏联解体，再加上世界性的经济衰退，羊毛的价格大受影响。3 年前，每公斤羊毛的售价是 7 元新币；现在呢，只能卖到 2.5 元而已！"格尔汉语调低沉地说。

羊儿不知道自己身价大跌，依然年复一年很努力地长出一层又一层厚厚的羊毛来。

逐羊而居游牧族

这时，工作了一个多小时的工人，都大汗淋漓，显得有点精疲力竭的样子。格尔汉从家里提来了一个大竹篮，篮子里有各式的三明治、蛋糕、糖霜奶油面包，还有，大壶茶、大壶咖啡。

"剃剪羊毛者，每天消耗大量的体力，所以，需要补充大量的饮料和食物。"格尔汉说，"他们在这儿工作期间，我每天至少要给他们准备 5 餐！"

看着大口吃、大口喝的工人，我心里想：从事这一行业的，除了必须具备强壮的体格外，恐怕还得保持健全的精神状况。否则，分分秒秒都和羊儿苦苦地展开搏斗，自己流汗、羊儿流血，胃口都倒尽了，怎么还能吃得下！

从某种意义上来说，剃剪羊毛者的生活就像游牧民族一样。游牧民族逐水而居，剃剪羊毛者则逐羊而居——哪儿有羊毛可剃剪，便到哪儿去，因此，终年在南岛北岛之间来回奔波，生活非常不安定。每每工作完毕以后，一瓶酒、一包烟、一顿好饭好菜，便是他们生活里最大最佳的享受了。

吃毕早茶，工人们又各就各位，准备进行另一场"生活的搏斗"了。

这时，格尔汉拉了拉我的手肘，说：

"来，跟我去喂猪。"

天，这个"现代超人"，居然还养猪！喂饱了猪，格尔汉又行色匆匆赶到羊舍处，把那几百只刚刚被剃掉了一层厚毛的羊儿放了出来，任由它们快活无边地奔向嫩绿的原野。远远望去，光秃秃的羊儿，只只浑圆的、雪白的，好像是颗颗散落在大地上的珍珠。

"你看，你看，这些羊，去掉了那一层羊毛，简直轻盈得可以飞哪！"

说这话的格尔汉，脸上有着一抹柔和的笑影。

忽然觉得，爱羊、养羊而又日日活在羊群中的格尔汉，实在是一个幸福的男人！

对于那与城市生活迥然而异却又无缘体验的农场生活，我一直有着一份强烈的好奇。

澳大利亚畜牧业的发达，是举世闻名的，因此，由墨尔本飞抵南部岛州塔斯马尼亚（Tasmania）的当天下午，我们通过旅游局的介绍，给当地一家农场的主人拨了个电话，表明了想留宿以了解农场生活的意愿。

对方极有礼貌地说：

"真对不起，我们已经有了客人，请你们另找别的农舍吧！"

望着冬日傍晚迅速弥漫开来的浓黑夜色，我焦急地应道：

"我们是从新加坡远道而来的，可否请您介绍其他的农舍给我们……"

话还没有说完，对方就已热情地喊了起来：

"新加坡？啊，那真是个好地方，我曾在那儿住过整整一年哩！这样好了，你们明晚来，我把睡房让给你们。也许，我们还可以合煮一顿中餐……"

第二天下午，我们在一家意大利人开设的店里买了两斤白米、一只冻鸡、一瓶酱油，再向那热情的店东讨了几颗煮中餐所不可缺少的蒜头，驾驶租来的车子，按图索骥。

那占地13公顷的农场，坐落于一个叫锡略（Cygnet）的小镇。由霍巴特市（Hobart）向南走约一个半小时，才看到那竖立于路边的牌子，向左向右转了好几个弯，屹立于半山处那幢屋顶糅上乳白色而屋身刷以粉红色的可爱小屋，便完全地跃入眼帘了。

我们沿着青翠草地边的小路将车子驶上半山处，一钻出车门，便看到一个头顶半秃、脸色红润的男士敏捷地从山上走下来，远远地向我们喊道：

"是林先生吗？我是约翰，欢迎你们！"

走近了，我才发现他的右手无助地吊在胸前白色的绷带里，察觉了我停驻着的目光，他解释道：

"几天前我不小心从马上摔下来，跌伤了手，留在医院里好几天，昨晚才出院的哩！"

不待我回答，他又紧接着说：

"我太太在山上喂牛，你们要上去看看吗？"

"哦，当然！"我边说边高兴地脱下高跟的鞋子，换上了黑靴，随着他跳过不算矮的木栏，爬上那堪称陡峭的山坡。将沉未沉的夕阳圆圆地立在山坡的尽头；千道万道五颜六色的彩霞把苍白的天幕染得璀璨瑰丽，像一块刚从染缸捞出来的峇迪布，那么的鲜、那么的艳，穷我这一生，再也没有看过如许美丽的黄昏景色。正陶醉得不能自已时，忽然听见约翰说道：

"喏，我太太伊莉莎白来了！"

我顺着他的目光，看到从山的尽头丛林里走出来的那个女人——金黄带灰的头发裹在一方蓝色的头巾里，粗壮的手臂夹着一大捆长长干干的稻草，一头肥硕的母牛正紧随着她，贪婪地咬食她手里的稻草，她一面走一面亲昵地说道：

"啊，露丝，你今晚实在吃得太多了！"

看到我们，她放下手中的稻草，三步并两步地走过来，亲热地握着我的手，说道：

"欢迎！欢迎！你们随便走走，不要拘束，约翰跌伤了手，里里外外的工作，都是我一个人做，实在没有办法陪你们！"

话一说完，她又赶到另一头去喂猪饲鸡了。我看看天色也不早了，便与日胜返回屋里去准备晚餐。

约翰有两个女儿，茉丽是老大，16岁，沉静而害羞；珍妮是老二，15岁，一头既柔又长的金发常常随着她活泼的话语而左右飞扬，和我们虽属初识，但却丝毫没有隔阂的感觉。

我们准备为她们煮中餐，姐妹俩雀跃不已。由于缺乏调味品，我们只能简简单单地弄个姜片炒鸡块；再以火腿、熏肉、鸡蛋、青豆弄个西方人最爱吃的炒饭。想起了刚才在外面看到的小菜圃，我问珍妮是否可以摘些青菜来下锅，她兴高采烈地应了声"可以"，便挽着一个竹篮走了出去。少顷，回来了，竹篮里满满地盛着雪白的椰菜花、青翠的荷兰豆、红艳的番茄、肥大的萝卜，全都可以嗅到新鲜的气息。她从篮子里一样一样地取出来，摆放在桌上，兴致勃勃地说：

"园圃里的菜，有很多都是由我栽种的；晚餐桌上的蔬菜，也多半由我选择、采摘的哩！"

一直站在旁边观看的约翰这时插口说道：

"我们主要的工作是畜养牛羊，种菜只是旁务而已，所以，才放心让珍妮去打理！"

谈谈说说，洗洗切切，一顿简简单单的晚餐居然花了两个多小时才烹煮完毕。虽然缺乏调味品，但吃起来竟然也"颇为可口"。喜欢中餐而又绝少机会尝试中餐的伊莉莎白，当夜兴致很高，居然将她20年前在新加坡教书时买的陈年老酒开了请我们共享，酒香菜鲜，一顿饭吃得融洽而愉快。

晚饭后，我们围坐在厅里那旧式的火炉前，取暖聊天。珍妮不断地到屋外去将砍就的木柴搬进屋内，添入红砖砌成的火炉里，那熊熊的火光照得一屋亮晃晃的，驱走了冬夜阴冷的寒意。

伊莉莎白将泡好的柠檬茶递给我们，一脸都是辛劳过后的怡然。

厅的一隅，有一个高高的书架，架上放满了厚重的书籍，由文学到哲学，由天文到园艺，应有尽有。

"谁是这屋子的书虫？"日胜开玩笑地问，"是茱丽，还是珍妮？"

"哦，那是我和约翰以前教书时买下的。"伊莉莎白托了托架在鼻梁上那圆形黑框的眼镜，微笑地解释道，"结婚以后，我们搬到荷兰去教书，教的是语文，钱虽然赚得很多，但精神却很不愉快——你们来自城市，当然了解城市生活的那种紧张对于精神生活是一种无形的压迫。9年前，经过反复慎重的考虑，我们终于决定放弃教书，移居于此，以畜牧为生。在这儿，我们的物质生活虽然一点也不富裕，住的屋子也比荷兰简陋许多，但每天忙碌过后，坐在火炉边等待明天的到来，心里的感觉，是美好而满足的。"

由劳心到劳力，其间那巨大的转变，他们是如何适应的呢？

她缓缓地啜了一口茶，说：

"我的父亲过去曾经拥有一个大农场，小的时候，我常常跟在他身后打转，看他饲养动物，因此，对于畜牧这种工作，我不但熟悉，而且喜欢！"

每个星期他们都得工作整整 7 天，而每天的工作时间又不短，这种只有劳作而没有娱乐的生活，未免会有单调之嫌吧？

"呵，"她笑，"我的工作，也就是我的娱乐，所有的动物都是我的朋友，每天和它们相处所得到的乐趣是无穷无尽的。到目前为止，我们总共养了一百多只羊，三十多头牛，还有好些猪和鸡。这些动物，每只都有它们不同的特征和性格，我给它们各自取了个名字。看着它们由出生而成长、由瘦而肥、由弱而壮，我的心情，就和慈母抚育幼儿一样，感到无比的安慰……"

一直保持沉默的约翰，这时突然带笑地插口说道：

"每回卖出一头牛或一头羊，她总会难过上好几天，就好像母亲嫁女儿一样！"

一屋子的人都笑了，在笑声里，她看了看钟，突然急急地站了起来，说道：

"哎呀，差点忘了喂查理和罗拔了！"

查理和罗拔是两只初生的小羊，生它们的母羊身体孱弱，奶水不足，伊莉莎白因此得将其他羊只的奶汁挤入奶瓶里，拿去喂它们，每 3 小时一次，白天如此，晚上也不间断！

我站起身来，从窗口望出去，刚好看到她在如刃的寒风里，手执奶瓶，蹲在特为小羊而建的小屋边，耐心地喂它们喝。呵，这是何等特殊而又是何等奇妙的一份爱啊！

由于他们必须早起劳作，因此当时钟敲了 10 下时，我们便互道晚安了。走出了温暖如春的大厅而步入没有暖气设备的房间，我明显地感觉到身体一寸一寸地凝成冰柱，飞快地钻入没有电毯的被窝里，我慎重地嘱咐日胜，请他每两小时醒来检查一次，以免我因过度的寒冷而僵死床上。

"我的皮包里有一大块姜，"我告诉他，"万一你喊我不醒，赶快灌我姜酒。"

吉人天相，我在酷寒中入睡，又在酷寒中醒来。

拉开窗帘，朝外一看，天哪！窗外的景象使我的呼吸在刹那之间停了几秒钟——连绵不绝的草地，昨晚还是绿油油的，但现在居然覆上了一层奶油般的白，像一片银绸，在初升的旭阳无力的照耀下，闪闪生光。呵，昨晚居然降霜了！看了看墙上的温度计，正指着－5℃！

走出房外，约翰全家已起身了。脸孔红扑扑的约翰，正坐在厨房里，享受早茶，两个女儿则在一边烘面包。

"啊，你们知道吗，这里已经两三年不曾降霜了。"约翰笑着说，"你们一来，居然连霜也带来了！"

才坐下，珍妮就给我递来了两片烘好的面包，色黑而质粗。约翰说：

"随便吃吧，这是伊莉莎白自己做的。这里离市区很远，往来不便，东西又贵，为了节省，也为了便利，凡是能够自己做的，她都自己做了。"说着，指了指桌上的牛油、果酱、果汁，继续道，"像这些，还有，洗衣洗澡用的肥皂，全都是自制的！"

用过了简单的早餐，我信步走出门外，发现伊莉莎白正蹲在那张发亮的"白绸"上，一手拿着一只带柄的青罐，一手挤奶，口里喃喃地说道："南丝，昨晚很冷，是不？乖乖的，让我挤，挤好后我喂你早餐……"

那只被喊做"南丝"的母牛，昂然不动地直立着，憨厚的面孔写满了一种被人安抚的快慰与祥和。

我走近了，伊莉莎白抬起头来，眉飞色舞地说：

"昨晚有只小羊在酷寒中降生了，黑色的，好漂亮，待会儿带你去看。"

乳白色的奶逐渐流满了青色的罐子，她拍拍那只母牛，温柔地说：

"南丝，你先到山后去散步，我等一下再喂你早餐。"

"它能了解你所说的话吗？"我忍不住好奇地问道。

"啊，"她蓝色的眸子满是快活的笑意，"挤完奶去散步是它一向以来的习惯。不管能不能明白，它很喜欢我对它讲话。你看它，长得虽然不很美，但对于择偶却很苛求哩！我们养的公牛，它一头也不喜欢，整天往隔壁的牛栏跑，去年年尾，它就和隔壁的一头公牛交配而产下了一头小牛，白褐相间的，很讨人喜欢！"

伊莉莎白一边说，一边将挤下的奶小心地倒进一个奶瓶里。

"来，我带你去看初生小羊。"

我气喘喘地跟着她跑了一段不算短的山路，才在一片如茵的草地上看到那头小黑羊，覆在草上那一片薄若蝉翼的霜在冬日阳光的照射下已逐渐地融化了。浑身濡湿的小黑羊，依偎在毛色纯白的母羊身旁，无邪的小眼毫无畏惧地望着我们。

伊莉莎白步伐轻快地走到它身边，弯腰将奶瓶塞入它口中，说：

"亲爱的，多吃点，快快长大啊！"

饥饿的小羊使劲地吸着，然而它的老母却在身边愤怒而无奈何地顿着前足。母爱伟大，天下一般，就连动物，也不例外，只是智商不高的它，以为我们要夺去它的爱儿，不懂我们其实用意良善！

喂完以后，伊莉莎白抽出奶瓶，拔腿便跑，我吓了一大跳，不假思索地随她盲目飞奔，一面飞咻咻地跑，一面声哑哑地喊：

"怎么啦？"

"如果不跑，它会以为我是它的娘而对我紧缠不休！"她头也不回地跑着说。

我回过头去，果然看到那只小羊正以碎步无知地追赶着我们，想起了中国那句"有奶便是娘"的成语，我不禁放声大笑起来！

绵羊生性驯良，喜欢群聚，每回看到有人走近便群体逃跑，因此，好多次我想与它们合拍一张"团体照"都没有办法。然而，走到半山处，我却惊异地看到珍妮抱着一头体胖毛厚的羊儿，玩得不亦乐乎。

"怎么这一头不怕人的？"我问。

珍妮对准它的嘴巴亲了一下，才回答我说：

"它小时身子很弱，我们将它和其他羊只分开，喂以牛乳，养到现在。它并不知道自己是绵羊，每回看到绵羊时，总吓得拼命奔跑。可能它心里以为它和我是属于同类的！"

正开心地聊着时，伊莉莎白又提着一桶饲料上猪圈喂猪了。印象中的猪，是肚大脚短，龌龊丑陋的，但眼前这几头，却和我过去所见的完全不同——猪身修长，肚子平坦，且为了抵御寒冷的天气，它们浑身上下长出了一层两寸来长的软毛，毛色各异：或白或褐，或白褐相间，或黑白相杂。我想，把这猪毛剃下来，也许可以做一个漂亮的猪毛皮包哩！

"养这几头猪的本意是想自给自足而不必到市场去买，但养得久却不舍得吃！"她说。

饲猪完毕，我随着她吃力地跳过了几个高可及腰的木栏，爬上一个足足令我气喘了十多分钟的山坡，进入了树木杂生的幽暗丛林。丛林深处，立着一间小茅舍，茅舍里放满了晒干了的稻草，捆成一扎一扎的，高高地堆叠在那儿。她和长女茉丽敏捷地将稻草提起，放在长长扁扁的木制担架上，一前一后地抬到"牛栏"处。所谓的"牛栏"，并不是惯见那种几根木条搭成的小牛舍，而是一片广阔无边的草原，草原四周围以坚韧的铁丝网，形成了一个自然的大牛栏。

将稻草散放于牛栏内，伊莉莎白以双手圈着嘴巴，发出了富于韵律的呼喊声：

"嗨——呵；嗨——呵；嗨——呵！"

这样反复地喊了几声，说也奇怪，那原本只闻风声的阒静丛林忽然响起了一阵杂乱的脚步声，接着，"哞哞"之声此起彼落，一群肥壮的牛，一头接一头，一摇一摆地从草原深处的丛林走了出来，津津有味地低头寻找地上的食物。

伊莉莎白仔细地点数牛只，点数完毕，忽然眉开眼笑地说道：

"今天大概有头小牛要诞生了！"

"你怎么知道？"我惊诧地问道。

"每头牛的受孕期，我都有清楚的记录。牛的怀胎期和人类一样，同是 9 个月；母牛临盆那一天，总爱躲在山头深处，任我怎样呼喊也不下来用餐。生产过后两三天，它才骄傲地带着初生小牛下山来。鉴于此，每回有牛接近临盆期而我在点算时又发现少了它，我便知道它是居山待产了！"

带着一份难言的喜悦，她将剩下的工作交给茱丽，便又匆匆携我赶去为她的小菜围浇水施肥了。

远远地，我看到珍妮骑着一匹骏马，来回驰骋于屋前广阔的空地上，柔美的金发神气地飘扬于寒冷的晨风里。

"你们可以住到明天再走吗？"伊莉莎白突然侧头问我。

"不。我们已经买了今晚飞往珀斯（Perth）的机票。"我答。

"啊，那太可惜了。"她遗憾地说，"明天是星期日，我们将在这儿举行一年一度的骑马比赛。"

接着，她滔滔不绝地告诉我，她于 5 年前组织了一个"骑马训练班"，为那些有志而又没有机会学习骑马的青年男女提供免费的教导，反响极好。两年前，她又特地为残障人士开办了另一个训练班。

"大多数残障人士都很寂寞，因为一般健全者都缺乏足够的爱心与耐性去聆听他们的心声。"她说，玻璃球般的瞳子亮晶晶的，"灵性高的动物，常常能够为他们解除寂寞，但遗憾的是，他们的残障往往又成了他们接近动物的一大障碍。我开办这个训练班，主要的目的便是为他们破除这层障碍！另一方面，为了让他们享受常人所能享受到的种种乐趣，我每年都为他们主办一次骑马比赛。去年夺得冠军的，是一个生来就没有手臂的 15 岁男孩，他以脚趾控制马缰，成功地跑了个第一！"

感动和钦佩的情愫在我心里不绝翻腾——感动于她在百忙中仍能抽空举办活动以造福人群的这份爱心，钦佩于她似乎有着永远也用不完的精力！

像来时一样，她紧紧地抓住我的双手，亲切地说：

"我实在很怀念新加坡，也许，有一天我和约翰老得无法再从事劳作又积攒了一笔钱，我们会旧地重游。"说着，她朝约翰眨了眨眼，又幽默续道，"我在那儿教书的一年间，结交了好几位亲密的华籍男友，以后再去时，一定要找他们叙叙旧情！"

七手八脚地帮我们把行李搬到车上后，他们全家站在那幢可爱的小屋边，挥手相送。虽然我们在此仅逗留了短短的一天零一夜，但这是我整段旅程当中最难以忘怀的！

天，很低很扁，沉沉沉沉的，压在头顶上；稀稀淡淡的云，就优游自在地在头顶上飘浮着。

地，很阔很平，大大大大的，全然找不到尽头；绿意盎然的草，就肆无忌惮地蔓延了一地。

置身于智利最南端的城市蓬塔阿雷纳斯（Punta Arenas），看着眼前这幅淡如水墨画的天然景致，遥想当年麦哲伦在此登陆的史实，奇妙地产生了一种与古老历史浑然结合为一体的感觉。

这个人口仅仅 11 万余的偏僻城市，是以不计其数的企鹅来吸引游客的。

我和日胜，驾着租来的车子，在颠颠簸簸、凹凸不平的泥路上奔波了好几个小时，才来到了企鹅出没的海边。围着铁丝网，车子进不去。徒步而行，风势猛烈，凄厉如刀。行行重行行，举步维艰，足足走了两公里多，才看到了海中浮浮沉沉的企鹅。黑而亮的身子、白而滑的肚皮，随着起伏不定的波涛，时而闪现，时而隐没，煞是好看。

正想坐下来欣赏时，迎面来了两名美国游客，善意地指点我们：好戏在前方。根据他们的指示，又走了大约 15 分钟，便惊喜万分地看到了一幅此生难忘的美好图景：好几百只小巧玲珑的企鹅，整整齐齐地排成一长列，背脊挺直地伫立于海畔，天真无邪地与千里而来的游客"相看两不厌"！无视发怒的海水，丝毫不为大海的淫威所慑，依然气定神闲地站着，任由波浪无情地击打在身上。有趣的是，它们不怕怒海，独怕闲人。原本隔着一段距离与它们悄然对望的游客，只要稍稍移近一点，它们便如临大敌，群体逃遁。逃走时，尽管速度极快，可是，步伐齐一，不慌不乱，着实令人叹为观止。

返回市区，天色已黑。车子在市区兜转时，竟意外地看到四个中文字在蒙蒙的夜色里闪着耀目的亮光：

"金龙餐馆"。

智利人受西班牙影响极深，喜欢夜生活，往往过了晚上 10 点，才用晚餐。现在，才 8 点多，装潢雅丽的餐馆，除了闲闲地站着的女侍外，一个顾客也没有。

我们拿着字典，用西班牙话点菜，偏那女侍听不懂，双方沟通不来，纠缠不清。

就在这时，他出现了。

朝气蓬勃的一张脸，脸上有着开朗至极的笑容。他自动充当我们的翻译员，以流畅的西班牙语干脆利落地帮我们把菜点好。然后，微笑地搭讪：

"你们打哪儿来的？"

"新加坡。"

"什么！新加坡？"

他睁大眼睛喊了一声，声音之高昂、表情之兴奋，把我大大地吓了一跳。

伸手进裤袋，掏出一张粉红色的身份证，放在桌上，他笑嘻嘻地说：

"我们是同一个国家的人呢！"

最近这几个星期，在智利南北飞来飞去，碰到不少移居于此的华裔，他们分别来自中国的大陆地区、台湾地区和香港地区，而新加坡人，倒还是第一回碰上呢！

这张身份证，像一道桥梁，使我们的友谊迅速地建立起来了。

"你几时到智利来打工的？"我问。

"不是打工啦，我是来帮我母亲的。"这位名字唤做谢达力的新朋友，滔滔不绝地说道，"12年前，我母亲随同我丹麦籍的后父移居到智利来，我呢，没跟，一直留在新加坡。几年前，我后父提早退休，在蓬塔阿雷纳斯买下一个很大的牧场，养了三千多头牛；我母亲呢，就开设了这间餐馆，要我过来帮忙。"

"生意好吗？"

"不错啦，这里地域偏远，游客不多，我们做的多数是本地人的生意。"

"你的西班牙话那么流利，学了很多年吧？"

"哦，3年前当我决定向任职公司申请无薪假期到智利来时，曾在新加坡参加西班牙文训练课程，可是，只学到生硬无趣的方法。后来，到了智利，发现能讲英语的人不多，在短短几个月以内，我便被逼学会了西班牙话。"顿了顿，他有条不紊地下了个结论，"在语言的学习上，我觉得生活里实际的浸濡，比起课堂上理论的灌输，有效得多了。"

这话，我完全赞同。

这位自小在"钢骨水泥森林"里成长的男子，对于异国迥然而异的生活，发挥了他惊人的适应能力。或者，更正确地说，他已经爱上了这里充满乡野奇趣的生活。

"刚踏上这块空旷的土地时，觉得它像人间净土——地是那么地大，人偏又那么的少；这样的寂寥，又这样的美丽。我还记得当我第一次到后父的牧场看到群牛奔驰的情景时，整个人有一种触电的感觉，身体里好像有一个沉睡了很久的灵魂蓦然醒了过来。"他以一脸陶醉的神情絮絮地说道，"牛，是深褐色的；草，是嫩绿色的。微风吹拂时，草原绿波荡漾；而当群牛起步飞奔时，又形成了另一种褐色的浪涛。草动、牛跑，褐涛盖绿浪，色泽瞬息万变，说多美就有多美！"

我听得发呆，达力意犹未尽，口沫横飞：

"牧场里有一道清澈的河，足足长达33公里，河里盛产肥美的鳟鱼，我常常去捉，捉到了，就地烤来吃，鲜得很呢！有时，风猛浪大，河水湍急，我偷得浮生半日闲，乘浮筏顺流而下，好玩得很！"

在蓬塔阿雷纳斯旅居期间，达力也学会了高山滑雪和林间狩猎。

说起狩猎，达力忍不住告诉我一个有趣的小故事：

"有一回，新加坡有一对新婚夫妇来这里度蜜月，我带他们去打野鸭。那个男的可真不赖，举枪一射，便打中了。可是呀，我们都没有想到，他的新婚娇妻看到倒在血泊里的野鸭，喊了一声，便晕了过去。把她救醒后，她一直闹情绪，认为她的丈夫太残忍了。实际上，她不明白，狩猎是一种可以增进生活情趣的活动，和个人的性格特性，全然扯不上关系呀！"

谈到这儿，女侍将我们点的菜端上来了。

达力礼貌地站了起来，问：

"你们准备在蓬塔阿雷纳斯逗留多久？"

"两天。"

他一听，便露出了热情万分的笑脸，说：

"能在这样遥远的地方碰上自己国家的人，我觉得实在高兴。明天是星期天，餐馆不开门，我反正有空，带你们去玩玩，好吗？"

第二天，我和日胜起了个绝早，到当地的菜市去逛。返回下榻处，还未进门，便听到厅里传来一阵阵欢声笑语。迈进屋里，发现性子豪爽的达力，已坐在沙发上，和我们的房东以纯熟的西班牙话"打成一片"哩！

达力驾来了面包车，带我们上高山去俯瞰市景。

虽是夏天，可是，我觉得阴冷的天气化作了千千万万支尖利的短箭，一根根地射向了我。我在羊毛衣上加披了一件风衣，可是，依然冷得簌簌发抖。达力看到我缩头缩颈那种狼狈已极的样子，忍不住笑了起来，说：

"蓬塔阿雷纳斯气候变幻不定，有时，在同一天里，你便可以领略到四季的变化。早上，阳光普照，温煦明媚，可是，一到下午，便淫雨绵绵，有时，还会出其不意地刮起令人难以抵受的阴风呢！"

"唉，夏天寒冷如斯，冬天如何消受呀！"我叹息着说。

"啊，蓬塔阿雷纳斯的冬天，可有趣呢！"达力眉飞色舞地说，"每年的6月到8月期间，冬季分成3个阶段降临。第一个阶段的冬天，浪漫美丽。轻盈的雪花，有如细细的粉末般，纷纷地、慢慢地飘落下来，景致如诗如画，百看不厌。第二阶段的冬天，濡湿滞重。这时，雪已不成花，一片片、一块块，粗粗地、重重地，直直地坠落下来；落地成水，到处湿漉漉、滑溜溜的，走在路上，人跌跤，车失控，狼狈得叫人生恨。第三阶段的冬天，可怕可憎。雪全都凝结成冰雹，小小的、圆圆的、硬硬的，一粒粒好像球一般，毫不客气地朝身上打来，往车上打去。打在身上时，微疼；打在车上时，大响。这个阶段的冬天，最难耐的是地面全结了冰，车轮也结着霜雪，根本就走不动了，必须用热水慢慢地把霜雪融掉，才能开动，十分不便。"

我觉得达力是"说书高手"，蓬塔阿雷纳斯的冬天，在他绘声绘影的描述里，历历在目。呵，这个位于世界末端的小城，竟连稀松平常的冬天，也呈现了独特的奇趣。

从高山下来，达力带我们去看智利人首次登陆的码头，然后，在市区兜转了好一会儿，拍了好些照片，觉得没甚好去处了，便以拳拳之忱做出建议：

"到我家来坐坐吧？"

他居住的屋子，占地极广，高达 3 层，共有 7 个大房间。

引起我注意的，是堆叠在屋角的一大沓报纸，以极薄极白的纸张印成，取起一看，竟是新加坡航空版的《海峡时报》。

"我长期订阅，主要是通过报章和新加坡保持密切的联系。以后，不论我在智利取得怎么样的发展，我都不会放弃新加坡的公民权。"说这话时，达力那张年轻的脸，透着一股成熟的坚毅。

离开蓬塔阿雷纳斯而飞往圣地亚哥时，达力驾着他的面包车送我们到机场去。原本坚持不要他送，可是，他却豪爽地说：

"你们不要客气啦，我每天都得到机场一趟的。我和几位朋友，合作搞箱运。此外，我们也为驻在南极的研究员和探险队定期提供日常用品。"

飞机起飞前，我问达力在新加坡有什么事需要我代为办理的，他犹豫了一下，才说：

"以后，如果有朋友到智利来，请托他给我捎一面新加坡国旗，好吗？"

有一股暖流自我心中缓缓流过。

近年来，新加坡人似乎已成为舆论的焦点：移居国外的，被视为缺乏爱国意识者；留居国内的，又被看成是缺乏冒险精神的一群。

然而，在遥远的智利，我却邂逅了另一种典型的新加坡人——自信、自重、自爱、自力更生的新加坡人。

最最重要的是，这个土生土长的新加坡人，和生他养他的故乡新加坡永远有着一个温柔的约会——不论他走得多远、飞得多高，他都不打算舍弃他亲爱的旧巢，他愿、他会、他肯回来。

他日，倘若有人到智利去旅行，千祈要让我知道——我想请他代我捎一面新加坡国旗到蓬塔阿雷纳斯去，送给那位身在异国而心在家乡的谢达力！

为了瞻仰智利那座闻名遐迩的活火山，我和日胜风尘仆仆地来到了维利亚里卡（Villarrica）这个人口寂寥的小城。

维利亚里卡位于智利中部的湖泊区，风景优美绝伦。我们驾着租来的车子，沿着湖畔慢慢行驶，希望找到一所傍湖而立的旅舍。然而，奇怪的是，兜来转去老半天，硬是看不到任何旅舍的招牌，倒是一个陌生的西班牙字这里那里处处闪现。

日胜机警地吩咐我说：

"快拿字典出来查查看，Hospedaje 到底是什么意思？"

一查，原来是"房屋出租"！

看中一所雅致的双层洋楼，停车，叩门。

应门的是一位约莫 60 岁的老汉，额头亮亮的、肚皮圆圆的，看起来一团和气的样子。

收费以人头计算，每人 3000 比索，两人合共 6000 比索。

我嫌贵，他也不答话，微笑地引我们上楼去。楼上的房间，收拾得纤尘不染。老汉推开窗扉，示意我们朝外看。

一看，便禁不住惊叹出声。

窗外是湖，那高达 2847 米的维利亚里卡活火山，仪态万千地倚立在湖畔。山峰有积雪，皑皑的雪光，反射到湖上，整个湖面银光闪闪。

老汉指着这座曾在 1985 年爆发过的活火山，以略显浑浊的声音说道：

"现在，山上有云，火山形状模糊。等风来云散时，你便可以看到火山的真面目了！"

十分倾心，立刻交了两天的房租。

夜晚驱车在外兜风，简直如入无人之境。火山寂寂，湖泊无声。天与地，好似只剩下我们两个人。我们坐在湖畔的餐馆，静静地守住火山，可是，傲然屹立的火山，始终不肯轻易出示它的真面目。

倦游归返，门内迎候我们的，是两张温馨的笑脸。

老汉的妻子琳娣爱，蓝色的眼珠、褐色的鬈发。没有青春，但极活泼。她紧紧地握住我的双手，热忱万分地说：

"你们好！今天下午，你们来投宿时，我刚好出去了。怎么样，房间还舒服吧？"

"太好了！"我由衷地应，"窗口好像挂了一幅天然的油画呢！"

她"哗"的一声笑了起来，一脸自豪地说：

"智利景色的美，恐怕油画也表达不出来呢！我们这儿，有个广为流传的神话：传说上帝在完成了创造世界的伟大工作后，发现还剩下许多湖泊、河流、山丘、峻岭、森林、沙漠，等等，为了物尽其用，便一股脑儿地把它们投进了太平洋里，就此而塑造成智利。"

她一边娓娓地畅述有关智利的神话，一边把我们让进屋子，打开了通向客厅的大门，诚恳地说：

"天气冷，一起喝杯咖啡，好吗？"

盛情难却，高高兴兴地接受了邀请。

我们一坐下，琳娣爱便把两只空杯和一罐咖啡粉推到面前来。

我们忍不住微笑。

到智利旅行已将近 3 周了，可是，还是无法适应这样一种喝咖啡的方式。智利的咖啡粉，多以巴西进口的咖啡豆磨成，香醇可口。然而，在智利大部分的餐馆或餐室里点咖啡时，侍役捧上来的，不是泡好的香浓咖啡，而是咖啡粉、热水、白糖，由顾客自个儿泡。要浓要稀，要甜要淡，任君选择。

我把适量的咖啡粉和白糖舀进杯子里，她帮我注入热水。

我一边啜饮咖啡，一边浏览厅里的摆设。

客厅里，有"二多"。

一是纪念品多：希腊的镀金花瓶、西班牙的弗拉门科舞娘、荷兰的木质小风车、意大利的水晶雕刻品、澳大利亚的袋鼠皮、新西兰的树熊，等等，摆满了架子、小几、橱子。

二是照片多：小的、中的、大的，各式各样的照片，镶在形形色色的镜框里，排队似的列在厅里，连四面的墙壁，也都密密地挂着。

琳娣爱指着琳琅满目的照片，说：

"我有 8 个孩子，4 女 4 男；12 个孙儿，6 女 6 男，十分平衡呢！"

照片里的人，男的俊，女的俏，小的活泼又可爱。难怪眼前这位祖母级的女人一脸都是安详和满足了。

"孩子和您一起住吗？"

"不，他们全都移居澳大利亚了。"

"8个，"我难以置信地瞪着她问，"全都离开了智利？"

"是。十多年前，我们全家老幼一起离开的。澳大利亚可以说是人间乐土，不但衣食住行样样好，而且，人民也享有思想与言论的自由。我在那儿住了足足12个年头，去年才退休返回智利。"

"咦，澳大利亚对于退休老人不是有很好的福利照顾吗？为什么你们……"

我话尚未说完，她便快速地应道：

"梁园虽好，不如我家呀！"

我的胸口，立刻起了一阵温柔的悸动。依恋故乡、眷恋故土，是人类共通的情怀呵！

她指了指那沉默寡言的老伴，说：

"他最近几年，患上了神经痛、风湿病，在墨尔本屡医不愈。在他心目中，智利的医生，是全世界最好的。现在回来了，他的病，无形中已好了一半。"

老汉心情极好地微笑着，没有出声。

琳娣爱继续说道：

"我对他说：老头，回国以后，总得找些事情来做做呀！我们年轻时，都喜欢旅行，尤其是住在澳大利亚那十多年，经济情况比较好，常常举家出门。旅行时，最难解决的，往往是住宿问题。所以呀，当我们决定从墨尔本回来维利亚里卡定居时，我便和老头决定，把家里的房间租出去，让浪迹天涯的游客有宾至如归的感觉。"

琳娣爱说着，从壁炉上方取过一本簿子，嘱我签名。

我随意翻了翻，在里面签名的游客，多数来自美国，也有少部分来自欧洲诸国。至于我，是第一位在她簿子上签名的亚洲游客呢！

把我的华文名签在本子上，琳娣爱看了，欢喜地惊叹道：

"哎哟，您简直就是在绘图嘛！"

把簿子合拢，顺手放回壁炉上时，忽然注意到那儿有一张照片显得非常惹目。说它惹目，不是因为它特别大张，而是因为在一整排的五彩璀璨里，它竟是黑白的。有一位长相英俊的年轻男士，在照片里不亢不卑地露着谦和恳挚的微笑。

我凑过头去看，不知天高地厚地问道：

"是您丈夫年轻时的照片吧？"

老半天听不到回答，转过脸去看，竟然发现琳娣爱正注视着那"年代久远"的照片。她将它放到我手上，说：

"很好看，是吧？"

觉得她表情和举动都有点古怪，赶快点头应和。没有想到她接着说道：

"他是我最小的儿子。拍这张照片时，他正在圣地亚哥读大学，是工程系最后一年的学生！"

哦，原来是思子心切。我松了一口气，顺口问道：

"现在，他在澳大利亚哪儿工作呢？"

她猛猛地摇了摇头：

"不，他还在智利！"

在我狐疑的目光里，她静静地垂下了眼睑，然而，只短短几秒，便又抬起双眸，说道：

"您也许不知道，在 20 世纪 80 年代初期，智利政局不是很稳定的……"

我知道，不但知道，而且，很清楚——因为我当时原已策划了智利之行，可是，政局的动荡不安使我临时改变计划而到巴西和秘鲁去。

"我这个儿子，在一场骚乱里，失了踪。我一直没有接到他死亡的消息，可是，他也一直没有回来。事情发生后，我就在精神几乎崩溃的哀痛里，作出了全家移居澳大利亚的决定。"

顿了顿，在肃穆的气氛里，她继续说道：

"坦白地说吧，我决定从墨尔本回来维利亚里卡定居，主要是为了他。我的另外 7 个孩子，全都成家立业了，生活都过得热热闹闹、舒舒服服的。只有他，飘荡在外，生死未卜。我是个固执的母亲，我一直相信他有一天会回来的——回来的，也许不是他的肉身，而是他的灵魂。但是，如果我和他爹终老澳大利亚，那么，他回来以后，又该上哪儿去找我们呢？所以，我们决定返回智利，守在这所屋子里，等他。"

琳娣爱说这话的语调，是平静而又平和的，好似在说着与她全无关系的身外事，可是，听在我耳里，却悲酸已极，难受已极。

智利这两个垂垂老去的人，天天等待着的，是一个何等情深而又何等无可奈何的约会啊！这个约会，同时交织着希望与绝望，混合着快乐与痛苦，糅合了期盼与恐惧。在日复一日的等待里，他俩既担心他不来，却又害怕他早来。

那一夜，我辗转难眠。勉强睡着了以后，居然也无梦到天明。

拉开窗帘，哇哇哇，整座活火山，赤裸裸地在亮丽的阳光下现形。

火山是圆锥形的，旭阳在火山的尖端微微地镀上了一层淡淡的粉红色，无比娇艳，昨日那种扎人双目的傲气，不知何时已消失于无形。

出门去玩，琳娣爱追到门口来，扬着手上的一件毛衣，说：

"今天气温降了，借您毛衣，带出门去，有备无患呀！"

把温暖的毛衣揣在怀里，我的心好似穿着一件无形的毛衣，暖烘烘的。

从智利返回新加坡后，回想起这一对脸上长挂笑容的老夫妻，回想起他们不幸的际遇，不知怎的，竟然有了不同的想法。

实际上，是那个"永远的约会"照亮了他们的晚年，使他们起劲地活在一种温柔的期盼里。是那个"永远的约会"给了他们勇气，使他们能在"万事皆休"的暮年里，像"老鸟归巢"一般地回归他们一直念念不忘的祖国。

我想，也许他们这个心爱的孩子正以一种特殊的方式报答双亲 21 年的养育之恩吧？

到帕伦克（Palenque）去的那一天，整个大地，热得好似在燃烧，黏糊糊的汗，蚯蚓似的在背上缓缓蠕动。我和日胜在盛夏这一份难耐的燠热里，坐着小卡车，颠颠簸簸地走了一大段山路，然后，徒步穿越了丛林，来到了这个墨西哥闻名遐迩的玛雅遗迹——帕伦克。

一看，便啧啧惊叹。

设计雅丽而浮雕处处的宫殿、造型优美而满刻碑文的神殿，虽然经过了千百年岁月的洗礼，可是，依然顽强稳固地屹立着。深深地触动我的，不是至今仍留存着的那种巍峨的慑人气势，而是玛雅族在一千多年前排除万难赤手空拳地在高地建造辉煌宫殿与庄严神殿的那一份超人的毅力与不懈的努力。

帕伦克遗迹，是玛雅人智慧卓越的明证。

曾有人明确地指出：今日墨西哥民族的特性，是在过去印第安文化发展的过程中逐渐形成的。所以，到墨西哥去而对印第安文化没有一个基本的认识，就不可能了解墨西哥的现状。

玛雅文化，是墨西哥境内三大印第安文化之一，也是西班牙人入侵前美洲大陆发展水平最高的印第安文化。玛雅人的经济活动以务农为主，辅以狩猎和捕鱼。他们拥有优秀的文化，在天文学、数学、建筑学等方面，都有很好的研究成果。此外，他们还发明了至今尚未能完全解读的象形文字，在墨西哥境内留下了光辉的历史。

坐落于尤卡坦半岛南部的帕伦克，便是玛雅遗迹中的精华。

据粗略的统计，现在还有好几万名玛雅人散居在墨西哥东南部的尤卡坦半岛上。

对于这个曾在尤卡坦半岛留下灿烂文化的印第安民族，我深感兴趣，因此，在帕伦克参观了玛雅遗迹后，兴致勃勃地背起行囊，来到了玛雅人聚居的大城梅里达（Merida）。

梅里达位于尤卡坦半岛的北部，是个颇为繁华的都市。

就在梅里达这都市，我邂逅了两名通晓英语的玛雅人费尔第和拉查鲁，通过他们，窥见了今日的玛雅人在墨西哥的生活实况。

弗尔第与玛雅市集

认识弗尔第，必须从墨西哥一种美食说起。

由帕伦克到梅里达去，搭乘公共汽车，车程是 10 个小时。我在车上翻阅旅游资料时，读及一段很有趣的文字。那段文字，介绍了墨西哥一种拥有千年历史的古老名食 "Cochinita Pibil"。将一大块重达七八公斤的猪肉用酸橘汁、薄荷粉、蒜头、大葱和其他一些墨西哥传统的调味品腌了，以大片的香蕉叶裹住，然后，将一块大石在炭火上烧得通红，再把大石和猪肉一起埋进地底下，把泥土严严实实地盖好，让滚烫的石块在地下把肉"烙"熟。两个半小时后，扒开泥土，取出的肉，松软嫩香，美味绝顶。

这样的美味，怎能不试？

一到了梅里达，在旅馆放下行李后，便依照旅游资料所提供的地址寻去。奇怪的是，东询西问，硬是没有人知道这家餐馆坐落何处。

询询问问，寻寻觅觅，终于，找到了，它在一条热闹的窄巷里。令我们大跌眼镜的是：它根本不是什么餐馆，仅仅只是一个小小的摊子。

摊子上的铝制大盆里，满满地堆着切片的肉；摊子前面的长条木凳上，满满地坐着等吃的顾客。摊子上的两个人，一高一矮，正忙着把肉夹在居中切开的面包里，捧给顾客。我和日胜不愿站着等，所以，到附近的咖啡店消磨了半个小时。再倒回去时，摊子上的顾客已散得七七八八了，铝盆里原本堆积如山的肉片，也只剩下疏疏落落的几片了。

向那矮矮的摊主竖起了两根手指，表示要两个夹肉面包，没有想到他居然以流畅的英语开口搭讪：

"嗨，你们是从哪儿来的？"

把夹肉面包端给我们时，矮个儿摊主也挨到我们旁边那张椅子来坐，热情万分地向我们介绍梅里达的各个好去处：中央广场、大教堂、蒙特厚大道、考古学博物馆，等等。说着说着，看到我们反应不甚热烈，搔了搔头，想了想，又说道：

"嘿，离这儿不远，有个印第安族的玛雅市集，你们想去看看吗？我带路！"

玛雅市集？我的兴致一下子便被提起来了。

吃过了面包付了账以后，便随矮个儿摊主去搭乘公共汽车了。

物价很高 薪金偏低

矮个儿摊主名字唤做弗尔第，深褐色的头发微微地卷曲着，穿一袭黄白相间的短袖上衣，整个人的特征是圆：鼻子圆、下巴圆、肩膀圆、肚子圆，连十根手指也是圆的。当他双手下垂地站着说话时，我觉得他像一只可爱的肥企鹅。

健谈已极的他，在公共汽车里，把他的整个生活以语言绘成一幅浓缩的画，展现给我看。

他父亲是西班牙人，母亲和妻子都是玛雅人。父亲在他童年时便丧生于一场大火中，7 兄弟姐妹都是由母亲一手抚养成人的。长期在贫困线上挣扎的困窘经验使他充分地了解"生养愈多，生活愈苦"的道理，因此，他和妻子决定"两个就够了"。

"为了生活，我什么都做过。"弗尔第露着开朗的笑容，说道，"擦鞋啦、洗碗啦、扫地啦、倒垃圾啦，只要有钱可赚，我都去做。"

"刚才那摊子，是你和朋友合股经营的吗？"

"不是啦！"他飞快地说，"那个高高的，是我哥哥。他替别人管那摊子，我有空便去帮帮他。他每天早上 7 点开摊，下午 1 点收摊，每天做足 6 个小时，月薪才 1.5 万比索（约合新币 7.5 元），实在不够养家，所以，每天下午还得兼做扫地工人。"

"你呢，弗尔第，你做什么工？"

"我做特约杂役，兼任导游。"

我听过"特约演员""特约撰稿员"，可从来也没有听过什么"特约杂役"！

"当特约杂役，好赚得很呢！"弗尔第得意洋洋地说，"墨西哥许多经济富裕的上等家庭，常在家里举行大型的聚餐会、舞会、生日宴或是结婚宴会，我去替他们洗碗。"

"宴会通常由下午5点开始，他们通宵达旦地吃喝玩乐，我呢，也彻夜不眠地洗洗刷刷，每每忙足12小时而上床时，虽然很疲累，便却难以入睡，因为眼前总有无数的杯杯盘盘碗碗碟碟晃来晃去！"

当特约杂役，每回可赚6万比索（合新币30元），比普通的工资足足多了4倍哪！

聪明绝顶的弗尔第，利用工余之暇，苦读猛学英语。现在，终于如愿以偿地当上了业余导游。每回到他哥哥的摊子帮忙时，遇上外来的游客，他便来个"毛遂自荐"。

"墨西哥物价很高，可是，薪金偏低，几乎人人都得兼职才够糊口！"

弗尔第说着，站了起来，下车去。

保守迷信 知足常乐

离车站不远处，就是玛雅市集了。

那是一个极大的市集。许多玛雅人，不论老的、少的，都穿上袖口绣着五彩图案的传统服装，在市集里卖东西、买东西。那些繁复多变的服饰，那些鲜艳亮丽的色彩，着实叫人目眩神迷。弗尔第指着其中一名上了年纪的玛雅妇女对我说道：

"你注意看了，凡是在肩膀上搭着长长披巾的妇女，都是会说玛雅话的。"

我仔细看了，搭着披巾的，都是上了年纪的玛雅人。

那披巾，是单色的，青、蓝、红、褐、橙、黄、白等。披巾的颜色和衣服的色泽绝不相配，正因为这样，那披巾也就显得特别惹目抢眼了。

在西班牙语盛行的墨西哥，玛雅语是不是一种濒临死亡的语言呢？

对此，弗尔第说：

"有些注重传统文化的家庭，依然坚守玛雅文化，坚持以玛雅语作为家庭用语。在这种家庭长大的玛雅人，理所当然地成了玛雅文化的捍卫者。然而，也有很多现实的家庭，彻底放弃了玛雅文化，使他们的后代成为纯然不懂玛雅语的玛雅人。"

"弗尔第，你的孩子会说玛雅话吗？"

"会呀！"弗尔第神气地应道，"他们不但会说，而且，会写！"

玛雅市集所出售的东西，当真是包罗万象，肉类、瓜果、蔬菜、香料、衣服、鞋子、日常用品、手工艺品，林林总总，不一而足。

极端有趣的是那些卖鸡的玛雅人，她们将鸡足用绳子捆了，倒挂在手臂上，静静伫立，等待买主，奇怪的是，那些鸡，悬空地倒吊着，却驯服地不吭一声。有些玛雅人，做"独鸡生意"——把鸡慎重地放在地上，守着它，像守着一堆黄金。我想起了"金鸡独立"那个成语，忍不住"噗噗"地笑出声来。

墨西哥农产品异常丰富，各类水果如芒果、西瓜、香蕉、木瓜，等等，泛滥处处，整个市集淡淡地缭绕着水果清香的味儿。也许是这儿土壤特别肥沃，这些水果，都肥硕得不像话。

玉米饼是墨西哥人的最爱，他们不但嗜食，而且，狂食。有三个玛雅妇女，肩并肩地坐在一起，卖烘好了的玉米饼。我举起了相机，对准她们。没有想到，快门还没有按下去，眼前的三个人，便有了三种奇特的反应：中间那位戴着布饰花朵的漂亮姑娘，像鸵鸟一样把整个头埋进臂弯里；右边那位衣着朴实的中年妇女迅速低头，用衣服包住整张脸；左边那位脸上布满皱纹的，很快把头扭到一边去。等镁光灯闪过，照片拍好时，那位玛雅老妪气势汹汹地站了起来，指着我的相机，破口大骂。我吓坏了，不知所措地望着弗尔第。弗尔第赶快上前去，赔着笑脸，说着好话，可是，还是不能平息她们的怒气，三双眼睛，化作了三把野火，把我烧得很痛很痛。

　　狼狈地走开后，弗尔第才向我解释：

　　"许多玛雅人，迷信而又保守。她们相信灵魂会被相机摄走，所以，对于拍照，又怕又恨！如果你不幸碰上一些胆子较大、性子较烈的，还会扑上来砸你的相机呢！"

　　哇，千钧一发！

　　这天，在玛雅市集我虽然拍了不少照片，可是，都是趁人不备而偷拍的，事后，把照片冲洗出来而一张张地欣赏时，我似乎还能感受到我自个儿加速了一倍的心跳呢！

　　逛玛雅市集，让我看到玛雅人保守迷信的一面，也让我看到了玛雅人知足常乐的一面！

拉查鲁与玛雅村庄

　　早晨的阳光，是一把温柔的刷子，轻轻地在碧绿的草地上糅了一层发亮的釉彩。

我坐在中央广场的石椅上，翻阅旅游资料，正读得津津有味时，他来了。

乌黑的鬈发，像一堆杂乱无章的野草，罩在一张很长很长的脸上；厚厚的嘴唇上，是两撇浓密而不潇洒的八字须；长长的下巴呢，星星点点都是络腮胡子；额上和颊上，各有一道清晰的刀痕。整张黑褐色的脸，看起来邋邋遢遢的。穿一件浅青色的衬衫，上面的几个衣纽打开了，露出瘦骨嶙峋的胸膛。

当这样的一个人一摇一摆地走过来，一屁股坐在我身旁时，我的第一个念头是：逃！越快越好！然而，就在我心念急转时，他竟以纯正的英语开腔说道：

"我是兼职导游，请问，有什么我可以效劳的？"嘿嘿，真是不可以貌相人呵！

人间温情 刻骨铭心

交谈以后，议定由他带我到离梅里达市中心大约两公里的玛雅村庄卡纳新（Kanasin）去逛。

这个名字唤做"拉查鲁"的玛雅人，有着一段极不平凡的经历。当他以字正腔圆的英语娓娓地向我叙述时，我好似在听一个由广播电台播出的动人故事。

"我家很穷，10岁那年，父母把我送到一户美国人家里当杂工。工作了两年以后，我的主人要从墨西哥迁回美国去，问我愿意跟他们回去吗。我当然愿意，可是，又担心父母会反对，所以，决定偷偷地溜走。我的主人驾着车子横越墨西哥北部而进入美国边境时，用大张的毛毯把我盖住，居然顺利地过关了。我的主人在得克萨斯州有一个很大的牧场，我便留在那儿帮他看管成群的牛羊。他对我非常非常的好，不但管吃管住，还按月发粮饷给我。我在美国住了 6 年后，被发现非法居留而遭驱逐出境，我这才回到墨西哥，当时，我已经 18 岁了。"

现在已 40 岁的拉查鲁，在回忆起"不识愁滋味"的那 6 年生活，还是有无限的怀念。然而，我想，令他刻骨难忘的，与其说是生活的那份舒适，倒不如说是人间罕见的那份温情吧！

"我离开墨西哥时，身无分文，回国时，却已有了一点小积蓄。我向政府申请了一块地，建了一间屋子……"

"买一块地，要多少钱呢？"

"是政府免费供给的，我们只要象征性付出 80 比索手续费，便可以了。"

"80 比索？" 80 比索约新币 4 分，我怀疑我听错了，重新再问。

"没错，是 80 比索。"他露出了满足的笑容，"我把我的积蓄，全都用来买建筑材料。整间屋子的每一块砖、每一片瓦，都是我自砌自搭的！"

"你结婚了吗？"

"我有 5 个孩子啦，都是男的！"他笑着应，"希望可以再生一两个女儿，我们玛雅人，喜欢孩子多多。"

"是啊，多子多孙多福气！"我说着，忍不住问道，"你当导游，收入足够你养家吗？"

"当然不够！"他苦笑着答，"我虽然会说流利的英语，可是，写和读都不行，进不了正式的旅行社，我只能靠打游击的方式在外头碰碰运气。我比旅行社有优势的地方是：不论游客想去哪里，想看什么，我都可以满足他们。有时，运气好，每天都能找到游客，但是，也有的时候，一连多天都一无所获。"

"那么，没有生意时，你靠什么为生呢？"

"我做吊床。"

"吊床？"

"是的。墨西哥终年是夏，气候炎热，一般人在家里都喜欢睡吊床，爱它轻便，爱它凉快。"

"吊床每张卖多少钱？"

"质地不同，价钱也不同。机制吊床，每张只卖两万比索（约合新币10元）；我是手织的，每张售价15万（合约新币75元）！"

"哇！相差那么远！"我忍不住惊叫出声。

"当然啦！"拉查鲁神气地说，"你知道吗，编织一张吊床，每天做上四五个小时，得花整整15天的功夫哩！这张吊床，睡一辈子都坏不了！"

谈着谈着，公共汽车停了下来，从窗口望出去，啊，居然已经置身于卡纳新村了。

精神富足 物质匮乏

聚居于卡纳新村的玛雅人，有三千余名。

村子里的屋子，多数是单层的。建筑材料不同，屋子也呈现了多样化的面貌。有石屋、砖屋、板屋、茅屋等，有些玛雅人的屋子，惊人地简陋。几片薄薄的木板，顶着乱七八糟的棕榈树叶，坑坑洼洼、凹凸不平。没有家具，有的，只是几张吊床。母亲和孩子，都懒洋洋地躺在吊床里。几点零零星星的阳光从棕榈树叶的缝隙疏疏落落地跌了下来，把屋里那几个人瘦瘦的脸映照得"阴晴不定"。倘若下雨，屋里便出现"大珠小珠落玉盘"的"奇景"，老老少少全在睡梦里变成落汤鸡。

屋里那个女人，以玛雅语告诉拉查鲁，她丈夫是漆工，早出晚归。这简陋不堪的屋子，是租来的，月租 4 万比索（约合新币 20 元）。年纪轻轻的她，便已育有 4 个孩子了。

这是卡纳新玛雅村庄一个相当典型的家庭：一家之主从事劳力工作，而目不识丁的女人在"生养愈多，福气愈大"的传统信条下，留在家照顾嗷嗷待哺的一群孩子。

像任何传统保守的小村庄，卡纳新玛雅村处处弥漫着温馨和谐的气氛。家家户户大门敞开，村人三三两两地坐在门口聊天。小孩们高高兴兴地相互追逐嬉戏，少妇大大方方地裸露双乳让幼儿吮吸，老妇手拿棉被这里那里补补缀缀。少年在屋后砍柴，少女在井边汲水。玉米饼强烈的香味，一缕一缕地从屋里飘送出来。

时间在这儿好似忘了转动，玛雅人按照传统的生活方式，悠悠闲闲地过着与世无争的生活。尽管村子落后而屋子简陋，可是，物质生活匮乏的玛雅人，却拥有富足的精神世界。拉查鲁告诉我：在玛雅族聚居的尤卡坦半岛上，像这一类的村庄，为数不少。

自从西班牙人在 16 世纪入侵墨西哥并将它纳为殖民地后，西班牙文便成了墨西哥的官方语言；墨西哥独立后，依然以西班牙文为国语。许多不同部落的印第安语,已成了毫无"经济价值"的语言了。值得深思的是:经历了几百年的变化,在市场里彻底被"冻结"、被"遗弃"的玛雅语,在今时今日玛雅人聚居的村落里,还是被熟谙地运用着。尽管它在现实社会里全然没有实用价值,可是,许多玛雅人依然在家里坚持使用它。

这样做,只有一个简简单单的原因:玛雅语,是玛雅人的根。

那天,怀着异常感动的心情,我偕同拉查鲁离开了卡纳新玛雅村,回到了梅里达市中心。

在夜空里闪烁着的霓虹灯,像是魔鬼充满了诱惑的眼睛。汽车络绎不绝,行人川流不息,啊,这是一个充满了繁忙与喧闹的世界,也是一个充满了斗争与倾轧的世界!

置身在这样的一个世界里,回想刚才在卡纳新玛雅村所见到那"与世无争"的一切,恍恍惚惚地竟觉得异常不真实。

啊,曾经在墨西哥各个领域绽放万丈光芒,盛极一时的玛雅人,如今却静静地散居墨西哥一隅,过着绚烂过后恬淡已极的生活。

人生芳秭有千岁,世上荣枯无百年。

默默咀嚼着这两句意味隽永的诗,有万千感慨浮上心头……

楔子

决定到亚马孙原始丛林去生活几天时，心里就已经作了最坏的设想与打算。风平浪静的生活，固然不必担惊受怕，但是，生命之页，却可能是苍白无色的。亚马孙丛林之旅，肯定的，能为我的生活添上绚烂瑰丽的色彩。凭着这样的信念，我和日胜两人，在一名土著朱略西撒的指引下，从秘鲁的小镇伊基托斯（Iquitos）搭乘快船，通过了世界闻名的亚马孙河，进入了人烟稀少的亚马孙丛林……

一

在秘鲁的首都利马（Lima）安排到亚马孙丛林的行程时，我们告诉当地的旅行社，带我们进丛林的土著必须懂得英文——这是首要条件。旅行社的职员拍着日胜的肩膀豪爽地说：

"别担心，朱略西撒的英语说得顶呱呱的，包你们满意。我们给他取了个绰号，叫他'猴子'，因为他是在丛林的原始部落长大的，不但动作敏捷如猴，而且，反应迅速，堪称一流！"

我们当天下午3时由利马起飞，抵达亚马孙河畔的小镇伊基托斯，已是傍晚6时许了。

飞机场的入境室，窄小局促，十多个赤足

的土著小孩奔来跑去，帮人提取行李，赚取外快；嘈杂的人声与污浊的人气，密密地交缠在一起；猖獗的蚊子，没头没脑地朝人乱叮。

提了行李走出来时，朱略西撒已经伫候在外了。他穿着橙色的短袖 T 恤，配一条洗得泛白的黑色长裤。个子很矮小，但是，结实的臂肌，叫人不由自主地想起了硬铮铮的钢条。

他肤色黧黑，那双眼睛，出奇地大、出奇地灵活、出奇地有神。此刻，这双慧黠的眸子，正友善而快活地朝我们笑着。笑意由眼角流下来，流进了嘴巴里那两排颗粒特大而洁白无比的牙齿里，滞留在那儿。对着这样一张笑脸，我们顿时受到感染而愉快起来。

我们到旅馆搁下行李，冲过凉后，便偕同朱略西撒到亚马孙河，我心里恍惚地有着一种虚若梦幻的感觉，那么的不真切，但同时又是那样真实。

朱略西撒为我们点了亚马孙土著最喜欢的餐食——拌着酸柑汁的棕榈树心和烘烤鲜鱼。指着那条状而色呈乳白的棕榈树心，他嘴泛顽皮笑意，说道：

"我们这里的人都把这叫做意大利粉，我的父母，每餐非此不欢，如果能配上自制的木薯酒，更是美味。"

"你的父母，现在还住在丛林里吗？"我顺口问道。

"是的，他们已习惯了丛林那种自给自足的原始生活，城市是绝对住不惯的。你晓得吗，他们吃的米粮水果，喝的咖啡可可，都是自己种的；至于鱼和肉，则是由河里和林中捕获的，生活简单而快乐。有时捕鱼量丰富或是水果产量高，他们便会托人来城里通知我回去运来卖。"

"为什么城里不直接到丛林去和他们进行交易呢？"

"不行的。"他摇摇头，"如果不熟悉丛林地势而又不懂土语，贸贸然进去，恐怕不太安全。唔——告诉你也无妨，由这里出发，深入丛林大约 300 公里处的土著，现在有些还是食人族哩！过去，有些探险家误闯到那里去，就白白成了他们的晚餐，一去不返。"

我不由得打了个寒噤，万分担心地问道：

"那我们明天到丛林去住，会有危险吗？"

"你放心，明天我只带你们到离这里大约 100 公里的地方去。那里的居民，有好多是属于整个丛林当中已开化的土著，不会有危险的！"

好奇地问起他由丛林到城市来当导游的经过，他以平稳的语调告诉我们：居住在亚马孙丛林里的土著，多达好几百种，他本身属于遮里巴族。在他 7 岁那年，美国有一个传教团体到那儿去传教，而这居然扭转了他此后一生的命运！

"他们在传教的当儿，也同时开设了语言训练班，苦口婆心地劝部落里的土著送孩子去读书，起初反应很冷淡，但是，后来，他们多方行善，终于赢取了土著的信任，送去读书的孩子，一个个多起来。这个传教团体在遮里巴部落一呆便是 7 年，我就在这 7 年里学会了英文和西班牙文。当他们决定离开我的部落时，我征得父母的同意，当他们的厨师，追随他们到其他部落去。在外面生活了 3 年，我 17 岁返回遮里巴部落，一方面帮忙我父母耕种、捕鱼，一方面自己进修语言，这样，又过了两年。有一天，我觉得时机成熟了，便对我的父母说：我想到外面的世界去看看。

没有想到，他们毫不阻挠地，便点头答应了……"

朱略西撒现年 25 岁，换言之，他已在城市工作了 6 年。

"你是否决定永远离开丛林而定居城市呢？"我问。

"不，绝对不。"他坚决而冷静地说，"我到城里来工作，主要是想体验多样化的生活。我总觉得，城市里的一切，都不属于我，而荣华富贵，也都是过眼云烟。只有返回丛林，我才有一种真正的归属感。所以，一旦我觉得看够了，便会回丛林——一定会回去。"

谈到这儿，发现时间不早了，我们便结账离开餐馆，沿着亚马孙河畔，慢慢地走回旅馆去。

夜的伊基托斯镇，闷热而阴暗，几盏寥落的街灯垂头丧气地立着，不情不愿地散发出几圈淡淡的光晕。满街都是横冲直撞的电单车，噪声刺耳。

这天夜里，心情激奋难安，一直睡不成眠。半夜里，我终于忍不住了，猛力摇醒日胜，问他：

"喂，如果真的遇上吃人族，谁要牺牲？你，还是我？"

"唔——每人让他们吃一条腿好了。"他揉揉眼，声音浑浊地答。说毕，翻个身，又呼呼睡去了。

我睁着眼，愣愣地瞪着天花板，等天亮。

二

次日早上 8 时许，朱略西撒偕同我们到亚马孙河搭乘高速摩托船深入亚马孙丛林去。

亚马孙河，啊，亚马孙河！

这条全长六千余公里而气象万千的世界大河，此刻，在轻风的吹拂下，起着粼粼的微波。柔和的朝阳，落在色呈浊黄的河面上，闪闪烁烁的，乍然看去，有若千条万条透明的银鱼在水中扭动。

看着这一望无垠、广阔无边的亚马孙河，我自言自语："嗳，实在不像河！"

"是的，它的确不像河。"朱略西撒一边把大包小包的东西搬上小小的摩托船，一边答道，"你知道它最宽的那一段河面有多阔吗？25公里，足足25公里！"

9时许，我们终于在极端兴奋的心情下出发了。摩托船声浪震耳欲聋，水花在船的两侧高高地飞射出去，风儿自四方八面争先恐后地扑了过来，我高仰着头，让头发在风中乱扬，让浪花在脸上乱溅，颇有一种"我与天地万物合而为一"的畅快感。

摩托船在河上以全速"飞驰"了3个多小时后，速度慢慢地减低了，最后，停了下来，朱略西撒微笑地说：

"到啦！"

我抬眼望着岸边，一片茂密葱郁的丛林，没有一个人影，更无半间房屋。

朱略西撒把船上的东西一件件拖出来，丢进麻包袋，然后，把这包沉甸甸的东西托在肩上，说：

"跟我来！"

丛林的路，不是以人工刻意开辟的，而是由丛林里的土著经年累月地"走"出来的，所以，崎岖不平，杂草丛生，非常难走，加上有些地方长年积水，泥泞不堪。我虽然穿着平底胶鞋，但仍然几次扑倒在地。看看走在前面的朱略西撒，尽管肩上托着重物，但步履竟然轻若飞燕！

走了约莫半小时，气喘不已的我，终于看到了一间高脚的简陋茅舍，孤零零地立在一片阴暗的林影当中。一条身形巨大的狗从茅屋中蹿出来，亲热地扑到朱略西撒的身上去。朱略西撒抱着它，吻它的嘴，亲昵地叫它的小名：

"瓜拉，瓜拉！"

这时，一名肥胖的中年妇女走了出来，微笑地帮我们把行李提进去。

"她是做饭给你们吃的。"朱略西撒简单地介绍。

我紧抓着摇摇晃晃的扶梯，爬进高脚茅屋里。这间茅屋，有三个小房间，外加一个摆着长木桌和木板凳的饭厅，以及一个绑着四张帆布吊床的休憩厅。除了房间设有木门外，饭厅和休憩厅都是四面通风的。

我把自己抛进吊床里，晃呀晃的，昨夜失眠的疲惫、山路跋涉的劳累，倏地在体内散了开来，我打了一个大大的呵欠，正想合上眼好好小睡一阵子，耳边却传来了朱略西撒精力充沛的声音：

"喂，我要去河里捕鱼给你们做午餐，你们要不要一起来看看呀？"

我很想去，实在想去，但眼皮却不听使唤，硬要合上，喃喃地，我说：

"你们去吧，我想小睡一阵子……"

被朱略西撒唤醒时，午餐已做好了。是烤鱼，三个人盘子里的鱼，全都很大。

"哇！即捕即有，现捕现烤，真好。"我高兴地举起刀叉。

"嘿，我从来没有看过渔产这样丰富的河！"日胜眉飞色舞地说，"渔网一撒一拉，便是满船收获了。你看看那边，还有半桶鱼呢！"

我伸头过去看看，果然。实在后悔错失坐观捕鱼的大好良机。

"来，趁热吃。"朱略西撒切下一块鱼送进嘴里，"我相信你没有吃过比这更新鲜的鱼。"

鱼肉的确甜美，只可惜在烘烤时下了过多的盐，吃起来咸得有点涩口。正吃着时，主炊的妇女捧出了一大盘金黄色的油炸物。以为是马铃薯，吃进口里，才知不然。那东西很干、很硬、很淡。

"是油炸香蕉片。"朱略西撒解释，"也是这里土著每餐绝对不能缺少的食品。"

"香蕉片？"我讶异反问，"怎么完全没有甜味？"

"这是香蕉很生涩时就采下来切片油炸的。如果等熟了才采来炸，太甜，就不能用来辅佐正餐了！"

说着，朱略西撒噘起嘴唇，发出了一阵怪异的叫声，不消几秒，居然有三只猴子敏捷地跳了进来，爬上木凳，大大方方地伸手到桌上的木盆里拿炸蕉片吃。更有趣的是，另有两只五彩斑斓的鹦鹉也飞了进来，站在桌上，啄食盘中物，啜饮杯中水，毫不客气，也毫不忌生。

"你们晚餐要吃哪一种？鹦鹉？还是猴子？"朱略西撒语调自然地问。

我轻轻抚摸着那鹦鹉柔滑如水的羽毛，毫不在意地应道：

"你真会说笑！"

"什么说笑！"他神色认真，的确没有说笑的意思，"我们土著日常吃的，除了鱼类以外，便是猴子和鹦鹉，都是我特地养来招待远方来客的。不过，话说回来，养得久了，也有点不舍得杀它们。我看，明天我带把枪到森林去，另外杀一只猴子给你们吃吧！"

我有点恶心，但想到"入乡随俗"，却也不便、不想再说什么。

餐后，已是下午4点多了。我坐在那儿，逗那三只猴子玩，他们极通人性，只只挤眉弄眼，缩鼻撇嘴的，脸上表情十足，弄得我开怀大笑。啊，这样可爱的小动物，又何忍、何能把它们放在盘子上，吞到肚子里去！

傍晚六时许，朱略西撒对我们说：

"我带你们到亚马孙河畔一些土著的家去看看——大约要走两三个小时的路。现在，你们去涂抹一些防蚊膏吧！"

我看看屋外逐渐暗下来的天色，有点担心地问：

"丛林夜里有野兽出没吗？"

"最常见的是蛇和山猪。"他若无其事地答，"不过，不必担心，我会应付的。"

言毕，他进房去。出来时，手上多了一把长及腰际的巴冷刀，还有一把长枪。

"蛇来，用刀砍。山猪来，用枪杀。"他简单地说。穿上塑胶长统靴，把枪挂在肩上，将刀提在手里，精神奕奕地喊道：

"来，走！"

大白狗紧跟在我们后面，就这样，三个成人，一只狗，踏着绊足的乱草，走进了方向难辨、深不可测的丛林。

森林的夜，来得特别早，而夜一旦来，总是比其他地方深几分。这晚有月，橙黄的月色透过浓密的树叶筛落下来，照在朱略西撒手上那把又长又大的巴冷刀上，泛出了一圈阴森的青光。

此刻的朱略西撒，已不再是城里我所认识的那个举止拘谨的他了。他已变成了丛林里一种比猴子更机灵、比山猪更敏捷、比虎豹更凶猛的"生物"了！我突然觉得心里发毛，千不该万不该的是，在这叫天不应，叫地不灵的时刻，我居然想起了《水浒传》里那些专门制作兼发售人肉包子的黑店！

由于心里害怕，双足走着时，便不由得变得虚虚浮浮的，害得朱略西撒三番几次停下来等我。后来，走过一道以粗树干做成的独木桥时，我一脚踏空，差点摔进满是嶙峋怪石的湍急溪水里，幸好动作灵敏的朱略西撒及时扶了我一把，否则，后果不堪设想！

过了独木桥，我对朱略西撒的信心又恢复了，谈天的兴致也来了。我问他：

"嗳，你究竟怎么辨识林中道路的？不会迷路吗？"

"路的指南，就在天上。"他信心十足地答，"我是靠星星指引道路的。"

"那白天无月又无星，怎么认？"

"哦，我早已在这带的树木上刻好了记号，万无一失！"他畅快地说道，"我们森林里的同胞，自有独特的生存方式。打个比喻来说嘛，你们靠手表来看时间，我们却可以凭鸟声而知时辰。"

说着，他停下脚步，侧耳倾听林中鸟叫，一会儿，他双目含笑地说道：

"现在是八时一刻。"

我把手表凑到眼前来看，果然，一分不差！他得意地解释道：

"鸟儿在不同的时间内，往往有不同的叫法，听久了，自然能够分辨。"

我信疑参半，然而，后来多次试他，居然没有一次不准！

好不容易，才走出了那个黑魆魆的大丛林，来到了河畔一排三四间茅屋前。茅屋里点着煤油灯，令我惊愕得难以置信的是，其中一间茅屋里的几个土著居然躺在地上，享受由手提收音机播出来的音乐！

"这是丛林里极少数开化了的土著之一。他们的家庭里有人长期在城里工作，给他们带回来这些奢侈品。"朱略西撒说。

很意外地，我发现他的声音和神情都有些抑郁，不待我发问，他就继续说道：

"我虽然也在城市工作，但是，我绝对不要我的家人或者我的族人接受太多现代文明的影响，因为他们不了解文明进化的真正意义，只是盲目地接纳那些不该学的。比如说，我们生长在亚马孙丛林，自小到大被亚马孙河哺育成长，我们喝河水，也用河水来煮饭、洗衣、洗澡。我觉得没有任何的水可以比得上亚马孙河的清甜和洁净。但是，那些从城里回来的土著，却不要喝这些河水——嫌它肮脏，嫌它不卫生。他们要喝的是瓶装的矿泉水，你说，可笑不可笑？还有，更可恶的是，在城里生活了几年而返回丛林的土著，不要耕种、不要捕鱼，整天只会躺在地上听收音机、抽烟、喝酒，你说，可气不可气？”

无情地抛弃自己优良的传统而盲目地吸收他人生活的渣滓，的确可笑复可气！

朱略西撒越说越气，不愿再留在茅屋看这些被“文明”腐蚀得失去自我的土著，率先朝亚马孙河的方向走去。一叶小舟静静地系在岸边，朱略西撒解开绳索，轻描淡写地说：

“我们从这里划舟回去，河里可能有鳄鱼，不过，万一遇上了，你们千万不要惊慌，因为河这边的鳄鱼全部很小，还不会侵袭人类。”

看到我脸色发青，他笑着补充道：

“我靴子里藏有杀鳄鱼的匕首，利得不得了，可以剖铁破钢，一刀就能够取它性命了！三周前我刚杀了一只小小的，拿它的肉来熬汤，可真美味！”

大白狗想跟着我们上小舟，朱略西撒用土语大声呵斥它，它不敢妄动，站在岸边，悲声猛吠。

“你为什么不让它跟我们一道回去呢？”

“我叫它自己走回去。”朱略西撒一边扶我上船，一边答，“小舟位子窄，碍手碍脚的！”

河水平静无波，在这片柔和的黑暗中，只听得木桨划动时所发出的那种“欸乃、欸乃”的声音。单调，但是，非常有诗意。两边的丛林里，飞出了许多萤火虫，忽明忽暗，闪闪烁烁的，好像许许多多双鬼眼在窥视，四周静得有如地球已停止了转动，而整个世界在倏忽间只剩下我们三个人。那种感觉，既美丽，也悲怆。

就在这种"此时无声胜有声"的情景当中，突然，"扑通"的一大声，一个白色的物体飞跃入水，快速地向我们的小舟游过来。我惊骇欲绝地大声惊叫，整颗心在这一刹那间差点跳出口腔来！原本阒静无比的河水，也惊扰不安地喧哗不已，水花四溅，小舟摇晃，朱略西撒高声喊道：

"镇定！镇定！坐稳，扶紧！"

说时迟，那时快，白色的东西已游到了小舟旁边，把它带爪的手伸进来。

"哎呀，瓜拉！瓜拉！"

朱略西撒伸手入水，把那只大白狗抱上小舟来。大白狗一方面冷得直打哆嗦，一方面却又满足地依偎着朱略西撒。

我惊魂甫定，对这只为求跟着主人而不顾自身危险、冒死泅水而来的大狗，真是又恨又爱——恨它让我受此惊吓，爱它的忠心耿耿。

小舟靠岸后，我们又步行了一大段路，才回到茅舍，由于晚风清凉，倒也不觉得疲累。

茅屋立在幽深的黑暗里，似乎已和丛林结合成一个整体。只有一丝微弱的光从厨房悄悄地溜出来，像一缕难以捉摸的轻烟。我这才猛然想起，亚马孙丛林，是没有电力供应的。

朱略西撒从厨房里拿出四根大蜡烛，以火柴点燃，黄兮兮的火花软弱地闪了闪，才淡淡地吐出一圈光晕来。朱略西撒让四根蜡烛巍巍然地立在桌上的烛泪里，又转到厨房去帮助炊妇为我们两人准备晚餐。

我望着烛光呆呆地出神。此时此刻，满山满谷，尽是猿猴凄厉的叫声，气氛怪异而诡谲。

端上桌来的晚餐，是雪白的棕榈树心和一只"小东西"。称它为"小东西"，是因为我实在看不出它是什么。鸡又不像鸡，说是鹦鹉嘛，也不似。

问朱略西撒，他卖了个关子，说：

"我想你们在吃以前最好不要问。"

肉很软，略带苦味。我用河水泡成的那杯浊黄的茶，把肉硬生生地冲进喉咙里，心里七上八下，疑神疑鬼——噫，希望不是人肉哦！

把最后一团肉塞进嘴里后，朱略西撒才脸露调皮笑意，说道：

"你们吃的，是蛙肉！"

蛙肉？我难以置信地睁大双眼："怎么这蛙那么大！"

"哦，这是亚马孙丛林的特种蛙，它们有些比四五斤重的鸡还大哩！"说到这儿，不知怎的，他突然笑了起来，笑了好一会儿，才勉强止住笑意，说，"告诉你们一个有趣的小故事。有一回，有个日本人到这里来，他就住在你们现在住的那间房。那晚我们谈到凌晨1点，他拿着蜡烛回房去。一关上房门，便惊叫不已，呵呵呵，一个大男人，发出那种叫声，真是好笑极了。我拿着枪冲进去，发现他缩在床边，指着房门后那一团东西，结结巴巴地说不出话来。我一瞧，嗳，原来只不过是一只肥大的特种蛙罢了！我一伸手就把它抱了出去。第二天中午，日本人用过午餐后，顺口问我怎么处置那只大肥蛙，我指着他吃个精光的盘子，说：'你刚才把它吃掉了！'想不到这一说又闯祸了——他的脸立刻变得又青又白，扑到栏杆那边，吐得好像连肠子也会掉出来！"

我和日胜都大笑起来。坦白地说，刚才我也有要呕吐的感觉，然而，经过这样一笑，肠胃反而舒畅了。

朱略西撒谈得兴起，滔滔不绝地告诉我们另外一件"有趣"的事情：

"又有一个早上，我被一名加拿大旅客的惊叫声唤醒，冲到他房里去，发现他脸无人色地指着地上一条不断扭动的蛇，口吃地说：'蛇，蛇，没，没有头的蛇！'我仔细一看，哎哟，原来他惊吓过度，双脚正死死地踏住蛇的头，蛇头吃痛，蛇身当然不断挣扎，看起来，就好像一条无头蛇在扭动！"

在愉快的笑声里，我要求朱略西撒告诉我们他本身所碰见过的最惊险的经历。

"惊险的事，常常都有。"朱略西撒双目炯炯发亮地说，"不过，令我印象最深的，是遇上老虎那一次。记得当时是傍晚6点多，我在丛林中行走时，忽然听见一阵又一阵怪异的哀叫，我用手电筒四处照射，就在一棵树下，我看见了一只小老虎，它全身黑得发亮，目光如炬，爪很尖很锐，是属于虎类当中最凶猛的。根据以往的经验，我知道老虎通常会在傍晚六七点返回虎穴喂虎子，现在要逃，恐怕太迟了一点，所以，我不动声色地爬到树上去。果然，不多久，母老虎就回来了，很大很大的一只。她嘴里衔着一大块肉，在树下和小老虎分食。我躲在树上，连大气都不敢出。原以为第二天一早它们便会离去，但是，我怎么也没有料到，那块肉足够他们吃三天，而他们也在树下呆了三天！"

"那你怎么逃走？"我紧张地问。

"哪里还能逃走！"他余悸犹存地说，"我在树上坐了3天3夜，靠喝雨水和嚼树叶活命的！3天后，它们母子离开了，我才从树上溜下来，飞奔回去。"

唉！没有练就一副铜皮铁骨，如何能在丛林里讨生活？

"我应付野兽的各种技能，都是我的祖父教给我的。"朱略西撒说，目光忽然变得很温柔，"我10岁时，祖父便开始教我使用吹管（Blow Pipe）和长枪。他把木瓜、香蕉和黄梨等水果绑在木桩上，当作目标，让我瞄准发射，这样反复训练了好几年，我的眼力和臂力都不错了。到了我祖父60岁那年，我也15岁了。有一天，他对我说：'孙儿呀，让我们去山林住一周。'就这样，我们祖孙俩背着两把长枪、两根吹管、一束毒箭，还有一包盐，就上路了。我们走了好几个小时后，忽然听到远处传来一阵又一阵猪嚎的声音，祖父大叫一声'不妙！'就命令我赶快和他一起爬到树上去。从树上俯视，我们看到一大群野猪气势汹汹地跑过去。哎呀，如果当时爬得不够快，性命休保哟！等野猪跑得影踪全无了，我们才从树上爬下来，这时，我看到一只迷途的小野猪慢慢地跑来了。祖父立刻把吹管交给我，说：'孙儿呀，快试试你的本领！'我将吹管对准野猪，使劲一吹，毒矢激射而出，野猪立时中箭倒地。那是我平生第一次用自己的力量去杀丛林中的野兽，心里实在骄傲得不得了，祖父非常高兴，一直称赞我。我的勇气，我的信心，便是从那次的经验里建立起来的！"

说到这里，他看到桌上蜡烛即将燃尽，亮光也逐渐地黯淡了，便转到厨房，重新取出几根蜡烛来，一一点上，才又重拾刚才的话题，继续说道：

"我和祖父在野外生火，把捕杀的野猪烤来吃了，然后，把吃不完的一部分生肉用芭蕉叶包好绑妥，把它浸入亚马孙河里，靠河水的冰冷来保持肉的新鲜度。到了晚上，祖父用树叶和树枝制作了一张简单的床，绑在树上，躺在上面歇息。然而，祖父并没有因此而放松对我的训练，他利用夜深人静的时刻教我辨识并模仿各种猴类的叫声——你们晓得吗，丛林里的猴子有几十种不同的类别，每一种猴类的叫声又各不相同——如果我们发出和它们一样的叫声，它们便会把我们当朋友，高兴地跳到我们所休憩的树上来……"

"你们通常是怎么把猴子抓回去的呢？"我插口问道。

"喏，就是用叫声把它们吸引出来，用枪当场杀死，或者是活捉了，回去才用大刀砍它的头。我看这样吧，明天一早你们跟我到山林去，我当场捕杀一只给你们看。现在，时间不早了，你们也该休息了。"

我拿起了尚在淌泪的蜡烛，慢慢地走回房间去。刚才在丛林走了老半天，身上黏糊糊的，很想洗澡，但又没有水。

房间里很多蚊子，嗡嗡声不绝于耳。来秘鲁旅行以前，我已经注射了黄热病免疫针，现在，又在吃防疟疾的药片，所以，我倒不怕蚊子把病毒传给我，讨厌的是那种被叮得又痛又痒的感觉。坐在床沿，我把驱蚊膏挤到掌上来，慢慢地涂抹全身，然后，放下蚊帐，盖着那脏得发黄的被子，数绵羊，催自己入眠。感觉上很累，然而，怎么也睡不着。

我心里清清楚楚地知道，我实在是怕——怕一只四五斤重的大肥蛙突然从门后跳进我怀里来；更怕的是，蟒蛇、毒蛇爬上床来与我同眠。后来，实在疲惫不堪，终于在蒙眬中睡去。

一觉醒来，天已大亮。

用过了简单的早点后，朱略西撒便催促我们上路了，他指出，去丛林捕了猴子回来以后，要慢慢地在火上把毛烘脱，把皮剥掉，才能下锅去煮。如果不及早去，及早回，恐怕来不及烹煮"猴子午餐"。

他将大刀挂在腰上，又取了枪，才带着我们向丛林出发。

今天走的这条路，潮湿而阴暗，许多落叶在地上腐坏了，空气里散发着一种淡淡的令人不舒服的气味。双足踏在漫漫的落叶上，发出了"嚓嚓"的声响，配合着鸟叫虫鸣，加上蛙声蝉声，谱成了一支和谐美妙的天籁乐曲。

走了大约 40 分钟后，朱略西撒开始仰天长啸，发出了像猴子一样的叫声，但是，接连叫了五六分钟，却没有反应。他转过身来，耸了耸肩，正想说话，突然听到一阵尖锐的鸟鸣，就在这时，他露出一种恍然大悟的表情，向我们解释道：

"今晚将是月圆之夜，按照惯例，凡在月圆那天，猴子是不会出来的。"

问他怎么知道当夜月圆，他指了指天空，笑笑答道：

"刚才鸟儿不是说得很清楚吗？"

说着，我们来到了一条小溪旁，清澈见底的溪水淙淙地流过许多圆滑的鹅卵石。看到这洁净透亮的溪水，我喉咙里那种干渴的感觉，立刻化作了一把火，在口腔里熊熊地烧了起来。蹲下身子，正想把水舀起来喝时，朱略西撒摇手阻止了我，说：

"前面有水树，水树的水，比溪水甜美得多了。来，我现在就去砍些给你喝。"

我们脱下鞋子，涉水而过，溪水冰凉，十分受用。前面的丛林，全是朱略西撒口中所谓的水树，他抡动锐利的大刀，"嚓"的一声砍下了一根粗圆的分枝，将它垂直地拿着，说也奇怪，一大滴一大滴清冽的水就从树木横切面的边缘争先恐后地滴落下来。我把它高举起来，凑近嘴边，不待吮吸，树水便沿喉流下，那股清甜透顶的味儿，令我此生难忘！

接下来，朱略西撒给我们上了一门丰富的植物学课，他指着丛林里各式各样千奇百怪的树，告诉我们它们奇妙的用途：有治蛇毒的，有医肚痛的，有止腹泻的，有治黄热病的，有用以制酒的，有造染色剂的，也有用来做化妆品（红脂粉）的，等等，应有尽有。丛林的树木对于土著来说，就等于是他们赖以维生的"百宝箱"，他们利用百宝箱里的东西来医病、果腹、止渴、制衣（树叶）、建屋，等等。

这条两边尽是密密丛林的羊肠小道长得似乎走不完。小道的尽头，忽然出现了一个广阔而明亮的天地，这是由土著所开辟的水果园，甘蔗、黄梨，全已熟透了。朱略西撒挥动大刀，连接砍下了几段甘蔗，又以他那把厚重的刀为甘蔗削去了皮，递给我们。甜，实在甜，吮吸着时，就好像在吸糖液一样。接着，他又削了一个硕大无比的黄梨，虽然很多汁，可惜是淡而无味的。

穿越了果林，我们又进入了丛林，朱略西撒对我们说：

"离这里大约 3 公里的地方，有一个小小的部落，住的是雅瓜（Yagua）土著，他们都还没有接受文明的洗礼，过着的是极原始的生活，你们可有兴趣去看看？"

"他们——"我犹豫了一下，还是问了，"吃人吗？"

"不，不！"朱略西撒笑了起来，"他们都是很友善的一群！"

3 公里的路，在谈谈说说之间，好像不到一盏茶的工夫，便到了。远远地，便看到了一缕缕白白的烟气从地上升起。

"他们在生篝火煮早餐。"朱略西撒说。

来到了雅瓜族的居处前，我才发现，雅瓜族的棕榈茅舍，比起朱略西撒的，简陋得多了——干叶为顶，竹枝为壁，无窗无门，四面通风。

这一户雅瓜族，孩子惊人地多——躺着的、跑着的、玩着的、哭着的，处处都是，算了算，足足有 8 个。要命的是，屋子里那两个年轻的妇女，还挺着圆圆的大肚子，大概临盆在即了。

一名少年，拿着长长的吹管，对准绑在树桩上的香蕉进行练习，而另一名老年人则从旁指点。此外，还有一个老妇人坐在地上，用细细的绳索把一颗一颗风干的果实串在一起，想必是用以当装饰品来佩戴的。看到我们，他们全都露出了热忱可爱的笑容，频频指着茅屋里的草席，嘱我们进去坐。

"那个年轻的，是孩子们的爸爸。"朱略西撒指着那个少年模样的男人对我说，"那两个女的，都是他的妻子。那对老的，就是孩子们的祖父母！"

"哇！"我惊叹，"那么年轻，那么多孩子！"

"在丛林里，男的结婚年龄是十五岁，女的是十三岁，基本上，他们还实行一夫多妻制。"

看着一地的孩子，我不由得摇头叹息：

"这么多孩子，怎么养活他们？"

"靠狩猎、捕鱼、耕种呀！"朱略西撒说，"通常吃过早餐后，男人便会出外劳作，女的就留在家里煮饭、看孩子。偶尔她们也会做些手工艺品，搭乘河上巴士，运到河边的小村庄去卖。总之，他们过的全是自给自足的生活——亚马孙河里有三千多种不同类的鱼，丛林里有捕杀不尽的野兽，而可耕种的土地又肥沃得不得了。这些都是我们取之不尽、用之不竭的财富呀！"

这时，篝火上那一大锅黏糊糊的东西已煮好了。那两个怀孕的妇女用木碗盛了，就端过来给我们。我忙不迭地婉拒了。告辞出来时，这些赤裸上身的雅瓜土著在茅屋门口站成一排，向我们微笑挥手。

啊，这真是一群头脑单纯、生活单纯而又快乐得单纯的人！

朱略西撒带我们从另一条小路走回去，当我们气咻咻、累喘喘地回到茅舍时，看看表，居然已是下午一时许了。由上午 8 点走到现在，呵，我们竟然在丛林里走了 5 个多小时！

我累得双脚发软，朝吊床一躺，不及 3 分钟，便沉沉入睡了。也不知道睡了多久，蒙眬中只感觉到脸上传来了一阵又一阵冰凉的感觉。睁开眼来，发现外面已是一片烟雨蒙蒙了。雨水从茅屋顶端一串一串地漏泻进来，我身上已湿了一大半。冲进房里想要"避雨"，这才可笑地发现，整间茅屋是无处不漏水的！

听到我狼狈地奔来跑去的脚步声，朱略西撒从厨房里探头出来，喊道：

"午餐准备好啦，来吃吧！"

那真是别有滋味的一餐，风在呼啸、雨在奔泻，桌上、身上全是湿淋淋的，盘里的肉、碗里的汤、杯里的茶，全拌和了雨水，就像在大雨滂沱下野餐一样！

雨止天晴，已是下午五时许了。我们收拾了简单的包袱，到亚马孙河畔坐高速摩托船回去伊基托斯镇。

风很大，浪很猛，摩托船行驶于河面上，犹如在与汹涌的海浪搏斗。我坐在船上，回想过去这几天的旅程，颇有一种与世隔绝的感觉。朱略西撒是如何在城市与丛林这两种完全不同的生活模式里进行自我调整的？对此，他微笑地说：

"在城市，我只是过客。丛林，才是我真正的归宿，我迟早一定会回来的。不过——"

说到这儿，他迟疑了好一会儿，才决定坦白相告：

"我现在有了一点小苦恼……"

"是你觉得再也不能适应丛林生活无水无电的不便利吗？"我自作聪明地胡乱臆测。

"不是的。"他双眉微蹙地说，"我有了一个要好的女朋友，她是城里人，我们是在利马认识的。为了我，她放弃了利马的工作而跑到伊基托斯这个小镇来谋职——这对过惯繁华大城市生活的她来说，已是一种很大的牺牲了。我曾带她到丛林里生活了几天，她不但不喜欢，也适应不了。所以，当我向她表示婚后返回丛林去住时，她便一口否决了。她要我做一个选择——要回丛林，便放弃她；要娶她，便不得返回丛林。你说，这叫我怎么去选！现在，我也只好过一天，算一天了！"

这样的选择，的确痛苦。爱人固然情深，但自己生活的根，又焉能轻易放弃？

朱略西撒没再说话，我也默然不语。响在耳畔的，只有风声和浪声，似乎风和浪也在为朱略西撒的困境作徒劳无功的讨论。

船在伊基托斯镇靠岸时，岸边盈盈立着一位少女。朱略西撒的大眼立刻焕发出一种醉了似的光彩：

"啊，安雅娣！"

他跳下船，一把抱住她，便吻了起来。

穿着平底鞋的安雅娣，比朱略西撒高出少许，波浪形的头发野性地散在肩上。她有着一双和朱略西撒一式一样的眼睛——圆大而灵活，眼皮上闪着两抹时髦的深蓝。鼻子很高很尖——这是西班牙和印第安血统的典型特色。她穿的是仿虎皮紧身衣裙，丰胸细腰，曲线毕露，是一位异常新潮而漂亮的小姐，和外表略带土气的朱略西撒站在一起，形成了一个强烈的对照。在这一刻，我几乎敢肯定，也敢断定，她不会属于丛林——不管是现在，抑或是未来。朱略西撒绝对不能兼得鱼与熊掌！但是，我知道，聪明坚毅的朱略西撒，最终必能做出两全其美的安排。

朱略西撒要送我们回旅馆，我们坚持不肯，因为我们实在不愿剥夺他们两人相处的甜美时光。

朱略西撒搂住安雅娣纤细的腰，向我们挥手道别，长长的亚马孙河，在他们背后无止无尽地延伸着，若潮水般涌来的暮色，一下子便把整个小镇吞噬了……

尾声

亚马孙丛林之旅，是一段丰盈的旅程，它大大地充实了我的人生。现在，它已化成了一份完美的记忆，闲来无事时，我便会悄悄地把它取出来，细细地回味一番。许多记忆，也许会随着时光的流逝而褪色，唯有这一段记忆，我深信，也确知，它永生永世都能保持鲜明的色彩！

在夏威夷，凡是认识的人，都善意地劝告我们晚上不要到中国城去，因为那儿是罪恶的渊薮——流氓、强盗、小偷、妓女，无所不在，无所不有。我翻阅旅游资料，居然也找不到任何介绍中国城的文字。也许鉴于治安不良，有关当局不愿把它列为旅游胜地吧！

我总觉得旅行的乐趣全在于去人所不敢去的地方，尝人所不敢尝的食物，所以，抵达夏威夷的第二天晚上，我便和日胜搭车到被许多人视为"夜晚禁地"的中国城去了。

一到那里，我便有一种发愣的感觉。那是一个完全不属于霓虹灯的世界，想象中的那种喧嚣吵闹，一点儿也没有。它像一碗搁置在桌上多时没吃的肥猪肉，阴冷而寂寞地闪着身上的油腻。许多店铺都打烊了，处处都显得很静——阴森的静。

大街小巷，都非常肮脏，垃圾堆积，污水处处，空气里似乎还散发着一种腐臭的气味。

以性为号召的小戏院不少，戏院外所画的广告，都是大胆刺激而香艳无比的，但奇怪的是，生意似乎都很冷淡。长长的走廊，这里那里站着好些外表邋遢、衣着褴褛的流浪汉，流里流气的，给人一种"伺机犯罪"的感觉。阴暗的角落里，站满了浓妆艳抹、搔首弄姿的莺莺燕燕，以廉价的笑容出卖青春。黑暗里只看到她们雪白的大腿、桃红的嘴唇，还有，一圈又一圈袅袅上升，然后又淡淡地散开的烟气。

在这样的地方散步，的确是不太愉快的。我们因此决定，一吃过晚餐，便到另一个旅游胜地威基基海滩去逛。

那天晚上，我们不想吃中餐而又对面食没有兴趣，弯来拐去，才找到一间由华人经营卖西餐的小店。说它是小店，因为它实在很小，小到只能容纳十多个顾客，顾客全都围着半圆形的柜台而坐。厨子就站在柜台内，当着顾客的面，又烧又烤又煎又炸的，忙个不亦乐乎。

掌勺的，是一位四十开外的中年妇女。据我猜想，她大概是这间小店的东主。浓黑的头发，极有韵致地在脑后挽了一个髻。也许是工作了一整天的缘故，有几绺头发挽不紧，垂搭到耳下，虚虚晃晃的，看上去显得有点儿落寞。非常喜欢她看到顾客时抿一抿嘴而自自然然地陷落在唇边的那颗圆圆的酒涡——只那么轻轻一荡，便风采无限。这种风采，是中年人所独有，但偏偏也是中年人难有的。她使我强烈地忆起好多年前主演影片《后门》的胡蝶，那位以酒涡粲然地将女性美集于一身的影星胡蝶。

所有的菜式和价目都清清楚楚地写在高悬在炉子上方的黑板上。我点了牛扒。她自炉子旁边的冰箱取出早已腌好的牛肉，放在烧红的平底锅上，以平衡利落的手势慢慢地煎着，混合着洋葱甜味的肉香四处飞溅，引得我肚子里的馋虫纷纷爬了出来。不一会儿，牛扒便煎好了。她在盘子里放了一个烘番茄，外加一勺牛油饭，便端上来给我。

我执起刀叉，正想好好地享受一番时，一直站在角落里的那个样子猥琐的老头子突然朝我走了过来，以他枯瘦无肉的手直直地指着我说：

"你！"

我愕然地抬头看他。他很老，实在很老。脸上的皮，层层垂叠着，像是用纸折成的。最叫人感觉恐怖的，是他右边那只眼珠——那只瞎了的眼珠。它已转成了灰黑色，无力地悬挂在眼眶里，看起来摇摇欲坠的，好像随时会掉落下来似的。

"你！"他嗓子喑哑地说，"去年你不是说要和我们合股做生意吗？为什么到现在还没有动静？你又反悔了吗？我的钱呢？去了哪里？"

尽管他汹汹的来势使我微感受惊，但我还是力持冷静地回答道：

"我想你认错人了，我昨天才来到，纯粹只是旅行而已……"

话还没说完，便看到一双白皙的手搭上了他的肩膀，接着，女店东那温柔的声音自后响起：

"彼得，你去帮我把那边的盘子收过来。"

这位被唤做"彼得"的老人，骤然像个做错事的小孩一样，低着头，蹒跚地朝柜台另一边走去。

"对不起。"女店东一脸歉意地用手指了指脑袋，说，"他这边，有点不妥。"

"他是你的伙计吗？"我顺口问道。

她轻轻地荡出了一个淡淡的微笑，说：

"不是的，他是我的丈夫。"

丈夫！这真是个出人意表的回答。立刻，也是很不应该地，我想到了鲜花和牛粪——一朵鲜花插在牛粪上，唉！

这时，她突然指了指我随意搁在柜台上的皮包，说：

"你这样放，很危险的！"

说着，她压低了嗓子，强调地说：

"这里，很多抢劫案发生！"

"治安真的那么坏吗？"我问，赶紧把皮包揣进怀里。

"是不太好。"她含蓄地说，说完便转身回到炉子前，为其他客人准备餐食。

我慢慢地吃着面前这一盘食物，牛扒很嫩，牛油饭很香。吃完以后，偷眼瞅那老人，发现他正用一块布擦拭桌子，他擦得那么仔细而又那么专注，仿佛是一位艺术家在进行雕塑。女店主呢，则站在炉子旁边擦拭额上的汗。我向她招招手，说：

"麻烦你给我一杯咖啡。"

把咖啡端给我时，她友善地问道：

"你打算在夏威夷逗留多久啊？"

"3天。"我据实以告，"后天早上，我就到旧金山去了。"

"旧金山？"她的酒涡一下子涌满了欢愉的笑意，"好地方！我最初从香港到美国来，就是住在那儿的。"

"那——你现在怎么会到夏威夷来开店的？"

她朝彼得努嘴，说：

"为了他啦！他忍受不了冬天的寒冷，所以，我们便搬到这里来，前后算算也有 10 年啦！"

"一直都在唐人街开店吗？"

她点点头。

"你刚才说唐人街治安不好，那你们有遇到什么麻烦吗？"我好奇地问。

她向左右两边迅速地看了一下，才低声说道：

"麻烦的事，常常都有。这里有很多流氓和失业汉，吵架、格斗、偷盗、抢劫、吃霸王饭，无日不有。我们都习以为常，闭只眼，开只眼算了。"

"为什么不报警呢？"我问。

"警察不能一天 24 小时守在店铺门口啊！"她淡淡地笑了笑，说，"告诉你也无妨，彼得的眼睛，就是好几年前在这里被一个流氓打瞎的！"

我倒抽一口冷气，好半晌，才结结巴巴地问道：

"为，为什么会被打得那么惨？"

"那个流氓来这里吃饭，吃了不肯给钱，彼得向他硬讨，他死也不肯还，便打了起来！他的右眼，就这样无端端地被打坏了！"

我暗自叹息。就在这时，彼得一步一拐地走了过来。望着他的妻子，他脸上的每一道皱纹都温柔似水，原本粗哑的声音也像过滤了一样，变得很低柔：

"怎么样？那笔生意，谈成了吗？"

"正在谈哩！"女店主轻轻地推了推他，温和地答道，"你去把水槽里的碗碟洗一洗，好吗？"

他转身走开后，不待我发问，女店主便幽幽地叹了一口气，以沉郁的语调说道：

"我这间店，虽然开设在中国城，但一向以来是很少华人光顾的。来的，多数是洋人。然而，每回有华人来，彼得的脑病便发作了！"

"怎么会这样呢？"我望着那伛偻着的背影，疑惑地问。

她又叹了一口气，好一会儿，才说：

"不瞒你说，我们曾经想过要做点餐馆以外的小生意，然而，两次把辛辛苦苦储蓄的本钱拿出来投资在朋友开设的公司，都血本无归，一去不回。我只怨怪自己命运不好，但是，彼得却看不开，结果，得了脑病，苦了自己！"

我想，如果不是受客居异域的寂寞所驱使，她是绝对不会向我倾诉她的"辛酸事"的。然而，我认为彼得得了脑病，苦的绝对不是他，而是她！在异乡里挣扎求存已经不容易了，但在疲累一日而返回家门时，却无人可倾谈，没人可分忧，反而得像哄小孩一样去哄那位比谁都亲切却又比谁都迟钝的枕边人，那种感觉、那种煎熬，又岂是一个"苦"字所能道尽的？

我仰头喝完咖啡，正想进一步与她谈谈时，她却指着壁上的钟善意地提醒我说：

"我想，你最好早点回去。这里晚上的治安实在不太好。"

我谢了她，付清款项，走了出来。在搭车返回旅店途中，心神一直是恍恍惚惚的。

呵，问世间，情是何物？

我想，女店东已经用她对待她丈夫的态度来为这个"情"字作了极好的诠释！

后记

　　我是在 20 世纪 90 年代东欧门户刚刚开放的时候，分别到捷克、波兰、保加利亚、匈牙利、罗马尼亚、南斯拉夫等国家去旅行的。在游客不多的当时，我看到的是东欧曙光初露的实况，我也看到了人们在贫穷夹缝里苦苦挣扎的情况。通过旅途上邂逅的许多人物，加上自我的观察，我翔实记录了当时蒙着黑纱的东欧面貌。

　　时转序移，东欧诸国已经起了天翻地覆的变化，不但生活形态、经济状况（文中的货币换算是根据当时的汇率计算的）、思想意识不一样了，甚至连政治版图，也有了改变，比如偌大的南斯拉夫，就在 1991 年解体，分成了七个国家。

　　然而，不管发生什么变化，历史，永远是一面值得我们借鉴的镜子。

　　游记，就为每一个不同时代的生活面貌做了最忠实的反映。

　　走进过去，是为了更好地了解未来。

尤今小语系列图书推荐

《倾听呼吸的声音：回首岁月，种一株快乐的树》

尤今 著　海天出版社　定价：**32.00**元

本书分为两篇：

上篇"回首岁月"主要介绍了尤今对于父母等长辈的哀思、感恩之情；

下篇"种一株快乐的树"主要介绍了尤今对于子女教育的一些期望和一点体会。平实处见真情、平凡处见温情。

《清风徐来：在门外挂串风铃，叮叮咚咚》

尤今 著　海天出版社　定价：**32.00**元

本书分为四篇：

第一篇"石头很快乐"和第二篇"在门外挂串风铃"主要介绍了一些小故事以及尤今从中得出生活的感悟；第三篇"纸盒里的爱"主要探讨了爱情与婚姻的一点启示；第四篇"人生如文学"则作者是从文学创作的角度谈处世的哲理。

《把自己放进汤里：欢喜的豆花，抑郁的茄子》

尤今 著　海天出版社　定价：**32.00**元

这是一本关于美食的散文集，全书通过对于各种美食的描写，揭示出浓浓的亲情、乡情以及言简意赅的做人道理。欢喜的豆花、抑郁的茄子……只要你细细咀嚼，就会发现：每道食物，道道都蕴含着深入浅出的人生哲学。

《走路的云：用脚步丈量世界，品味生命》

尤今 著　海天出版社　定价：**32.00**元

本书是新加坡著名作家尤今的旅行散文集，主要介绍了作者环游世界的一些见闻和感悟，其中重点介绍了巴基斯坦与伊朗的旅行故事和感悟。以旅行来感受生命，以异域文明来观照中华文明。

作者简介

尤今，新加坡著名女作家，南洋大学中文系荣誉学士，被媒体誉为"新马三毛"，其作品风格细腻，真实、真诚、真挚地反映了现实生活里的人，现实生活里的事。其部分作品收录于中国与新加坡的语文教材或课外读物，也入选许多大学研究生的研读本。梁羽生先生曾评价其作品："古人说王维的诗是'诗中有画'，我似乎也可以说尤今的小说是'小说中有游记'。"尤今环游世界将近100个国家和地区，并已出版小说、散文、小品、游记150余篇，获奖无数。

内容介绍

　　"本套书里面收集的三十八篇文章，有的可称正论，有的看似序言实为书评，有的却是文类的探讨，艺术的赏析，不过大体上都可以泛称评论。紧随《蓝墨水的下游》之后，十年来我的正论散评大致都收罗在此了。"

《李白与爱伦·坡的时差：余光中文化随笔》
海天出版社　　出版时间：2014.11

RMB：39.80元

《心花怒放的烟火：余光中"序体文"集》
海天出版社　　出版时间：2014.11

RMB：39.80元

作者简介

　　余光中，台湾诗人、作家。祖籍福建泉州，1928年生于南京，1947年考入金陵大学外语系，1948年随父母迁至香港，次年赴台，就读于台湾大学外文系，后赴美进修，获爱荷华大学艺术硕士学位。返台后，历任多所知名大学教授。一生从事诗、散文、评论、翻译，自称为写作的四度空间。多次获文学大奖，被誉为当代中国散文八大家之一。

余光中

瀚·心灵系列图书推荐
——徐竹心灵小语系列

《放得下，生活无牵挂》

［台湾］徐竹◎著　海天出版社　出版时间：2014.11　定价：32.00元

　　每一段时间，我们都需要停下来好好检视我们的生活，才能帮助自己拥有更快乐、健全的人生。也许我们曾犯了错，导致一段不堪的岁月，但并不是注定未来就会一直如此。我们无法改变过去，不如就改变未来吧。

《要想拥有安然自在的心，就不要为难自己》

［台湾］徐竹◎著　海天出版社　出版时间：2014.11　定价：32.00元

　　没有什么困难是不可征服的。可悲的是，来自我们内心的负面作用，使我们无法安然自在。当你不再为琐事而为难自己时，就会发现其实自己不必完美，就可以拥有圆满富足的幸福人生！

《生活简单就是幸福：让烦恼舍离的五种练习》

［台湾］徐竹◎著　海天出版社　出版时间：2014.11　定价：32.00元

　　要让自己幸福快乐很容易，只要在面临抉择时专心致志，不要把思绪来缚在琐细而无意义的事情上，你就能迅速做出对自己最有意义的判断。其实人生的阻碍都是我们自己一手造成的，让我们断绝烦恼，迈向简单幸福的生活。

《一个人的极致幸福：从爱上自己开始》

［台湾］徐竹◎著　海天出版社　出版时间：2014.11　定价：32.00元

　　只要我们懂得适时地放下，凝视自己的内心，以满足的眼光看待周边的每一件事物，如此一来，无论是处于什么样的位置，都将能受到幸福的围绕，处处都是极致幸福的所在。

徐竹

作者简介

　　淡江大学大众传播学系肄业，工作经历非常丰富，曾端过盘子、卖过流行服饰、做过半宝石饰品设计，亦是儿童作品编剧、新闻杂志社会记者、BAZAAR杂志采编、女性杂志主编、动画公司编剧等，已出版过的书籍有爱情小说、小品、心理励志以及少年小说、童话等。得奖记录："大墩文学奖""梦花文学奖""好书大家读"等。